나의 여행 이력서

초판 1쇄 펴냄 2014년 10월 17일

글 김현아
펴낸이 고영은 박미숙

편집이사 인영아 ㅣ 편집장 이준희 ㅣ 기획편집 박경수
뜨인돌기획팀 박경수 강은하 김현정 김영은 홍신혜
뜨인돌어린이기획팀 이경화 여은영 ㅣ 디자인실 김세라 오경화
마케팅팀 이학수 오상욱 진영수 ㅣ 총무팀 김용만 임진희

펴낸곳 뜨인돌출판(주)
출판등록 1994.10.11(제2011-000185호)
주소 121-896 서울시 마포구 성미산로 6길 45
홈페이지 www.ddstone.com ㅣ 블로그 blog.naver.com/ddstone1994
노빈손 www.nobinson.com ㅣ 페이스북 www.facebook.com/ddstone1994
대표전화 02-337-5252 ㅣ 팩스 02-337-5868

ⓒ김현아

ISBN 978-89-5807-543-1 03810
(CIP2014028431)

나의 여행 이력서

•김현아 글•

뜨인돌

일러두기

1 외국의 지명 및 인명은 국립국어원의 외래어 표기법에 따라 표기했으며 필요하다고 판단될 경우엔 원
  어를 나란히 적었습니다.

2 중국의 고유명사 뒤에는 한자를 병기했습니다(예:산시성陝西省, 시안西安). 그러나 한자 발음으로 널리 사
  용되어 온 몇몇 단어들은 그대로 적었습니다(예:자금성, 천안문, 연길, 용정).

3 사진을 제공해 주신 분들의 이름은 사진 아래에 적혀 있습니다.

4 그 밖의 사진들은 위키피디아 등 공유 가능한 웹사이트에서 가져왔으며, 추후 저작권자가 확인될 경
  우엔 적절한 동의 절차를 밟겠습니다.

5 인용문들의 출처는 책의 마지막 쪽에 실려 있습니다.

책을 내며

1.

눈을 떴을 때, 나는 무언가에 꽁꽁 싸매진 채 풀밭에 누워 있었다. 꼬무락꼬무락 몸을 움직여 일어나 보니 강이 흐르고 있었다. 해는 뉘엿하니 서산으로 넘어가고 소리 내며 흐르는 강은 유장하기 이를 데 없었다. 목이 메는 것도 같고 아릿아릿 가슴이 아픈 것도 같아 큰 소리로 당신을 불렀다.

"아빠!"

대여섯 살 무렵이었던 듯하다. 그날 나는 당신을 따라 낚시를 갔던 터였고, 토끼풀을 뜯으며 놀다 그만 잠들어 버렸던 것이다. 당신은 입고 갔던 점퍼에 나를 꽁꽁 싸서 풀밭에 눕혀 놓고 몇 발자국 떨어진 곳에서 낚시를 했던 모양이다. 뱀이라도 있었더라면 어쩔 뻔했냐는 엄마의 잔소리는 그날 밤에 들은 건지 훗날 이 일을 재구성하는 과정에서 들은 건지 기억이 나지 않는다. 다만 그 강물 소리, 먹먹하던 하늘빛은 여전히 또렷하다.

당신은 낚시를 좋아해 주말이면 오빠와 남동생과 함께 미끼로 삼을 지렁이를 잡아 강으로 가곤 했다. 덕분에 나는 뽀얀 메기탕의 국물 맛을 어릴 적부터 알았고, 고추장으로 양념한 붕어찜이라든가 '덴뿌라'라 불렸던 민물고기 튀김 맛을 제대로 보며 자랐다. 엄마가 본격적으로 절에 다니기 시작하며 낚시를 그만 다니라고 종종 이야기했지만 당신은 개의치 않았다. 중학교 1학년 사월 초파일 이전까지. 그날 엄마는 방생을 다녀오고 당신은 낚시를 다녀왔다. 냉전과 침묵이 일주일 넘게 이어졌고 결국 당신은 낚시를 접었다. 그날 이후 평생 동안, 당신은 낚싯대를 잡지 않았다.

대학생이 되고 난 후 나는 집을 떠났다. 방학이나 연휴에 집에 내려가면 당신은 퇴근 후 종종 바람이나 쐬고 오자며 나를 오토바이 뒤에 태우고 근처 계곡이나 유적지로 데려갔다. 농월정으로 갈 적이면 어탕국수나 갈비탕을 저녁으로 먹고 내려오고 건계정에 갈 적이면 백숙을, 송계사 쪽으로 간 날이면 송어구이를 먹고 돌아오곤 했다. 거창엔 참 갈 곳이 많았다. 수승대, 상림숲, 월성계곡, 무주구천동, 금원산……. 아주 어렸을 때부터 주말엔 당일치기로, 연휴나 휴가 때는 텐트며 코펠, 버너를 지고 가 몇 날 며칠 캠프를 하고 올 때가 많았다.

그러고 보면 당신은 참 여행을 좋아했던 것 같다. 해인사, 경주, 수안보, 진안 등지로 가족들을 데리고 다녔고 친구들과도 장거리 여행을 다녀오곤 했다.

어느 해 겨울방학, 저녁을 먹는 자리에서 내가 말했다.

"프랑스 요리를 배워 봐야겠어요."

탁, 소리 나게 수저를 내려놓으며 당신이 물었다.

"그거는 뭐하러?"

"맛있잖아요. 해 먹으려구요."

단호하게 당신이 말했다.

"프랑스 요리가 먹고 싶으면 직접 그 나라에 가서 먹으면 된다."

당신은 내가 책 읽는 걸 좋아했다. 초등학고 4학년이 되자 서실에 데려갔고 중학생이 되자 한국문학전집을 사 주었다. 덕분에 박화성, 박화목, 최정희, 선우휘, 김동리 등을 조금 일찍 만날 수 있었다. 방학 숙제로 나온 바느질이나 뜨개질 같은 숙제를 미루다 미루다 결국 엄마가 밤을 새 해 주는 경우도 있었는데, 거기에 대해서도 아무 말 하지 않았다.

당신은 아내와 딸에 대해 다른 기준을 적용했다. 아내에 대해서는 지극히 보수적인 입장을 견지했지만 딸은 지적인 사람이 되길 원했던 것 같다.

막상 배낭을 꾸려 유럽으로 떠나려 하자 당신은 반대했다. 위험하다는 것이었다. 가뿐하게 가방을 메고 비행기를 타며 나는 생각했다. 다음부터는 미리 이야기할 게 아니라 도착해서 전화를 드려야겠다고.

내가 사는 집에 올 적이면 당신은 종종 내 구두들을 윤이 나게 닦

아 놓곤 했다. 그 신발을 신고 세상을 향해 한 발 내디디며 지적인
훈련을 한 나는 생각했다. 세상의 모오든 '아버지'를 죽이겠다고.

기질적으로 나는 당신을 닮았다. 불과 얼음을 한 몸에 지니고 산
다.

2.

나도 잘 못 먹는 열대과일 두리안을 좋아하고 타이 음식을 즐기고
스파게티를 맛있게 들던 당신, 열흘이 넘는 유럽 여행에서도 커피와
빵이 아주 좋았다고 말하던 당신, 돌이켜 보면 날 이렇게 키운 건 당
신이다.

그 순간,

그 자리,

그 사람,

기적처럼 이루어진 찰나의 사랑,

그것이 삶임을,

그것이 여행임을

당신이 그 먼 나라로 떠난 후

나는 조금씩 알아 가고 있다.

연속성도 없고 기승전결도 없는, 그래서 여행인 이야기를,

당신이 있는 그 먼 나라로,

'아버지의 딸'이었음을 고백하며.

— 2014, 여름, 정릉에서

3.

아버지가 돌아가신 이듬해에 나는 여행학교 로드스꼴라의 문을 열고 대표 교사가 되었다. 사람들은 종종 내게 묻는다.

"여행학교 대표 교사니 여러 나라를 여행했겠지요? 몇 나라나 여행하셨는지요? 가장 기억에 남는 여행지는 어디인가요?"

그때마다 나는 늘 조금 쑥스러워하거나 머뭇거렸던 것 같다. 여행한 나라를 세어 보려니 멋쩍고 고작 암스테르담과 풍차마을, 치즈마을만 다녀와서 네덜란드를 다녀왔다고 할 수 있나 싶기도 하여.

그럼에도 불구하고 오래 묵은 원고들과 새 원고를 갈무리하여 한 권의 책으로 엮는 건 여전히 받는 저 질문에 대한 공식적인 대답 같은 걸 해야겠다는 생각에서였다. 여행학교 대표 교사는 길 위에서 어떤 희노애락과 생로병사를 경험했는지. 그리하여 이 책은 여행학교를 하는 데 영감이 되고 토대가 된 특별한 경험들을 순서대로 정리했다. 베이징 상하이 항저우 천두 칭다오 쿤밍 꾸이린 광서우 옌볜 지린 시안 등 중국의 여러 도시를 여행했지만 그중 베이징과 시안만 쓴 건,

그런 이유에서다. 영국에서 출발해 네덜란드 벨기에 독일 오스트리아 체코 헝가리 스페인 이탈리아 스위스 프랑스를 여행했지만 그중 몇 도시만 쓴 것도 같은 이유에서라고 보면 된다.

모든 것이 스승이었다. 보이는 것과 보이지 않는 것, 인간과 인간 아닌 것, 사랑과 사랑 아닌 것, 생과 생 이전 혹은 이후, 부모미생전父母未生前, 그 모든 것들이 날 가르쳤다. 찰나찰나.

따뚜, 메마른 땅에 피어나는 붉은 꽃을 닮았던 아프리카 여자, 가 생각난다.

✈ 차례

프롤로그

짐을 다 꾸려 놓고 그녀에게 전화를 했을 때 어떤 전조 같은 게 있었던가. 일테면 전화선이 꼬였다든가, 가끔 8번을 두 번 눌러야 했던 오래된 전화기가 그날도 그랬다든가. 함께 가기로 한 친구는 전화를 받지 않았다. 핸드폰도 없던 시절이었다. 밤늦게 전화를 받은 건 친구의 동생이었다. "언니 맹장 수술해서 병원에 있는데요."

혼자, 울릉도에 갈 마음은 없었다.

21세기가 되려면 십 년이나 남아 있었고 스물다섯 살이었고 여자가 혼자 여행을 하는 예는 별로 본 적이 없었다. 그래도 짐은 풀지 않았다.

다음 날 아침 알람이 울렸을 때 이불 속에서 십오 초, 아마도 고민을 했던가, 지나치게 벌떡 일어났다. 지금 떠나지 않으면 영원히 혼자 여행하지 못할 거 같았다. 포항버스터미널에서 여객터미널로 가는 길에 내가 탄 택시가 접촉사고가 나는 바람에, 부두에 도착했을 때는 배가 출항 준비를 마치고 막 떠나려는 참이었다. 파도가 거칠어 대형

여객선만 뜬다고 느릿느릿 말하는 창구 속 여자에게 빼앗다시피 표를 받아 배를 향해 뛰었다.

내 자리는 단체여행을 가는 50~60대 아저씨들 옆이었다. 딱히 어떤 특징도 없어 무슨 관계인지가 잘 드러나지 않는 그룹이었다. 여덟 시간이 꼬박 걸리는 뱃길, 뱃멀미가 날 것 같다 싶은 시점에 아저씨들은 절묘하게 맥주를 건넸다. 혼자 여행하는 젊은 여자, 에 대한 호기심을 감추지 않으며. 나는 취재차, 라고 간단히 대답했다. 커다란 카메라 가방이 그 말에 신뢰를 더해 주었다. 아주 거짓말은 아니었다. 한 답사단체 소식지에 원고료 없는 원고를 쓰고 있었고 여행을 다녀와서 실으면 될 테니.

취재차, 라는 말이 어떻게 해석되었는지 모르겠지만 아저씨들은 어떻게든 '젊은, 여자, 기자'를 도와주고 싶어 했다. 숙소가 예약되어 있지 않다는 말에 자신들의 숙소에 머물도록 주선해 주고, 해돋이를 보라며 새벽같이 방문을 두들겨 깨워 주기까지 했다. 해돋이는, 기묘했다. 계란 노른자 같은 해가 바다 위에서 도동 하고 떠올랐다. 그런 해돋이는 그 이후로도 본 적이 없다. 일주 유람선을 타고 울릉도를 한 바퀴 도는데 일행 중의 한 아저씨가 오늘 밤에 자기랑 자자는 말을 하는 바람에 에쿠야, 하고 얼른 헤어졌다.

봉래폭포 가는 길에 작은아버지를 모시고 온 젊은 청년을 만났다. 병중인 작은아버지가 요양차 울릉도에 머물 예정이라며, 차를 가져왔으니 괜찮다면 울릉도를 여행시켜 주겠다고 했다. 햇쑥하긴 하지만 점잖아 보이는 초로의 신사가 옆에서 고개를 끄덕였다. 몇 차례 울릉도에 와 봤다는 그의 차를 얻어 타고 해안일주도로를 달리며 동네 구경을 했다. 꾸덕꾸덕 오징어가 말라 가고 자그르르 파도가 밀려왔다 밀려갔다.

그가 소개해 준 민박집에서 저녁을 먹고 나니 주인할아버지가 울릉도의 역사에 관한 이야기를 들려주었다. 전쟁 때도 울릉도는 별 피해가 없었다는 이야기부터 도둑·공해·뱀이 없고 향나무·바람·미인·물·돌이 많다 하여 3무無 5다多 섬이라고도 한다는 이야기, 미역취·부지깽이·명이·땅두릅나물 같은 산채와 천궁·더덕·작약 같은 약초에 대한 강의까지, 막걸리 사발이 비워지면서 이야기는 흥을 더했다. 다음 날은 독도에서 해안경비를 선다는 군인들을 만나 변방에서 청춘을 보내는 우울과 외로움에 대해 들었다. 4월인데도 무릎까지 눈이 푹푹 빠지는 성인봉을 올라갈 땐 등산객들이 친절을 베풀어 주었다.

혼자 여행하는 건 의외로 즐거운 일이었다. 더 많이 보이고 더 많이 들리고 더 많은 사람들이 말을 걸어 왔다. 배낭을 메고 걸어가노라면 웬만한 차들은 멈춰 서서 물었다. 어디까지 가느냐, 태워다 주랴, 그리고는 동네 다방의 커피를 사 주기도 하고 아는 사람을 만나면 오래된 친구를 소개하듯 날 인사시키기도 했다. 울릉도가 다정하고 따뜻한 섬이라고 기억되는 건 아마도 용기를 낸 첫 혼자 여행에 베풀어 준 호의와 인정 때문이리라.

제주도 언니 집에 있을 테니 오라고 전화를 한 친구는 막상 제주도에 내려가니 서울로 떠나고 없었다. 그리하여 다시 혼자 여행하게 되었다. 그 여행길에서는 밴드에서 베이스기타를 치는 청년, 스킨스쿠버를 하는 청년을 만나 함께 마라도, 비양도, 추자도를 여행했다.

햇빛 사이를 떠돌던 안개, 한숨 같기도 하고 노래 같기도 한 숨비소리, 끼이룩 바닷새의 울음소리, 알코올중독자와 예술가의 경계에서 휘청이는 인간, 새엄마의 학대를 피해 새우잡이 배를 타러 온 소년, 미용실 원장이 꿈이던 아홉 살배기 여자아이. 카메라만 갖다 대면 그대로 영화가 될 것 같은 이야기들이 길 위에서 이어졌다. 소매물도의 등대길, 보길도의 동백나무길, 민둥산의 억새길, 갑사에서 동학사 넘어가는 산길……

길은 다시 길로 이어졌다.

1장

중국

|

땅의 끝까지 6시간만 달리면 가는 나라,

옹기종기 아옹다옹, 한 다리 건너 두 다리면

알음알음 사돈의 팔촌이라도 되는 반도의 남쪽과는, 달랐다.

비로소 세상의 규모를 직면한 느낌이었다.

세상의 규모를 보다, 홀긋

자금성이었다. 한여름이었고, 세계 각지에서 온 수많은 관광객들로 북적였고, 땅에서 올라오는 지열로 엉덩이까지 후끈했다. 내리꽂히는 햇빛 덕분에 온몸이 지글지글 뜨거웠는데 이상하게 오한이 일었다.

귀에 꽂은 오디오가이드에선 자금성에 대한 설명이 흘러나왔다. 명청시대 5백 년 동안 24명의 황제가 살았던 곳으로 1407년 건설되기 시작했다, 1백만 명의 인부가 동원되어 14년에 걸쳐 완공되었다, 황제의 권력과 위엄을 상징하기 위해 설계되었고 천제의 거처와 동등한 지상의 등가물이라 여겨졌다, 따위의 내용이었는데 자음과 모음이 덜거덕덜거덕 맞물리지 않는 느낌이었다. 누군가를 부르고 손짓하고 사진 찍던 관광객들이 시야에서 흐려지고 속이 울렁거리는가 싶더니, 뜨거운 눈물이 솟기 시작했다.

울고 싶은 마음이 요만큼도 없었으므로 나는 조금 당황했다. 자객을 방지하기 위해 나무 한 그루 심지 않았다는, 그래서 손바닥만 한 그늘조차 없는 궁 마당에 어정쩡하게 서서 저절로 울어 버리는 몸이라니!

그러고 보니 너무, 크다. 한 시절 9천 명의 시녀와 1천 명의 내시가 함께 살았다는, 구천구백구십구 칸의 방이 끝없이 이어지는 세계 최대의 궁전에서, 아아, 이토록 넓은 세상이 있었구나, 내 몸은, 티끌과 같구나 먼지와 같구나, 9만 명의 병사가 모일 수 있었다는 태화전 앞마당에서 속절없이 나는 울었다.

그는 또 수많은 뜰을 지나가야 한다. 그 많은 뜰을 다 지나갔다고 해도 계단을 만나게 되고, 또 뜰을 만나고, 또 새로운 궁전을 만나게 된다. 백 년이고 천 년이고 황제가 파견한 사절은 이곳을 결코 빠져나갈 수 없을 것이다.
— 카프카,「황제의 메시지」중

첫 외국 여행이었다. 어디를 갈까 오래 생각하지 않았다. 첫 외국 여행은 중국이고 마지막 여행은 인디아가 될 거야, 중국은 희망이 있는 나라고 인디아는 썩지 않는 나라니까, 라고 20대 중반의 나는 생각했다. 희망과 희망이 만나면 눈빛과 눈빛이 부딪칠 때 나는 소리가 난다, 따위의 시를 쓰던 무렵 읽은 『중국의 붉은 별』『당원이 된 창녀』같은 책들에서 중국의 인민들은 지치지 않고 낡은 것들을 허물고 견고한 것들을 무너뜨렸다. 봉건적 질서와 제국주의의 사슬을 끊어 내는 대장정 중에 기꺼이 한목숨을 내어놓는 인간들은 피마저 푸른빛일 것 같았다.

그러나 정작 중국을 여행하려고 할 무렵엔 이성이 만들어 낸 유토

베이징 징산공원에서 바라본 자금성

피아를 향한 인류의 노력이 부질없는 한여름밤의 꿈에 불과했다는 소문이 안개처럼 번져 나가던 때였다. 동구의 몰락이니 현실 사회주의의 실패니, 시절은 하 수상하고 사람들은 아프거나 떠나거나 혹은 수면 아래로 깊이 잠수했다.

사회주의 인민공화국이라는 곳에 실제로 가면 뭔가 보이지 않을까, 오래된 것과 새것이 부딪치며 만들어 내는 공명을 들어 보면, 중원의 바람을 맞아 보면. 짐을 싸며 했던 이런저런 생각들은 그러나 동서로 760미터, 남북으로 960미터, 72만 평방미터의 넓이에 800채의 건물, 9천999칸의 방(실제로는 8천707칸이라고 한다) 앞에서 툭, 맥을 놓았다. 한반도의 44배, 아시아 면적의 4분의 1, 전 세계 땅의 15분의 1, 13억 인구, 55개 소수민족, 야생동물의 종류가 가장 많은 나라, 오로지 척추동물만도 6천266종……. 오기 전에 읽었던 숫자들이 눈앞에서 펼쳐질 때의 아득함이란! 땅의 끝까지 6시간만 달리면 가는 나라, 옹기종기 아웅다웅, 한 다리 건너 두 다리면 알음알음 사돈의 팔촌이라도 되는 반도의 남쪽과는, 달랐다. 비로소 세상의 규모를 직면한 느낌이었다.

1만 리에 이르는 장성이라는 말이 은유나 상징이 아닐 수도 있구나, '인류 최대의 토목공사'라고 불리는 만리장성에 앉아 꼬약꼬약 옥수수를 먹으며 생각했다. 그러고 보니 이곳에서는 닭다리도 옥수수도 크다. 동원된 인부만 해도 150만 명, 지도상 연장 길이 2천700킬로미터, 중간에 갈라져 나온 지선들까지 합치면 총 길이가 5~6천 킬

로미터, 달에서도 보인다는 거대한 유적의 바닥에 앉아 알 굵은 옥수
수를 까고 있는데 들썩들썩 엉덩이를 밀고 올라오는 이야기들.

만리장성 굴에서 말에게 물을 먹이니

찬 기운이 말의 뼛속까지 스며들어 상처를 주는구나

장성의 관리에게 다가가 한마디 하노니

이곳 부역 나온 이들의 기간을 더 늦추지 마시오

관리 말하길

이곳에 기한이 없으니

모두 소리 높여 흙이나 다지거라

사내라면 차라리 싸우다 죽고 말리라

어찌 울분 속에 장성만 쌓는단 말인가

장성은 끝이 없으니

삼천리를 이어지고

국경 성곽이 늘어날수록 사내는 줄어드니

집안에 느는 것은 오직 과부뿐

집으로 보낸 편지 내용도

나 기다리지 말고 새 삶을 찾으시오

시부모 모시며 늘 나만 기다린다니

늘 나 때문임을 가슴속에 지울 수 없소

사내아이 낳거든 키우지 말고

계집아이 낳거든 포 벅여 잘 키우시오

그때는 장성 아래를 보지 못했지

죽은 해골들이 서로 엉켜 있는 것을

— 진림, 「만리장성에서 말에게 물을 먹이며」

북쪽 변방에 부분적으로 건축되던 성벽이 본격적으로 축조되기 시작한 건 중국 최초의 통일왕국인 진나라가 들어서면서부터다. 흉노의 침입을 염려하여 진시황은 서쪽 임도로부터 동쪽 요동까지 장성을 축조하라 명한다. 장성은 한나라를 거쳐 명나라에 이르러 대대적으로 확장되는데 그때는 몽골의 침입을 막기 위해서였다. 그러니까 만리장성은 북방의 유목민족을 막기 위한 방어선인 셈. 북방민족인 만주족이 세운 청 왕조가 새로운 성벽을 쌓지 않은 이유다.

중국이 지금의 중국이 된 건 시황제 때부터다. 그가 중국을 하나의 거대한 제국으로 통일하지 않았다면, 중국은 유럽처럼 여러 나라로 나뉜 채 제각각 발전해 왔을지 모른다. 죽간으로 지어진 공문서를 매일 120근씩 처리하지 않고는 먹지도 쉬지도 않았다는 이 일중독자의 생애는 드라마의 요소들로 가득 차 있다.

출생을 둘러싼 스캔들. 킹메이커 여불위가 진시황의 아버지 자초에게 자신이 총애하던 무희를 보냈는데 그 무희는 이미 여불위의 자식을 잉태하고 있었으니 그가 바로 영정, 미래의 진시황이라는 확인할 수 없는 이야기.

욕망을 향한 집중. 즉위 후 중국을 통일할 때까지 걸린 시간 약 10년. 중원에서 수백 년 동안 할거해 왔던 여섯 나라(한, 조, 위, 초, 연,

제)를 2년에 하나씩 차례로 정복한다.

부귀와 영화를 위한 디자인. 아방궁, 여산의 능, 병마용갱 등 인류사에 길이 남을 초대형 프로젝트들이 동시에 기획되고 진행된다.

낯선 꿈에 대한 매혹. 연나라 출신 노생에게 불로장생한다는 영약을 구해 오게 하고, 서복에게 어린 남녀 수천 명을 주어 멀리 동쪽에 가서 불로초를 구해 오도록 한다.

온 세상을 품속에 담으려던 격렬한 욕망은 그러나 죽음 앞에 먼지로 스러진다. 기원전 210년 9월 10일, 진시황은 다섯 번째로 천하를 순행하는 길에 나섰다가 사구에서 병을 얻어 죽고 만다. 수도 함양으로 돌아오는 길이 지체되어 시체 썩은 냄새가 심하게 나자 절인 생선을 실은 마차를 써서 은폐했다고 하니, 전무후무 통일제국을 세운 황제라도 마지막은 미물의 그것과 다르지 않았다. 욕망이라는 이름의 전차가 멈추자 세상도 동시에 멈춘다. 제국은 그의 사후 4년 만에 무너지고 만다.

모든 것이 발아래에 있는 강력한 권력과 권위, 여섯 가지 감각으로 누릴 수 있는 최고의 사치, 죽음 이후의 세계까지 관장하고자 하는 야망. 그의 생애는 인간의 아랫배에 켜켜이 쌓여 있는 욕망을 끝이내어 그 최대치를 실현해 본 인생극장이다. 구백아흔아홉 가지일 것 같은 인간의 욕망도 그러고 보면 그리 복잡하지도 다양하지도 않다. 기원전 진나라의 시황은 온몸을 다해 그 욕망의 지도를 따라갔다. 정직하고 강렬하게, 생이 다할 때까지.

기원전의 사람을 만나다

잠시 숨이 멎는다. 오도도도 소름이 돋고 등뼈 사이로 전율이 인다. 나갈 길을 잃었던 숨이 겨우 길을 찾아 밖으로 나가는 동안 다리 힘이 풀린다.

오호라, 인류가 할 일은 이미 기원전에 끝났구나! 한세월 에헤라 디여, 수양버들 그늘 아래 한소끔 잠이나 달게 자면 그것이 내가 할 일이로구나. 빛을 뿜을 듯 예리한 눈빛과 반듯한 오관, 위무당당하면서 기품 있는 6천여 기원전 병사들이 금방이라도 지하 갱에서 뛰쳐나올 것만 같은데 최초의 전율이 지나간 몸은 자꾸 나른해진다.

키 170~190센티미터의 병마용兵馬俑들은 더할 수 없이 사실적이며 정교하다. 쌍꺼풀 없는 눈, 힘줄이 불거진 손, 깊게 팬 이마의 주름살. 살벌한 전장을 오랫동안 누빈 듯 위엄 넘치는 장군에서부터 날씬하고 어려 보이는 신병까지 단 한 명도 같은 표정을 짓고 있지 않다. 계급과 민족, 분야에 따라 복장은 물론 헤어스타일과 신발까지 다르다. 중장비 보병들은 머리카락을 바짝 빗어 목덜미에서 머리끝까지

땋아 올려붙였고 군리軍吏들은 모두 깨끗이 빗어 목덜미에서 머리끝까지 붙여 땋았다. 둥글게 틀어 상투를 올린 이들도 있다.

얼굴 표정에서는 기질과 성품도 느껴진다. 용맹하고 강인해 보이는 노병이 있는가 하면 기지가 넘치고 유쾌해 보이는 병사, 잔뜩 경계심을 품은 듯한 병사, 위로 바짝 당겨진 눈매로 상대를 제압하는 병사까지 각양각색 진나라 병사들의 모습에서는 전장에서의 이력과 군인의 풍모가 한껏 배어난다. 한번 뛰어오르면 5미터는 너끈히 뛰었던 진나라의 말도 콧구멍을 벌름거리며 달려 나갈 태세다.

병마용갱이 발견된 건 1974년 3월. 산시성陝西省 시안西安 임동국 서양촌, 해마다 드는 가뭄에 대비하기 위해 우물을 파던 사람들의 삽자루에 무언가 걸린다. 2천여 년의 시간을 지나 진나라 대군이 기원후 사람들과 만나는 순간이었다.

지하 갱에는 흙으로 구운 등신대의 병마용들이 사열 직전의 군대처럼 엄숙한 대열을 이룬 채 서쪽을 향하고 있었다. 진군나팔이 울리기만 하면 금방이라도 출정할 듯 역동적인 병사들의 손에는 실제 무기가 들려 있었다. 중무장한 6천여 병마용들이 향하고 있는 서쪽 1천500미터 지점에는 여산, 즉 진시황릉이 있었다. 수천의 병사와 전차, 수많은 군마용들이 2천 년이 넘는 시간 호위하고 있던 이는 다름 아닌 진시황이었다.

9월, 시황을 여산에 안장했다. 시황이 막 즉위해 여산에 무덤을 축조하는 공사를 시작했다. 천하를 합병하자 전국 각지에서 노역을 위해 온 자만 70만이 넘었다. 우물 셋 깊이만큼 파고 덧널에까지 이르도록 동을 부었다. 그 안에는 궁관과 백관, 기이하고 괴상한 기물을 운반해 가득 채웠다. 장인에게는 자동으로 발사되는 화살을 만들게 하여 무덤을 파고 접근하는 자가 있으면 바로 발사하게 했다. 수은으로 하천과 바다를 만들어 기계에 의해 쉬지 않고 흐르게 했다. 천장에는 천문도를, 바닥에는 지도를 만들었다. 인어 기름으로 초를 만들었는데 오랫동안 꺼지지 않게 계산했다.

― 사마천, 『사기』 권6 「진시황본기」

시황제의 나이 열세 살 때 여불위가 시작한 능묘 조성사업은 진시황 생전에도 끝을 보지 못하고 그의 작은아들 시황 2세가 즉위한 이듬해 겨울까지 장장 38년간 이어졌다. 중국 역사상 가장 규모가 크고 웅대한 왕릉 프로젝트였다.

2세 황제가 "선제의 후궁 가운데 자식이 없는 자들을 궁궐 밖으로 내는 것은 옳지 않다"며 모두 따라 죽게 하니, 죽은 자가 많았다. 장례가 끝나자 누군가 "장인들은 기관을 만들었고 보물을 운반한 자들도 이를 다 알고 있으니 많은 보물이 새어 나갈지 모른다"고 했다. 장중한 상례가 끝나고 보물도 다 매장하자 묘도의 가운뎃문을 폐쇄하고 바깥문도 내려서 장인과 보물을 운반한 자들을 모두 가두어 못 나오게 했다. 무덤은 풀과 나무를 심어 마치 산과 같았다.

— 사마천, 『사기』 권6 「진시황본기」

　지상과의 철저한 단절을 통해 진시황은 또 하나의 세계를 꿈꾸었던 모양이다. '이곳'이 아닌 '저곳'에서도 그는 황제이기를 원했고 그에 걸맞은 왕국을 디자인했다. 진시황릉을 중심으로 곳곳에 산재한 부속 능들은 그가 사후에도 호령하며 군림할 수 있도록 구축한 지하 세계의 네트워크였다. 진시황릉을 축조하는 데 동원되어 일하다 죽은 사람들이나 죄수들을 묻은 배장묘, 황제의 말을 기르던 마구갱, 진귀한 날짐승과 각종 동물을 묻은 동물갱, 진귀하고 기이한 물건을 묻어 둔 부장갱 등 1백여 개의 부속갱이 진시황릉 주변 곳곳에서 발견되었다. 병마용갱은 이 수많은 배장갱들 중 하나로, 사후의 진시황릉을 호위하는 지하군단의 성격을 지닌 셈이다. 1974년 처음 발견한 이후 중국 정부는 1976년까지 모두 세 개의 병마용갱을 발굴했다.

　병마용은 갑옷의 못과 갓끈, 얼굴의 주름살, 손바닥의 손금, 신발 밑창 무늬까지 선명하게 나타나 있고 말의 경우 이빨에 따라 나이를 추정할 수 있을 정도였다 한다. 병마용 가운데 대다수는 실제 무기를 쥐고 있었으며 그 수효가 1만 점이나 되었다. 장군이나 고위 관리로 추정되는 군인들이 들고 있는 청동검은 녹과 부식을 방지하기 위한 표면처리를 했는데, 2천 년 이상 묻혀 있었어도 여전히 그 날카로움을 유지하여 종이 20장을 벨 수 있을 정도였다고 전해진다. 흙더미에서 막 나왔을 때만 해도 1만 개에 가까운 도용陶俑과 도마陶馬는 모

두 정교하게 색이 칠해져 있는 상태였다.

　녹색 장유에 연자주색 짧은 바지를 입고 발에는 홍갈색 단화를 신은 병사, 홍색 장유에 쪽색 짧은 바지를 입은 병사들은 기원후의 공기와 만나면서 그 빛을 잃어버린다. 산화와 부식은 순식간에 얼굴과

손발에서 색을 앗아갔고 중국 정부는 지하갱의 문을 닫는다. 문화재 발굴 기술과 고고학 기술이 어느 정도 수준에 이르렀다고 판단한 2009년, 다시 발굴을 재개할 때까지.

높이 45미터에 둘레 약 2천 미터. 진시황릉임을 알고 보아도 야트막한 산으로 보인다. 본래는 두 배 높이였으나 세월에 깎이고 쓸려 지금의 높이가 되었다고 한다. 『사기』에 의하면 능 안에는 지상의 궁전과 누각이, 묘실 위에는 일월성신의 천계가, 아래에는 중국의 산하가 재현되었단다. 진시황이 끝내 두고 갈 수 없었던 것들이 무엇인지 알 수 있는 재구성이다. 장안을 점령한 항우가 능을 열고 30만 명을 동원하여 한 달 동안 그 안의 보물을 날라도 다 나르지 못했다니, 꿈꾸었던 한 세계가 고스란히 담겨 있는 이상의 공간인가 보다.

뭐 더 할 일이 있을까. 이미 기원전에 인간의 상상력으로 해 볼 수 있는 최대치의 탐험을 다 해 버렸는데. 그러고 보면 붓다와 예수, 공자와 소크라테스도 모두 기원전 사람들이다. 시간과 공간의 법칙을 가뿐하게 위반하며 색즉시공 공즉시색, 생과 사의 경계를 넘나들던 사람들! 생이란 찰나에 피어나는 만다라, 그 속에 깃든 만 가지 꿈이니, 온전히 이토록 애틋하다, 이토록 살뜰하다. 슬몃 기원전의 그들이 말을 걸어온다. 오래된 도시를 서성이다 보면.

그나저나 진시황릉은 왜 아직 발굴을 안 하는가, 라고 가이드에게 물어본다. 중국과 일본이 공동 발굴에 합의했다가 일본이 유적의 절반을 달라고 해서 저우언라이周恩來 전 총리가 반대했다는 둥, 지하궁에 독가스 성분을 함유한 대량의 수은이 있기 때문에 지금까지 파지 못했다는 둥 구구한 이야기가 있지만 그런 건 다 뜬소문이란다. 무수한 유물과 유적이 묻혀 있을 저 광대한 세계를 탐사하기 위해선 이곳의 준비가 더 필요하다고 생각하는 사람들의 의견이 받아들여지고 있기 때문이란다. 중국에서도 발굴을 하자는 의견과 미루자는 의견이 팽팽히 맞서고 있는데, 아직까지는 '후손에게 남겨 완성하도록 하자'는 저우언라이의 의견에 힘이 더 실리고 있다는 것이다.

풍부한 경험을 가진 수준 높은 발굴 인력, 필드 경험이 탄탄한 일류 고고대원, 색·백화·벽화·칠기·죽간·도기·목간 등을 보호하고 보존할 수 있는 일류 전문가, 시체 감정과 보호 방면의 일류 전문가, 방독 및 수은 처리 방면의 전문가 등이 갖춰졌을 때 비로소 기원전의 한 세계를 온전히 만날 수 있으리라. 시간을 만지려는 사람들의 준비 혹은 마음.

— 내일 파더라도 세 번 생각한 다음 파자.

병마용갱 발굴에 참여했던 장점민 고고학자의 말이다.

북쪽에서 귀인을 만나리라

　시안에서의 가이드는 운권이라는 조선족 청년이었다. 20대 후반의 그는 하루 일정을 마치고 헤어질 때면 "그럼 안녀엉", 유치원 아이들에게 하듯 말꼬리를 올려 인사했다. 남한에서 온 우리에게 서울말로 건네는 다정한 인사였지만 덩치에 어울리지 않는 귀여운 말투에 나는 늘 아랫입술을 깨물며 웃음을 참아야 했다. 한국 관광객이 물밀 듯 들어오면서 조선족 가이드들은 기존에 쓰던 말에 서울식 억양을 얹으려고 노력하는 듯했다.

　그러고 보니 그의 말에는 몇 가지 층위가 겹쳐 있었다. 가이드를 할 때는 이북 사투리가 묻어나는 한국어를 썼는데, 자연스럽긴 했지만 하고 싶은 이야기를 마음껏 표현할 정도는 아니라는 느낌이었다. 유적지의 역사나 인물의 연대기에 관한 이야기, 일상에 관한 부분에서는 막힘이 없었으나 내밀한 자신의 세계를 온전히 표현하기엔 뭔가 머뭇거림이 있는 느낌이랄까. 공적인 영역에서는 중국어를 썼는데 아주 유창했다. 사무적인 톤으로 자신의 의견을 분명히 전달했고 홍 정도 경쾌했다. 그러니까, 모국어는 조선말이었지만 사회적인 언어는 중국어였다.

모국어는 다시 몇 개의 층위로 나뉘었는데 중국으로 처음 건너온 1세대의 고향이 어디인가에 따라 달랐다. 증조할아버지가 경상도 출신이면 4대가 지난 후에도 경상도 억양이 남아 있었고 함경도나 평안도면 이북 사투리가 남아 있었다.

그럼 안녀엉, 이라고 이쁘게 인사하는 이 청년의 발뿌리가 궁금해져 실례를 무릅쓰고 혹시 집을 방문할 수 있느냐 물어보았다. 조금 난감한 표정으로 조부모와 함께 사니 여쭈어는 보겠다 하더니, 다음 날 만나서 저녁을 먹으러 오라 한다.

운권은 5층 아파트의 4층에 살고 있었다. 고운 태가 여전한 할머니가 어서 오라며 반기고 해사한 소녀가 그 뒤에서 예쁘게 눈웃음을 짓는다. 운권의 동생 순이는 한족 중학교에 다니는데 저녁엔 일본어를 배우러 학원에 간단다. 정갈하고 단정한 열서너 평의 집 한켠에서 보글보글 된장 끓는 소리가 다정하게 들려왔다. 조금은 엄해 보이지만 속내는 따스할 거 같은 할아버지와 포근한 수다꾼 할머니, 부끄러워 자꾸 목소리가 기어들어가는 순이, 밖에서보다 의젓해 보이는 운권과 저녁밥상에 앉는다. 맛깔스러운 김치며 된장찌개가 입에 감긴다.

지극히 일상적인 조선식 밥상에 앉아 조선말로 이야기를 나누며 밥을 먹는 이 일가족이 중국에 살게 된 건 할아버지의 아버지가 간도 땅으로 이주하면서부터다. 만주사변과 중일전쟁을 일으킨 일제의 포악이 점점 심해지던 1930년대 중반이었다. 조선에서 나는 쌀 1천5백만 섬 중 1천만 섬 이상을 수탈해 가는 상황에서 아무럼 여기보다 못하랴 나선 길이었다.

소학교도 다니기 전에 두만강을 건넌 할아버지는 조선 사람들이 세운 학교에 입학했다. 간도에는 이미 1910년대에 중국으로 이주한 항일지사들과 초기 이민자들이 세운 학교들이 있었다. 1906년 이상설, 이동녕 등이 용정에 서전서숙을 꾸린 이후 명동학교, 창동학교 등 많은 학교가 세워졌고, 초기 이주자들은 조선의 미래가 아이들에게 달려 있다며 헌신적으로 아이들을 교육시켰다. 할아버지 역시 허리띠를 졸라매며 뒷받침하는 부모님의 덕으로 학업을 이어 갈 수 있었다. 조선학교를 거쳐 의과대학에 진학했고, 1955년 의사 개업을 한다. 소용돌이치는 중국 현대사의 한가운데 서 있었지만 결혼하고 아이 낳으며 삶의 소소한 행복을 누리던 시절이었다.

거대한 정치적 파고가 할아버지와 할머니의 삶에 들이닥친 건 문화혁명 때였다. 할아버지는 흑오류黑五類, 반혁명분자라는 간판을 목에 걸고 거리를 끌려다녀야 했다.

살아온 이야기를 담담하게 털어놓던 할아버지가 문화혁명 이야기에 이르러서는 평정심을 잃고 표정이 흔들린다. 시간이 지났지만 과거가 되지 못한 이야기, 였다. 그 시절만 생각하면 지금도, 할머니가 푸르르 말을 더 이으려 하자 할아버지가 제지한다. 더 이상 입에 담고 싶지 않은 듯했다. 할머니가 살짝 눈치를 보더니 이내 함경도 혜산에 사는 언니 이야기로 화제를 옮긴다.

경기도 양평에 살았던 할머니도 조부 때 북간도로 이주했다. 일가가 나 같이 연길에 살았는데 한국전쟁 때 '조국'으로 종군한 형부가 북한에 눌러앉는 바람에 언니 일가는 지금까지 혜산에 산단다. 요즘은 형편이 많이 안 좋아 언니네 집을 방문할 때는 이것저것 생필품들을 많이 가져가는데, 안 귀한 게 없을 정도로 모든 게 부족한 형편이어서 걱정이 많다.

운권도 여행사 일로 중국 관광객들을 인솔해 종종 북한으로 가는데 평양은 정말 굉장한 도시, 라고 하다가 슬쩍 내 눈치를 본다. 내가 남쪽에서 왔다는 게 의식이 됐던 모양이다. 따지고 보면 이 사람들에게는 남쪽이고 북쪽이고 다 고국일 텐데.

"조선족에게 남과 북은 어떤 의미인가요?"

"남도 북도 모두 고국이지요. 서로 싸우지 말고 잘 살았으면 좋겠어요. 그래야 여기 사는 조선족들에게도 큰 힘이 됩니다."

언젠가 만난 적 있는 재일동포 친구도 그랬다. 남과 북이 힘이 있어야 일본에 사는 자신들도 힘이 생긴다고. 그러고 보니 그 친구를 호명할 때는 재일동포라 했다. 미국에 사는 한인들을 부를 때는 재미동포. 그런데 왜 중국에 사는 한인들은 재중동포라 부르지 않고 조선족이라 하는 걸까.

"아, 그건 우리가 조선 사람일 때부터 여기 살았으니까네."

할아버지의 말에 운권이 웃으며 능친다.

"그렇게 치자면 신라시대부터 살았으니까 신라족이라 해야 옳지요."

"그거이 그때는 정착한다기보다 양쪽을 오가는 사람이 많았지 않니."

두 사람의 이야기를 엮으면 한반도와 중국의 지난 2천 년의 관계사가 될 판이다.

중국과 한반도는 지리상으로 연결되어 있었기 때문에 오랜 옛날부터 정치, 경제, 문화 등 여러 분야에서 밀접한 교류관계를 가지고 있었다. 고조선, 고구려, 발해는 그 영토가 중국 일부에 닿아 있기까지 했다. 신라의 불완전한 통일 이후 많은 고구려인들이 만주에 남았고, 백제 역시 멸망 후 일부 주민들이 중국 영토로 이주했다.

신라인들은 당나라 때 중국 동해안 일대에 신라방이라는 집단 거주 지역을 형성하여 모여 살았는데 거의 3백여 년이나 유지되었다. 교역하던 상인들이 대부분이었지만 견당사遣唐使라 불리는 사신단, 학문을 익히러 간 유학생, 불법佛法을 배우러 간 승려, 그리고 경제적 난민과 정치적 망명객도 상당수 머물렀다.

고려시대 때도 생활의 어려움으로 만주 지역으로 이주한 고려인들이 있기는 했으나 한반도에 살던 사람들이 본격적으로 간도로 가게 된 건 19세기 중엽. 함경도를 비롯한 북쪽 지역에 잇달아 기근이 들고 탐관오리들의 학정이 계속되자 먹고살 길이 어려워진 백성들 중 일부가 국경을 넘어 간도 땅으로 이주하기 시작했다. 월강금지령에도 불구하고 많은 조선인들이 살길을 찾아 두만강을 넘어 중국 동북지역으로 들어갔는데, 당시 백두산을 중심으로 한 1천여 리는 청나라의 봉금책으로 거의 사람이 살지 않고 비어 있었다.

새로운 삶의 디진을 찾아 나선 초기 이주민들은 묵은땅을 개간하고 물길을 뚫고 마을을 만들었다. 밭심으로 살던 조선 사람들은 밭작물 위주의 경작지였던 중국 동북지역에 만난신고를 들여 논을 만들고 벼를 재배하는 데 성공했다. 오랫동안 황무지였던 간도 땅은 그렇게 조선 이주민들에 의해 살뜰한 농경지로 바뀌었다.

이때까지는 생존을 위한 암묵적 이주였지만 일본이 한반도를 침략한 이후로는 상황이 달라졌다. 토지조사사업으로 땅을 잃은 농민들이 남부여대 만주로 흘러들기도 했지만 그보다는 항일운동을 위한 본격적인 이주와 정착이 시작되었던 것이다. 신흥무관학교를 만들고 동북항일연군을 조직하고 봉오동과 청산리에서 승리를 거두고 국경지역에서 끊임없는 유격전을 펼친 게 바로 그들이었다. 배를 곯으면서도 쌀 줌을 보태고 비밀리에 정보를 수집하고 조직을 보살피고 죽은 동지들의 아이를 키운 것도 그들이었다. 1945년의 해방은 마을이 불타고 아들을 잃고 감옥살이를 하고 모진 고문을 당하면서도 끝내 일제에 저항한 수많은 조선족들의 피와 눈물이 만들어 낸 것이었다.

"조국은 해방이 됐지만 우리에게는 시련이 계속 이어졌지. 전 중국이 국민당과 공산당의 전쟁터로 변했으니까 말이야. 근 4년간이나 지속된 중국 해방전쟁에 참가해야 됐어. 우리가 그 생사판가리 싸움에서 벗어나 고요하게 살게 된 것도 실로 얼마 안 된 일이지."

이야기를 듣다 보면 이들이 조선족이라 불리는 건 지극히 당연한 일이라는 생각이 든다. 그들은 한국이라는 나라가 생기기도 전에 이미 중국에 살고 있었고, 동북3성을 비롯한 간도 지역을 자신의 영토라 생각하며 1백여 년을 버텨 왔고, 중국 근현대사의 파고를 함께 넘어 오늘에 이르렀다.

1949년 중화인민공화국이 건국되면서 조선족은 중국 소수민족의 하나로 법적 지위를 갖게 된다. 연변은 조선족 자치구가 되었고 조선어가 공식 언어로 채택되었다. TV에서는 조선어로 방송을 하고, 조선어 신문들이 간행되고, 전통문화들이 보존되며 이어지고 있다. 운권은 민족유치원과 민족소학교를 졸업했고 중고등학교와 대학교는 중국 학교를 나왔다.

저녁도 먹고 차도 마시고 이야기도 들으며 심각해졌다가 웃다가 하다 보니 밤이 깊다. 갑자기 방문하느라 제대로 선물도 준비 못 한 터라 혹 필요한 게 있으시냐, 한국에 돌아가 보내드릴 수 있다 했더니 뭐 필요한 게 있겠냐며 손을 젓던 할아버지가 혹 토정비결 책을 보내 줄 수 있는지 묻는다.

"보던 책이 있긴 한데 오래되어 심심풀이로 보기에도 너무 낡았어."

"그럼요. 돌아가서 꼭 보내드리겠습니다."

인사를 드리고 나오는데 굳이 배웅을 나오신다. 엘리베이터도 없고 계단은 깜깜하니 들어가시라 해도 그에 1층까지 와서는 무심히, 다음부터 서안에 오면 호텔 가지 말고 우리 집으로 오라, 하신다. 그리고 건강하라며 손을 잡아 주신다. 따스하다. 이만큼 오다 돌아보니 할아버지는 아직도 그 자리에 계시다. 지금도 인민해방군의 의사로 일하고 있는 늙은 조선 사람이 어둠 속에 오롯하다.

호텔로 돌아오는 길, 토정비결이라, 되뇌어 본다. 오래오래 보아 닳았다는 책, 조선 사람의 운명을 말해 주던 이 책은 중국에 사는 조선 사람에게도 맞는 괘를 풀어 주었을까.

민족이라는 말 속에 어떤 함정들이 도사리고 있는지 알게 된 뒤부터 민족 혹은 민족주의라는 말은 늘 조금 불편했다. '같은 민족' 어쩌고 하는 표현 속에 얼마나 많은 경계와 소외와 차별이 촘촘히 존재하는지, 그 넘을 수 없는 벽이 얼마나 많은 상처와 돌이킬 수 없는 오류를 범하는지를 익히 보아 왔기 때문이다. 그럼에도 디아스포라 diaspora*를 만나면 가슴 한쪽이 슬멋 사무친다. 운권의 할아버지를 만난 그 밤 이후, 자신의 민족에게 무관심하지 않으면서도 세계주의자가 될 수 있는 길, 에 대해 가끔 생각한다.

그해 내 토정비결은 북쪽에서 귀인을 만날 운이었다.

---

* 이산離散을 뜻하는 그리스어. 팔레스타인을 떠나 방랑하는 유대인들을 가리키는 말이었지만 지금은 식민 지배나 전쟁 등으로 인해 이산을 강요당한 사람들을 통칭하는 말로 쓰인다. (편집자 주)

불온과 순수 사이

어떤 감독의 영화가 개봉되기를 기다려 첫날 조조로 본 적이 있다. 〈국두〉. 장이모우 감독의 영화였다. 그의 첫 영화 〈붉은 수수밭〉은 강렬했다. 불타는 대지와 붉은 해, 생명력으로 가득한 공리의 얼굴, 출렁이는 고량주와 야생의 사람들은 영화가 끝나고도 쉽게 자리를 뜨지 못할 정도로 매혹적이었다. 원색으로 가득 찬 화면이 눈앞에서 펄럭이던 〈국두〉 역시 독특하고 낯설었다.

장이모우와 함께 중국 제5세대 감독의 상징이었던 첸카이거의 〈패왕별희〉를 보고도 여운이 가시지 않아 오래 밤거리를 걸었다. 중국 영화라면 무협이나 홍콩느와르를 떠올리던 나에게 그들의 영화는 대륙적 감수성으로 다가왔다. 5천 년이라는 오랜 역사 속에 만들어진 중국적 전통과 면면한 서사가 강인하면서도 섬세한 북방 배우들의 얼굴과 몸을 통해 스크린 위에서 빛으로 피어났다.

출현과 동시에 세계 영화계의 주목을 받은 이 감독들은 각기 다른 개성으로 독보적인 세계를 만들어 갔는데, 한 가지 공통점은 약력에 늘 문화혁명 이야기가 있다는 점이다. '첸카이거 감독은 문화혁명 기간 동안 홍위병에 입대해 산골 광산으로 하방*되었다. 그는 예술가이며 지식인이었던 자신의 부모를 비판해야 했던 아주 끔찍한 기억을 가지고 있다. 그에게 문화혁명은 잊고 싶은 과거이며 생각하기 싫은 악몽과도 같은 것이다'라거나 '문화혁명 시기의 하방 체험은 대개 지식인 출신인 그들에게 중국 민중의 생활을 생생하게 보고 느낄 수 있게 하였으며 〈황토지〉나 〈붉은 수수밭〉에서 보듯 예술영화의 표현양식에 담긴 민중성이라는 독특한 세계를 가능하게 하였다' 따위. 이들의 삶과 영화의 키워드는 문화혁명인 듯했다.

영화감독들뿐 아니라 밤새 낄낄거리며 읽은 『허삼관 매혈기』의 작가 위화의 소설을 관통하는 주제 역시 문화혁명이었으며 『사람아, 아 사람아』의 다이호우잉 역시 거기에 깊이 천착하고 있었다. 이들은 모두 그 주제에 끈질기게 매달리는 것처럼 보였다.

이 작가들에게 문화혁명이 화두라면 운권의 할아버지에게는 아직 딱지가 앉지 않은 상처였다. 문화혁명의 경험은 분명 대부분의 중국 사람들에게 지나간 과거가 아니었다. 아직 정면으로 마주하기엔 불편한 시간. 대체 무슨 일이 일어났던 걸까. 겨우 몇 번의 봄 여름 가을 겨울이 지나가는 동안.

1949년 10월 1일, 길고 치열했던 내전이 끝나고 중화인민공화국이

*당원, 공무원, 군인 등의 관료화를 막기 위해 그들을 일정 기간 동안 농촌이나 공장으로 보내 노동에 참여시키던 제도. 하방 운동은 마오쩌둥 집권 시기인 1957년에 처음 도입되었으며 문화혁명 직후에도 대대적으로 시행되었다. (편집자 주)

수립된다. 이듬해 일어난 한국전쟁은 중국에도 큰 영향을 미쳤다. 북한을 지원하기 위해 '중국 의용군'을 보내야 했기 때문이다. 그 대가로 중국은 유엔 상임이사국 지위를 상실하고 미국으로부터 통상금지 조치를 당한다.

1953년 한반도의 휴전으로 비로소 미국과의 전쟁에서 벗어날 수 있었던 중국 정부는 본격적인 국가재건 사업인 '대약진운동'에 착수한다. 전국적으로 토지개혁이 실시됐고 인민공사가 등장했다. 촌락마다 무료급식소가 개설되었고 농민들은 가족을 데려와 그곳에서 식사를 했다. 가족노동에서 벗어난 농민들은 취사도구를 창문 밖으로 던져 버렸고, 그것들은 모두 용광로로 들어갔다.

혁명에 대한 열정을 산업화로 연결시켜 유럽이 3백 년에 걸쳐 이루었던 자본축적을 압축적으로 이뤄 내고 그걸 토대로 혁명을 완성하고자 했던 이 운동은, 오랜 내전과 혁명에 지친 인민들에게 새로운 비전을 보여 주며 사회주의 체제를 강고히 하려는 시도였다. 강철 생산량이 15년 내에 영국을 초과할 것이며 농업 생산량도 100% 이상 증가할 것이다! 신념에 찬 당과 인민은 저돌적으로 생산량을 높이는 데 매진했다.

열정이 기술을 대신할 수 있다는 생각은 그러나 환상이었다. 뒷마당에 설치한 용광로에서 생산한 강철은 너무 질이 낮아 쓸모가 없었고, 시멘트와 화학제품과 면 따위가 생산되긴 했지만 품질은 조악하기 이를 데 없었다. 기술 개발을 병행하지 않고 노동력 집중만으로 과다하게 부흥시킨 중화학공업은 목표로 설정한 경제지표에 못 미치며 비틀거렸다. 공업을 일으키겠다는 일념으로 농촌의 노동력을 과도하게 차출한 결과 농업생산력마저 급격하게 저하되었다. 농촌경제는 파탄 나고 도시의 인구는 빠르게 증가하여 식량부족 사태가 일어났다.

엎친 데 덮친 격으로 자연재해로 인한 흉작이 2년 내리 이어지며 대기근이 중국 전역을 휩쓸어 1960년에는 무려 2천만 명이 아사했다. 사회주의 동맹국이던 소련과의 관계가 악화되면서 경제원조마저 전면 중단되었다. 북베트남을 폭격하고 인도네시아 공산당을 와해시키는 등 아시아에 대한 미국의 개입이 확대됨에 따라, 마오쩌둥의 신생 사회주의 인민공화국은 심각한 고립과 위기에 직면할 수밖에 없었다.

결국 마오는 대약진운동을 포기했다. 그가 실패의 책임을 지고 국가주석에서 물러난 뒤 당의 주도권을 잡은 건 류사오치와 덩샤오핑을 중심으로 한 실용 수정주의 그룹(실권파)이었다. 민생경제 회복을 위해 자본주의적 요소를 일부 수용한 그들의 정책은 마오 그룹의 강한 불신을 사게 된다. 그 정책들이 자본주의로의 복귀일 수 있다는 불안과 불만은 마오로 하여금 목숨을 걸고 일궈 낸 사회주의 체제가 무너질 수도 있다는 위기의식을 느끼게 했다.

당 구조를 혁신하고자 했던 마오는 젊은이들에게 '조반유리(造反有理, 모든 반항에는 이유가 있다)'라는 메시지를 전하며 기성 질서에 저항하라는 사인을 보낸다. 모든 낡은 사고방식과 관습, 문화, 습성들을 제거하고 새로운 것들로 대체해야 한다는 그의 주장은 빠르게 청년

층에게 전파되었다. 옛 지주계급, 옛 부농, 반혁명분자, 범죄자, 우파분자를 흑오류黑五類로 규정하고 새로운 사상은 홍오류紅五類가 주도해야 한다는 주장이 들불처럼 대륙 전체로 번져 나갔다. 홍오류란 혁명간부, 혁명 군인, 혁명 열사, 노동자, 빈농 집안의 자제들이었다.

당 간부들이 이들의 비판을 받아들이지 않는다면 관료화되는 것이며 새로운 압제자가 되는 것이기 때문에 혁명은 불가피하다는 주장의 밑바닥에는 '자본주의의 길을 걷는 실권파'인 당 중앙의 주류파들을 제거하려는 정치적 계산이 깔려 있었다. 권력 실세를 비판하며 문화를 전면적으로 바꾸어 내야 한다는 이 움직임에 가장 빠르게 대응해 조직된 단체가 바로 홍위병이었다.

홍위병은 1966년 칭화대학 부속중학교에서 맨 처음 결성되었으며, 이후 전국 각지의 초등중학 및 고등중학으로 확대되었고 대학에서도 조직되었다. 초창기의 홍위병은 학교의 권위를 거부하는 자유분방하고 활력에 넘치는 학생들이었는데 이들이 모든 시간을 바쳐 혁명에 참여할 수 있도록 학교와 대학은 문을 닫았다. 홍위병을 중심으로 한 대규모 집회가 끊이지 않았고, 옛것이나 외래의 것은 혁명을 위반하는 쓰레기로 취급되었다. 서양의 문학작품이나 예술작품들뿐 아니라 중국 전통의 풍부한 유산까지도 반동 부르주아적인 것으로 간주되어 금기시되었다. 혁명을 찬양하는 작품들만이 공연되었고, 정치적 유용성이 없는 예술은 유독한 잡초이므로 뿌리째 뽑아내야 한다는 주장이 문화계를 장악했다. 전통적인 경극에 등장했던 황제, 관료, 신들이 레퍼토리에서 사라지고 혁명계급 출신의 영웅들이 모든

문화혁명(1966~1976) 당시의 풍경들

예술 창작품들의 중심을 차지했다. 갈등하고 방황하는 회색인은 처단되어야 할 인물로 묘사되었다.

극장과 박물관은 문을 닫았고 가게에서는 더 이상 화장품이나 게임, 재즈 음반 같은 '경박한' 물건을 팔 수 없었다. 미장원에서는 파마가 금지됐다. 하이힐이나 앞이 뾰족한 구두, 모피코트 같은 물건을 파는 가게들의 간판이 부수어지고 진열창에는 마오 주석의 사진이나 표어가 내걸렸다. 아이들은 글을 배우기도 전에 마오 주석 어록을 외웠고, 청소년들은 자신이 참된 혁명군임을 과시하기 위해 홍위병에 들어가고 싶어 했다.

홍위병이 되려면 자신이 홍오류에 속한다는 것을 증명해야 했기 때문에 젊은이들은 점차 과격해지기 시작했다. 그들은 교사, 화가, 문필가들을 흑오류로 체포하고 모욕을 가했다. 높다랗고 우스꽝스럽게 생긴 마분지 모자를 씌우고 목에는 커다란 표지판을 건 후 네 발로 기게 하고 거리에서 끌고 다녔다. 단지 외국의 물건을 소유하고 있는 것만으로도 스파이 취급을 당해야 했다.

혼란스럽고 소모적이며 무서운 나날들이었다. 자식이 부모를 비판하고 제자가 스승을 신고하고 오랫동안 함께 일했던 동지들끼리 서로 배신하는 시간이 이어졌다. 이웃은 서로를 믿을 수 없었다. 가족과 마을은 해체되었다. 많은 이들이 이런 상황을 견디지 못하고 스스로 목숨을 끊었다. 당의 주류 세력들은 체포·감금되었고, 유소기와 덩샤오핑을 비롯한 주요 실권파들은 추방되었다.

마오에 반대하는 세력이 실각하고 숙청되자 마오는 홍위병을 해산시켰다. 일부는 학교로 돌아갔지만 대부분은 농촌으로 보내졌다. 도시에서 태어나고 자란 수백만 명의 젊은이들이 집을 떠나 작은 시골 마을에 정착하라는 명령을 받았다. 그들은 농민들에게 배우고 농민들은 그들에게 배울 것이며, 그럼으로써 도시와 농촌 또는 배운 사람과 못 배운 사람의 차이가 해소될 것이라는 게 당의 지침이었다. 한때 홍위병이었던 청년들은 이제 농장에서 일을 하며 마오 주석의 새로운 중국을 건설해야 했다. 이 계획은 산으로 올라가고 농촌으로 내려간다는 뜻의 '상산하향上山下鄕'이라 불렸다.

그전까지 한 번도 육체노동을 한 적이 없던 도시 출신의 십대들이 찌는 듯한 더위나 살을 에는 추위 속에서 온종일 일을 했다. 들에서 일을 하지 않을 때는 마을 사람들에게 신문을 읽어 주고 혁명가를 불러 주고 혁명 이야기를 들려주었다. 밤이면 모두들 함께 모여 마오 주석의 글을 공부했다. 일은 지루하고 고되었고 숙소는 형편없었으며 사생활은 생각조차 할 수 없었다.

여러 해를 농촌이나 공장에서 일한 뒤 도시로 돌아오는 젊은이들도 더러 있었다. 하지만 대부분은 학교로 돌아가지 않았고, 6년의 초등교육을 끝으로 성인이 되었다. 1968년에서 1976년까지 8년 동안약 1천4백만 명의 젊은이들이 농촌으로 보내졌다. 그들 대부분이 홍위병 출신이었다.

1976년 마오가 사망하고 다시 실권파가 정권을 장악하자 중국공산당은 문화대혁명에 대해 '극좌적 오류'였다는 공식적 평가를 내린다.문화혁명은 역사의 뒤안길로 영영 사라지는 듯했다.

그 시간을 불러낸 이들은 다시 홍위병들이었다. 장이모우, 첸카이거, 위화, 다이호우잉 들은 혹독했던 시간을 치열하게 응시하고 차갑게 해석하고 섬세하게 재구성한다. 숭고한 듯했으나 비열했던, 고결한 듯했으나 역겨웠던, 희망을 말하고자 했으나 절망이 되어 버린 이상한 시간! 무엇을 이야기하든 한꺼번에 딸려 오는 분노와 증오, 죄의식, 슬픔, 비애, 수치, 좌절, 연민의 덩어리들을 그들은 꼼꼼히 만져보고 무연히 응시하고 촘촘히 기록한다.

문화혁명은 질문이었다. 사회주의란 무엇이며 어떻게 실현되는가,자본주의 국가들에 둘러싸인 세계체제 속에서 개별 사회주의 국가를 건설한다는 게 어떻게 가능한가를 어린 혹은 젊은 그들은 혹독하게 질문했고, 이제 집요하게 답한다. 인간의 선의와 낙관성을 바탕으로 만들어 내려 했던 새로운 희망, 현실에서 봉착한 시련, 언제든 자본주의로 회귀할 수도 있다는 두려움이 빚어낸 극단적인 선택의 한

가운데서 가장 정직하게 가장 불온하게 가장 순수하게 살았던 이들이 하는 이야기는 아프게 몸을 파고든다. 밑바닥에서 꼭대기까지, 비루한 것에서 고결한 것까지, 역겨운 것에서 투명한 것까지 뒤집어 보고 엎어 보고 빨아 보고 깨물어 보고 삼켜 보고 뱉어 볼 때 비로소 읽혀지는 시간들. 광주, 4.3 제주, 동학, 우리가 서둘러 박물관으로 보내 버린 시간들을 그들은 여전히 끈질기게 붙잡고 있다. 예기치 못한 곳에서 떨어지는 눈물, 재채기를 통해 튀어나오는 기억의 파편, 가래로 끓는 이야기 도처에 흐르는데, 그 봄 여름 가을 겨울, 아직 끝나지 않은 이야기들 몸의 구멍을 통해 가지를 뻗는데.

봄날 꿈속의 나비, 1967년생

 연길발 북경행 비행기는 결국 결항되었다. 거센 비바람이 멈추지 않았던 터라 공항에서 다섯 시간 넘게 기다렸지만 누구도 불평을 할 수는 없었다. 항공사가 제공하는 호텔로 되돌아가는 버스 안은 대부분 한국인 관광객이나 중국 사람들이었다. 늦은 저녁 식사가 준비된 호텔 식당은 여덟 명이 한 테이블에 앉게 세팅되어 있었고, 친구와 나는 낯모르는 사람들과 동석하게 되었다. 중국어로 대화를 나누는 사람들 틈에 끼어 있으니 중국영화를 보는 느낌인데, 라고 친구가 말했다.

 기름진 중국 음식에 지쳐 긴 젓가락으로 요리를 깨작이던 우리는 함께 앉은 사람들에 대한 품평을 하기 시작했다. 네 옆에 앉은 사람 말이야, 저 호전적인 눈빛에 단단하게 뭉쳐진 살덩이 봐라, 딱 오랑캐의 전형이네, 라거나 저쪽 두 사람은 홍콩에서 온 비즈니스맨 같지 않니, 장국영 좀 닮았는데, 라거나 딱 사회주의 인민공화국 관료네, 저 거드름 봐라, 따위. 모두가 중국말을 하고 있었기 때문에 우리의 한국어는 전혀 거침이 없었다. 그러므로, 그 사람들 홍콩에서 온 거

맞습니다, 라는 한국말이 아주 가까이서 들렸을 때 우리는 잠시 어리
둥절했다.

"북경 왔다가 잠시 연길 관광하러 온 겁니다."

전형적인 오랑캐라고 불렀던 그가 분명한 한국말로 이야기를 하고
있었다. 이런! 나도 모르게 자리에서 벌떡 일어났다.

"아, 죄송합니다. 중국분인 줄 알고."

쩔쩔매는 내게 그는 자신이 조선족이며 북경에서 여행사를 하고
있고 연길에는 사업상 왔다, 내일은 아마 비행기가 뜰 거다 등의 이야
기를 경상도 사투리와 이북 사투리가 겹쳐진 억양으로 이야기했다.
빨리 자리를 모면하고 싶던 터라 대충 먹고 일어서려는데 비도 그쳤
으니 연길 야시장 구경이나 가지 않겠냐고, 여기 지리는 자기가 잘
아니 안내를 하겠다고 했다. 껄끄럽긴 했지만 야시장은 구경하고 싶
었으므로 줄레줄레 따라나섰다.

온갖 과일과 채소, 색색의 옷가지들, 야바위꾼들, 개구리부터 메뚜
기까지 주전부리들로 야시장은 흥성했다. 총을 쏘아 인형을 맞히는
게임도 하고, 사지도 않을 액세서리를 흥정하기도 하다가 길거리 좌
판에 앉아 양꼬치에 맥주를 주문했다.

어느 지역인지 구분이 안 가는 억센 억양이 독특해 할아버지의 고
향이 어디냐고 물어보자 그는 아마도 강원도일 거라고, 아버지가 어
릴 적에 조실부모를 한 터라 할아버지 고향까지는 모르고 부친은 강
원도에 살다 중국으로 건너왔다고 한다. 아버지 형제들이 모두 중국
으로 건너왔는데 그해에 해방이 되었다며, 해방될 줄 알았으면 건너

오지 않았을 거라고, 그만큼 정보에 어두웠던 시절이었다고 했다.

헤이룽장성黑龍江省에 정착한 그의 아버지는 닥치는 대로 일을 해서 형을 대학에 보내고 동생을 공부시키느라 정작 자신은 공부를 제대로 못했다. 한국전쟁이 터지자 아버지의 형은 '조국해방전쟁'을 위해 군에 입대한다. 전쟁이 끝난 뒤 중국의 조선족 사이에서는 '조국' 건설에 몸 바치자는 바람이 일었고 지식인이던 형과 동생은 조국, 그러니까 북한으로 간다. 그의 아버지에게 한마디 상의도 없이. 무식한 동생은 조국을 건설하는 데 쓸모가 없어서였을까.

그때 이후 아버지는 형과 동생을 잊고 자신의 9남매를 위해 다시 등골이 휘게 일을 해 모두를 남부럽지 않게 키워 냈다. 그는 아홉 남매 중 여덟째다. 대학을 졸업하고 여행사를 차리고 확장일로에 있는 여행사 업무 외에 무역도 해 볼 참이라 동분서주 눈코 뜰 새 없이 바쁘다. 여행사 일로 북한에 가 작은아버지를 만난 적도 있는데, 맘만 먹으면 지금이라도 볼 수 있어 아버지에게 이야기하니 그럴 생각 없다고 했단다. 마음에 상처가 깊게 난 모양이라고, 왜 그렇지 않겠냐며 맥주를 들이켠다.

이산離散 이야기는 언제나 조금 목이 멘다. 나도 짐짓 맥주를 홀짝인다. 그는 하얼빈이 고향이다. 안중근, 도시락 폭탄 따위가 생각나는 지명이지만 그에겐 유년기의 다정한 혹은 혹독한 기억이 깃들어 있는 곳이다. 겨울이면 영하 40도를 오르내리는 추위에 양말도 신지 않고 맨발로 뛰어놀았다는 그의 이야기 위로 북만주의 거친 바람이 일었다. 말 배우면서부터는 마오 주석 어록을 외우며 자랐다기에 나도 국민학교 때 국민교육헌장을 외웠다 하니 그게 뭐냐다.

"우리는 민족중흥의 역사적 사명을 띠고 이 땅에 태어났다, 라고 나의 존재 이유를 국가가 친히 규정해 주는 거죠. 외우지 못하면 집에 보내 주질 않아서 모두들 참새처럼 재재재재 입을 맞춰 외웠답니다. 나중엔 선생님 앞에서 한 명씩 외웠는데, 손에 땀이 나고 바짝 마른 입술에 침을 발라 가며 이해하지도 못하는 문장을 외우는 아주 조그마한 아이가 눈에 선해요. 국기에 대한 맹세 같은 것도 외웠죠. 나는 자랑스런 태극기 앞에 조국과 민족의 무궁한 영광을 위하여 몸과 마음을 바쳐 충성을 다할 것을 굳게 다짐합니다."

중고교 12년 동안 수도 없이 가슴에 손을 얹고 읊었던 그 맹세를 내가 줄줄 외자 그도 마오 주석 어록을 달달 외운다. 우리는 한참 깔깔 웃었는데, 같은 해에 태어난 인류라는 것에 잠시 친밀감을 느꼈다. 다른 곳에 살았지만 뭔가 비슷한 과정을 통해 몸과 마음이 세팅되고 있었다고 해야 할까.

"1967년에 누가 태어났는지 알아요?"

"누가 태어났소?"

"왕조현. 〈천녀유혼〉의 그 여신이 태어났고 비비안 리는 죽었어요. 세기의 미인들이 죽고 태어나고 한 셈이죠."

그는 비비안 리도 왕조현도 몰랐다.

"문화혁명 탓이에요. 그렇게 근사한 여배우들을 못 보다니 아쉽네요."

우리는 다시 하하호호 웃었다. 늦게까지 맥주를 마셨고 조금 취했다. 백두산으로 가는 길을 개발해야 한다는 그의 말에 원시림 그대로 두는 게 좋아요, 라고 단호하게 말할 수 있었던 것도 술기운 덕이었다. 백두산 가까이 호텔을 지어야 한다는 의견에도 입을 내밀며 곧장 그의 다음 말을 잘랐다. 안나푸르나 가는 길엔 숙소가 하나밖에 없어도 세계의 모든 여행자들이 가지요, 불평 없이.

시간이 흐를수록 그와 나는 의견이 나뉘었지만 서로 당신은 잘 몰라요, 당신이 잘 몰라서 그래요, 물러서지 않았다. 나는 그가 진취적인 게 불편했고 그는 내게 지나치게 비판적이라 성토했다. 자본주의 체제가 생산력을 가장 높일 수 있다는 그에게 생산력이 높아진다 한들 분배가 제대로 되지 않는다면 아무 소용없다고 토를 달았다. 사회주의 인민공화국에서 태어난 그는 몹시 자본주의적이었고, 자본주의 사회에서 나고 자란 나는 경쟁과 불안의 사회구조에 대해 비판적이었다. 늦은 밤까지 우리는 예기치 않은 곳에서 달랐고 예상치 못한 곳에서 비슷했다.

그의 말대로 다음 날 비행기는 떴고 우리는 함께 북경으로 갔다. 그는 아주 근사한 요릿집에서 제대로 된 북경요리를 먹여 주었고 천안문 광장에서 마오 목걸이도 기념으로 사 주었다. 한국으로 돌아온 뒤 나는 가끔 그에게 편지를 썼고, 이듬해 다시 중국여행을 갔을 때 그의 여행사는 파격적인 가격으로 여행을 맵핑해 주었다. 그가 한국에 나왔을 때는 저녁을 함께 먹기도 했다.

그와 만난 이후 다른 나라를 여행할 때면 1967년생을 만나 보는 일을 잊지 않고 하는 편이다. 같은 해에 태어나 다른 곳에서 살아온, 동시적이면서 비동시적인 혹은 비동시적이면서 동시적인 어떤 인간들에 대한 호기심 혹은 애정이랄까. 탄자니아에서 만난 따뚜도 1967 년생이었다.

붉은 꽃이 달린 커다란 아카시아 나무가 동구에 버티어 있던 음뚜와음부 마을에서 그녀를 만났다. 차가 다니는 길목에 바나나, 파파야 같은 몇 가지 열대과일을 바구니에 담아 놓고 파는 따뚜는 목젖이 다 보이도록 활짝 웃었다. 다 팔아 봐야 2천 원도 안 될 그녀의 좌판 옆에 앉아 바나나를 까먹으며 노는 동안 나는 그녀에게 아이가 다섯이나 있다는 걸 알게 되었다. 열두어 살짜리부터 젖먹이까지, 20대 후반의 그녀가 책임져야 할 아이들이었다.

나도 여기에서 태어났다면 이렇게 살고 있겠구나. 어머니의 어머니의 어머니, 그 너머 초기 인류가 소중하게 넘겨준 오래된 꿈을 내 아이에게 넘겨주며 이토록 살뜰하게 인류의 존속에 기여하고 있겠구나. 생이란 그 본질이 슬픔이요 비애라 그 생을 반복할 필요는 없겠다고 20대 중반의 나는 생각했었지만, 이 뜨거운 나라에 태어났다면, 붉은 꽃이 흐드러지게 피어나고 북소리가 가슴을 뒤흔들고 저토록 우아하고 탄력 있는 엉덩이를 마음껏 흔들며 춤을 추는 곳에 태어났더라면 나도 따뚜처럼 다섯 아이를 낳고도 저렇게 흐드득 웃을 수 있을 거라고 생각했다.

오늘은 내가 태어난 뒤에 가장 기쁜 날이에요, 라고 그녀가 말했을 때 나는 잠시 어리둥절했다. 우리는 방금 전까지 베트남전 당시 한국군에 의한 민간인 학살에 대해 이야기를 나누고 있었고 그녀는 고통스런 표정으로 기억을 이어붙이고 있었다.

1967년에 태어난 응웬은 그해 부모님을 잃었다. 한국군은 마을에 들어와 사람들을 한데 모으고 그 위로 기관총을 난사했다. 백일을 갓 넘겨 어미 품에 안겨 있던 그녀를 감싸 안으며 어머니가 앞으로 고꾸라졌을 때를 응웬은 기억하지 못한다. 다만 지금도 여전히 머리가 아프다. 그녀의 정수리 부근에는 흉터가 있고 지금도 가끔 머리가 윙윙 울리고 구역질이 날 만큼 두통이 심하다. 두 명의 언니, 두 명의 오빠, 할아버지, 아버지, 어머니가 그날 죽었다.

"당시가 기억나진 않아요. 그런데 어떤 공포와 두려움이 있어요. 계속 시달려요. 나는 너무 어렸기 때문에 이 사건에 대해 이해하지 못했어요. 엄마 아빠가 한국군에 의해 죽은 걸 알았을 때 화가 많이 났어요. 그러나 그 이후로는 먹고살기가 너무 힘들어서 한국군에 대해 생각할 겨를조차 없었어요. 지금도 그래요. 할 일이 너무 많아요."

그 끝에 수줍게 웃으며 그녀가 말했다.

"오늘 만나서 얘기하니까 너무 좋아요. 마음이 들떠요. 왜냐하면 수십 년 동안 속마음을 이야기할 데가 없었어요. 아무도 나에게 이런 걸 물어본 적이 없었거든요."

그녀 가족들의 목숨값으로 고속도로를 닦고 경제개발을 한 나라에서 온 나에게, 그녀는 파근파근한 고구마를 삶아 주고 고소한 땅콩을 두 주머니 가득 넣어 주었다. 그날 내가 그녀의 이름을 불렀을 때 그녀는 나에게 다가와 꽃이 되었다. 그녀가 나의 이름을 부를 때 나는 그녀의 자매가 되리라. 고샅을 나오다 돌아보니 그녀가 웃었다, 손을 흔들며.

이스라엘 청년 코비는 한국 여자 Y에게 푹 빠져 있었다. 아프리카를 여행할 때 나는 영국 여행사 프로그램인 다국적 트레킹을 신청했는데, 여러 나라 사람들이 트럭을 타고 아프리카를 종단하는 프로그램이었다. 나는 캐나다, 뉴질랜드, 오스트레일리아, 이스라엘, 한국 등에서 온 친구들과 함께 캠핑을 하며 5주 동안 케냐, 탄자니아, 르완다, 말라위를 여행했다. 그중 한 명이 코비였다.

그는 눈이 밝아 세렝게티나 응고롱고르에서 동물들을 잘 찾아냈다. 좀처럼 만나기 어려운 표범 같은 동물도 망원경으로 곧잘 찾아냈는데 군대에서의 경험 때문이라고 했다. 그는 아침에 일어나면 가장 먼저 Y에게 인사했고 밥을 먹을 때도 늘 Y의 옆자리에 앉았다.

노골적으로 드러내진 않았지만 Y는 코비를 좋아하지 않았다. 금발의 곱슬머리에 훤칠한 키에 매너도 좋은데 왜 싫으냐고 내가 묻자 Y는 한 마디로 잘라 말했다.

"이스라엘 사람이잖아!"

"어머나, 이스라엘과 이스라엘 사람들은 달라."

내 말에 Y는 홍, 콧방귀를 뀌었다. 그 코비가 1967년생이었다.

"1967년에 무슨 일이 있었는지 알아? 6일전쟁이라는 게 일어났어 이스라엘과 아랍과의 전쟁에서 이스라엘이 대승을 거뒀지."

"그게 코비랑 무슨 상관이야? 쟤는 그해에 태어났는데."

"이스라엘이 아랍에 하는 짓은 깡패 같다구."

"그렇지만 코비는 저토록 젠틀한데."

"아우슈비츠에서 유대인에게 가스를 살포했던 이들도 다 평범한 독일 사람들이었지. 격렬하게 저항하지 않는 한 동참하는 거고, 결국 공범이 되는 거야."

코비가 이스라엘 정부의 팔레스타인 정책에 대해 어떤 생각을 갖고 있는지 물어보지도 못하고 여행은 끝이 났다.

그해 겨울, 코비가 한국에 왔다. Y는 코비를 만나 밥도 사고 서울 구경도 시켜 주고 겨울바다에 데려가기도 했지만 프러포즈만은 받아들이지 않았다. 국가와 개인은 다른 거라는 내 말을 여전히 가소롭게 여기는 듯했다.

1967년. 장차 '너바나Nirvana'를 결성할 커트 코베인, 환한 웃음으로 백만장자를 사로잡을 귀여운 여인 줄리아 로버츠가 우리와 함께 태어났다. 『적의 화장법』『살인자의 건강법』을 쓰게 될 아멜리 노통, 30년 뒤에 〈넘버 쓰리〉로 영화계의 주목을 받게 될 송강호도 같은 해에 태어났다. 중국에선 문화혁명이 온 대륙을 휩쓸었고, 대한민국에선 박정희가 3선에 성공하면서 독재를 공고히 할 교두보를 마련했고, 은예레레 대통령은 아루샤 선언을 통해 신생독립국 탄자니아의 미래를 설계하고 있었다. 아랍과 이스라엘이 세 번째 전쟁을 벌이고 베트남전은 수렁으로 빠져들고 있었다.

제각각 다른 곳에서 태어났지만 우리는 서로에게 연결되어 있었다. 빗물로 내리는 웅웬의 눈물이 나를 슬픔에 공명할 줄 아는 인간으로 만들고, 대기를 타고 날아온 따뚜의 웃음이 나로 하여금 열정적으로 누군가를 사랑하게 만들었을 것이다. 오늘 서울에서 공기를 살랑이게 한 나비의 날갯짓이 다음 달 북경에서 폭풍우를 몰아치게 할 수 있는 것처럼, 저 먼 곳에서의 미세한 날갯짓이 서로의 삶에 깊고 넓은 파장을 일으켰을 것이다. 봄날의 꿈속, 아지랑이 너머 팔랑팔랑 나비 한 마리 문득 세상을 펼치니, 그 속에서 눈부시다 만 가지 이름.

프라하 구 시가지 광장

2장

유럽

|

유럽이라면, 그럴 수 있을 것 같았다.

사고무친, 내 이름자 아는 이 하나 없는 곳,

태어나 처음 보는 낯선 얼굴들 틈에서

서툴게 흐느적거리며 유영하고 싶었다.

프라하, 시간을 묻다

중국을 다녀온 후 낯선 곳에 가고 싶었다. 구이린桂林의 이강은 동양화를 보듯 몽환적이고 쿤밍昆明의 석림은 시간의 화석을 모아 놓은 듯 아득하고 항저우杭州의 차는 입안을 깔끔하게 헹궈 주었지만, 익숙했다. 거리에서 마주치는 얼굴들은 어디선가 한번쯤 본 듯하고, 서울에서 유행하는 통굽구두가 상하이의 거리거리를 누비고, 연길과 용정은 1960년대 드라마 세트장 같았다. 몹시 이국적이거나 눈 설어 내가 아주 먼 곳에 왔구나, 우두커니 흐르는 강물을 바라보며 아슴아슴 그리운 것들을 그리워하는 시간, 같은 건 없었다. 파란 눈, 금발 머리, 알아들을 수 없는 언어, 뾰족한 지붕, 가스등, 울울한 전나무 같은 것들 가운데 우두커니 서 있고 싶어졌다.

유럽이라면, 그럴 수 있을 것 같았다. 사고무친, 내 이름자 아는 이 하나 없는 곳, 태어나 처음 보는 낯선 얼굴들 틈에서 서툴게 흐느적거리며 유영하고 싶었다.

일정을 짜고 유레일패스를 신청하고 국제학생증을 만들고 비행기를 탔다. 시속 9백 킬로미터로 열세 시간을 날아갔지만, 예상과 달리

유럽은 중국보다 더 낯익었다. 로마의 이탈리아광장은 〈시네마 천국〉에서 어른 토토가 차를 몰고 나오던 그곳이고, 스페인 계단은 몇 번이나 본 〈로마의 휴일〉에서 오드리 헵번이 젤라또를 먹던 그곳이다. 오스트리아의 잘츠부르크는 〈사운드 오브 뮤직〉의 배경을 통째로 옮겨 놓은 듯해 금방이라도 마리아와 아이들이 튀어나와 도레미송을 부를 것 같았다. 두오모 광장의 다비드는 미술책에서 쏙 빠져나와 있는 것 같았고 클림트, 고흐, 마네, 샤갈의 그림들도 누군가의 거실에, 치과에, 사무실에 걸려 있던 것들이었다. 옥스퍼드대학의 도서관은 『장미의 정원』을 읽으며 상상했던 공간을 재현해 놓은 듯했다.

모나코에 갔을 때는 마침 레이니 공公의 아들 알베르 왕자가 약혼식을 한 날이라 축포가 쏟아졌는데, 스테파니와 캐롤라인 공주는 워낙에 패션잡지를 장식하고 있던 터라 신문 가판대에서도 한눈에 알아볼 수 있었다. 버킹엄 궁을 보면서는 아, 저기가 다이애나와 찰스 황태자가 결혼을 한 곳이구나, 했다. 하이드파크는 중학교 영어 시간에 데이 웬트 온 어 피크닉 투 하이드파크 할 때 나왔던 삽화에서 본 대로 아주 큰 나무들이 곳곳에 있었다. 어떤 라디오 프로그램의 시그널이었던 '아름답고 푸른 도나우 강'은 한강보다 작았고, 부다페스트는 음울했다. 「부다페스트의 소녀의 죽음」의 공간적 배경처럼. 비엔나에선 소시지 빵을 먹으며 왈츠를 듣고, 베네치아에서는 『베니스의 상인』이 이런 곳을 무대로 펼쳐진 것이로군, 고개를 끄덕끄덕했다. 네덜란드의 풍차마을에서는 '잊을 수 없는 우리의 이 길을 파트라슈와 함께 걸었네', 옛 만화 주제가가 절로 흥얼거려졌다. 아로아와 네로가 신던 신발이 기념품 가게에 있어 반가웠다.

한국의 추자도나 청산도보다 오히려 익숙한 그곳에서, 나를 구성하고 있는 문화적 요소들이 무엇인지 알 수 있었다. 안데르센의 동화를 읽고 셰익스피어의 연극을 공연하고 〈오페라의 유령〉을 보고 모차르트와 살리에르에 대한 영화를 보며 성장한 내 안의 문화적 층위들이 비로소 보인다고나 할까. 인파로 북적이는 트래펄가 광장에 앉아 있노라니 이 사람들 중 셰익스피어, 빅토르 위고, 에밀리 브론테, 샤롯 브론테, 버지니아 울프, 제인 오스틴의 작품을 나보다 많이 읽은 사람이 있을까 문득 궁금해졌다.

낯설었던 건 검은 차도르를 입은 아랍 사람들이 런던 곳곳에 살고 있던 것, 기차에서 잠을 자는 동안 국경을 넘는 것, 여자들이 길거리에서 담배를 피는 것, 거리의 공연자들에게 아주 열렬하게 쳐 주던 박수 같은 것들이었다. 프라하의 박물관, 호호할머니들이 티켓 판매소에 앉아 아주, 아주 천천히 표를 건네는 것도 생소하다면 생소한 풍경이었다.

유럽을 여행하며 내가 가장 많이 하고 좋아한 일은 멍하니 광장에 앉아 있는 것이었다. 유럽에는 정말 광장이 많았다. 커다란 도시에서 조그만 시골 마을까지 그 중심에는 늘 광장이 있었다. 그리스 아고라에서 시작되어 로마의 포럼으로 이어진 광장. 초기에는 전쟁에 출전하여 승리하고 복귀하는 황제를 기리기 위해 오벨리스크를 세웠으나 이후 교황의 권위가 강화되면서부터는 거대한 성당들을 세웠다고 했다. 르네상스와 바로크 시대를 거치며 계획도시들이 생겨날 무렵엔 광장을 먼저 설계하고 도시를 건축했다고 하니, 아주 오래된 도시든 근대의 도시든 중심에는 둥근 혹은 네모난 광장이 있었다.

세상의 모든 것들을 모아 놓은 박물관을 구경하거나 넓디넓은 미술관에서 다리품을 팔고 나오면 으레 광장 한 귀퉁이에 몸을 부려 놓았다. 지나가는 사람을 구경하기도 하고 책을 읽기도 하고 음악을 듣기도 하노라면 스르륵, 몸이 열렸다. 잊은 줄 알았던 어떤 얼굴들, 오래전에 받은 편지의 한 구절, 누군가의 종아리에 있던 덴 자국……. 화드득 얼굴이 붉어지는 기억들이 문득 옆구리를 돌아 몸을 빠져나가기도 하고, 눈여겨보지 않았던 풍경이 시나브로 피부 깊숙이 스며들기도 했다. 인간은 자신의 의지에 따라 움직일 수 있지만 의지는 자신의 의지에 따라 만들어지지 않는다는 쇼펜하우어의 말이 종종 떠올랐다.

햇빛이 찬란한데 눈시울이 시큰하기도 하고 바람이 불면 불현듯 미래의 어떤 장면이 떠오르기도 했다. 쉬엄쉬엄 아이스크림을 먹노라면 달콤함이란 이토록 복잡한 것들이 섞인 맛이로구나, 명치가 아렸다.

프라하. 발음하는 것만으로 로망이 되는 도시. 런던에서 출발해 암스테르담, 뮌헨을 거쳐 프라하로 가는 동안 여행자들은 그 도시에 대해 늘 엄지손가락을 치켜들었다. 스테이크를 꼭 먹어, 흑맥주가 죽이지, 재즈카페에 들르는 거 잊지 마, 끝내주는 공연들이 아주 싼 가격에 열리니까 놓치지 마. 만반의 기대를 하며 룰루랄라 프라하에 입성한 나를 맞은 건 그러나 불친절하기 이를 데 없는 역무원들이었다.

험악한 표정과 퉁명스러운 말투는 중국 백화점을 떠오르게 하면서 아, 이곳이 사회주의 국가였구나, 새삼 상기시켰다.

중국에서 인민모를 하나 살까 하고 백화점에 들렀을 때 직원들은 끼리끼리 모여 잡담을 하느라 나에게는 신경도 쓰지 않았다. 이거 좀 써 봐도 될까요? 라고 물어보자 진열장을 열고 휙 꺼내 주더니 또 수다를 떨러 갔다. 거울이 어디 있는지, 가격이 얼마인지 물어볼 수도 없었다. 고객이 왕입니다, 라고 떠받들어 주는 자본주의 사회의 백화점과는 완전히 다른 사회주의 인민공화국의 고객 응대에 살짝 맘이 상했던 기억이 있는데 프라하의 역무원들도 마찬가지였다.

경쟁하지 않아도 먹고살 수 있는 사회가 되면 저렇게 되는 건가 싶어 우울해지려는 찰나 또 다른 프라하 사람들이 말을 걸어 왔다. 거리에서 인형극을 하는 중년의 아저씨는 유쾌했고, 황금소로의 장인들은 부드러운 자부심으로 여행자들을 맞았다. 흑맥주는 부드러웠고 늦은 밤 재즈카페에서 듣는 즉흥연주는 나른했다. 푸른빛이 도는 유리공예는 섬세하기 이를 데 없었고 커피는 진했다.

그러고 보면 체코는 밀란 쿤데라의 나라다. 참을 수 없는 존재의 가벼움이라니, 라고 중얼거렸다, 처음 그 책을 집어 들었을 때. 최루탄과 페퍼포그, 실종된 선배, 자살한 동기, 수인번호 2384, 감옥, 고문, 위장취업, 살아남은 자의 슬픔⋯⋯. 문득, 어느 날, 가벼워지고 싶었다. 몰다우 강 위에 서서 생각했다. 그도 그러고 싶었던 거야, 꽃잎처럼 가볍게 저 강물 위로 사뿐 떨어져 내리고 싶었던 거야, 어느 날 문득.

몰다우 강의 카를 교

　언덕 위의 궁과 황금소로를 구경하고 오니 하루가 저물었다. 광장
에 도착해 털썩 앉으니 종일 태양에 달구어진 바닥이 불가마처럼 뜨
거웠다. 배낭을 멘 여행자들이 하나둘 모여들더니 뉘엿뉘엿 해가 질
무렵에는 세상의 모든 젊은것들이 다 모인 듯 광장은 여행자들로 가
득 찼다. 삼삼오오 웃고 떠드는 중에 누군가들이 기타를 치며 공연
을 시작하자 여기저기서 박수가 터지고 환호가 이어졌다. 헤이 주드,
유아 쏘 뷰티플, 스탠 바이 미, 노래가 이어지고 휘이익 휘파람이 허
공을 날아다녔다.

　어깨를 흔들며 춤을 추고 옆의 사람과 담배를 나누어 피고 눈을
마주치며 웃는데 그가 말을 걸었다. 갈색의 머리칼을 꼬아서 묶고 눈
썹 옆에 피어싱을 하고 손목에 문신을 한, 회청빛 눈동자를 가진 그

가 나를 바라보며 물어 왔다. 어디서 왔어요? 어디로 갈 거예요? 한
국에서요, 빈으로 갈 거예요, 라고 말을 해야 하는데, 아득해졌다.

우묵한 그의 눈동자를 마주 보며 되물었다. 나는 어디서 왔지? 그
리고 어디로 가는 걸까. 출렁, 시간이 물결쳤다. 그 파도의 끝에 그와
나와 광장에 모인 사람들이 한꺼번에 출렁였다. 오호라, 시간이라는
것이 과거로부터 현재를 거쳐 미래로 흘러가는 게 아니로구나, 순간
에 피어나는 찰나의 꽃이로구나. 딛고 섰던 발밑의 땅이 흔들거렸다.
옆에 있는 그의 손을 잡았다. 저 하늘의 별과 흔들리는 나무이파리,
그리고 당신과 나는 어떻게 만들어졌는가. 환하게 그가 웃었다.

생이란 어쩌면 내가 통제할 수 없는 힘에 의해 결정되는 것인지도
모른다. 인간, 꽃, 개미, 우주의 먼지, 그 모든 것들, 아주 먼 곳에 있
는 보이지 않는 연주자가 연주하는 신비로운 음악에 따라 춤을 추는
것이 아닐까. 그렇지 않고서야 오늘 이곳에 서 있는 이유를 나는 알
길이 없다.

···우주에서 일어나는 대부분의 일들을 결정하는 아름답고 미묘한 규칙
을 창조한 훌륭한 신이 몇 가지 일을 완전히 우연에 맡겨 버렸다는 가
능성이 그것이었다. 만약 신이 그렇게 하기를 원했다면, 완벽하게 했을
것이고 틀에 박히지는 않았을 것이다. 그는 철저했을 것이다. 그것이 사
실이라면 우리는 아예 법칙을 찾지 말아야 한다.
— 아인슈타인

저물녘의 암스테르담

　리버풀에서 출발해 암스테르담으로 향하는 밤배에서 아인슈타인을 읽었다. 도버해협을 건너는 건 내 생에 계획되지 않은 일이었다. 인식할 수 있는 모든 법칙과 관계의 뒤에 무엇인가 미묘하고, 막연하고, 설명할 수 없는 것이 있음을 알게 된다면 아름다워라, 그 자체로 온전한 생이여.

피해 갈 수 있다면 어찌 그것이 사랑이리오

H에게.

로댕갤러리를 막 나와 엽서를 쓴다.

옆집 오빠의 이름만큼이나 친숙한 이름 로댕, 파리바게뜨만큼이나 익숙한 그의 작품명 〈생각하는 사람〉, 그래서 나는 이 사람을 아주 잘 아는 것처럼 생각했었나 봐. 그게 얼마나 큰 오해였던가를 이곳에서 그의 작품을 보며 비로소 알게 돼. 쿵, 가슴이 내려앉을 만큼 아름다운, 인간의 몸, 이 거기 있어. 뼈와 근육과 신경과 살이 구부러지고 펼쳐지고 부풀어 오르면서 만들어 내는 세계는 낯설면서도 머쓱해. 내 것이라 생각했던 혀, 내 것이라 생각했던 팔꿈치가 갑자기 뜨악해져 몸을 한번 으쓱해 볼 만큼.

조각들은 저마다 어떤 긴장으로 가득 차 있어. 고정되어 있는데 서성이고, 정지되어 있는데 파동이 일어. 그 파동은 저 먼 곳의 시간과 연동되고 다시 아득한 시간으로 번져. 자세히 보면 대칭을 이루는 면이 하나도 없고 반복도 없는 조각에는 공허하게 남은 자리나 침묵하거나 방심한 곳도 없어. 촘촘하고 유려하고 섬세한 등뼈를 타고 흐르는 욕망, 부드럽게 휘는 허리에 감긴 순결과 열정과 질투, 거칠고 두 툼한 발이 흘리는 눈물. 견고하고 차가운 대리석 안의 공간을 가득 채우고 있는 건 말랑말랑하고 뜨거운 이야기.

중학교 미술책에 나왔던 〈칼레의 시민〉 기억나? 흩어진 듯 이어져 있던 여섯 명의 사람들에게 이토록 흥미진진한 이야기가 있다는 걸 왜 선생님은 들려주지 않았을까.

1347년 8월, 1년 가까이 영국의 공격을 막던 프랑스의 북부도시 칼 레는 원병을 기대할 수 없는 절망적인 상황 속에서 백기를 들어야만 했대. 오랜 공격에 시달린 시민들은 기아와 부상으로 더 이상 저항할 수 없는 상황이었고. 함락당한다면 도시 전체가 불타고 모든 칼레의 시민이 죽음을 피할 수 없는 운명이었지.

이 상황을 어떻게든 피하기 위해 칼레의 항복사절단은 영국 왕 에 드워드 3세에게 자비를 구하는데, 처음엔 거부하던 그가 회심의 항 복 조건을 내놓아. 칼레의 명망 있는 시민 여섯 명이 성채와 창고의 열쇠를 죄다 목에 걸고 맨발로 걸어 나온다면 무차별적인 공격은 하 지 않겠노라고. 그러나 여섯 시민의 목숨은 자신의 마음내로 저분하 겠다고.

생명을 담보로 칼레의 시민들이 서로의 눈치를 볼 때 외스타슈 생 피에르가 앞으로 나섰어. 그는 칼레 시에서 가장 부유한 시민이었 어. 외스타슈의 용기를 목격한 시민들이 잇달아 그의 뒤를 따라나섰 어. 상 데르, 자크 드 비상과 그의 아우 피에르, 장 드 피에르, 앙드리

외 당드르. 그들이 포승으로 목을 묶고 열쇠를 주렁주렁 매단 채 맨 발로 적진으로 떠날 때 칼레의 광장에 운집한 시민들은 뜨거운 눈물 을 삼켰다고 해. 처형의 순간, 에드워드 3세 왕비의 간청으로 이들은 결국 목숨을 건져. 뱃속에 아이를 가지고 있던 왕비가 장차 태어날 아기에서 해가 있을까 봐 사면의 은총을 베풀자고 국왕을 설득했다 네.

그로부터 550년이 지난 1895년, 칼레 시는 이들의 용기와 헌신을 기리기 위해 조각상을 제작하기로 하고 로댕에게 의뢰해. 로댕은 당 시 〈지옥문〉 구상에 한창이었지만 이 이야기에 매혹되어 작업을 하 기로 하지. 마침내 완성된 작품은 그러나 많은 이들의 기대를 배반 하는 것이었어.

로댕이 만든 조각에는 영웅들의 이야기에 나오는 번쩍거리는 사두 마차나 기마상 따위가 없었어. 그리스와 로마 시대부터 내려오던 애 국적 영웅의 전형을 버리고 로댕이 빚어낸 건 죽음을 앞둔 인간의 마 지막 표정이었어. 삶의 기억으로 가득 차 있는 여섯 남자가 자기만의 방식으로 마지막 순간을 맞이하는 시간, 빛나는 월계관도 영광의 천 사들도 지워 버린 자리에 남은 건 동경과 아픔, 용기와 불안, 상실과 획득 그 사이에 놓인 머뭇거림이었어. 초인적이라기보다는 지극히 인 간적인 용기와 헌신의 이야기였지만 로댕에게 작품을 청탁했던 위원 회는 영 탐탁지 않아 했어. 조각의 역사에서 일찍이 이런 영웅의 이 미지는 없었으므로. 당초 칼레 시청에 설치될 예정이었던 조각은 결 국 한적한 바닷가에 세워졌대.

사실 로댕은 처음부터 유명하지는 않았어. 로댕의 초기 작업에 대해 평단은 오히려 부정적이었지. 그의 작품이 창의적이며 독보적일 수 있었던 건 어쩌면 시대의 찬사와 찬양으로부터 비켜 있었기 때문, 이라면 재미있는 역설이지. 평단

칼레의 시민들(로댕, 1895)

의 편견과 무시에도 로댕은 조용하고 침착한 끈기로 한순간도 쉬지 않고 일을 하며 스스로의 세계를 만들어. 마침내 명성을 얻게 되었을 때조차도 고독할 수 있을 만큼.

편견이나 몰이해만큼이나 명성 또한 오해일 수 있다는 건 발자크 스캔들에서도 알 수 있어. 프랑스 문인협회에서 로댕에게 청탁한 발자크의 조각 역시 초반에는 비웃음과 혹평을 당하거든. 벌거벗은 채 팔짱을 끼고 있는 발자크가 두 발을 벌리고 뒤뚱대며 서 있는 형상을 보고 사람들은 경악하며 악평을 쏟아내지. 프랑스를 대표할 대문호의 모습으로는 사실 지나치게 사실적이었거든. 하지만 그게 발자크, 라고 로댕은 끝까지 생각했던 거 같아. 헤라클레스나 다비드의 몸에 발자크의 얼굴을 얹었다면 이런 스캔들은 피할 수 있었을 거야.

발자크는 사실주의 작가였지. 19세기 프랑스 사회의 음울한 뒷모습

을 낱낱이 그려 낼 줄 알았던. 그를 가장 잘 표현할 수 있는 건 있는 그대로의 그를 가감 없이 빚어내는 것이라고 로댕은 생각했었나 봐. 발자크가 봤으면 박장대소했을지도 모르지만, 문인협회는 소송을 걸겠다고 으름장을 놓을 정도였지. 예술가란 모든 사람이 의심할 때에도 제 자신을 의심하지 않을 수 있는 사람, 이라면 로댕은 예술가임에 분명해.

　　작품에 포괄된 풍부한 발견과 착상들에 압도당하여 은연중에 이러한 세계를 키워낸 손이 어디 있는가 찾게 된다. 인간의 손이 얼마나 작고 또 얼마나 쉬 피로해지는지를, 움직일 수 있도록 주어진 시간이 얼마나 적은지를. 그래서 우리는 수백 개의 손처럼 살았던 손, 작품에 이르는 먼 길을 떠나기 위해 해 뜨기 전에 일어났던 백성의 손처럼 살았던 이 손을 보고 싶어 하는 것이다.
　　— 릴케, 『릴케의 로댕』 중

　　H.

　　파리에서 받아 보는 네 편지는 얼마나 반가운지. 호텔 프런트에서 네 편지를 건네주는 직원에게 내 친구라고, 머릿속은 발칙한데 몸은 참 예의 바른 친구라고, 묻지도 않은 이야기를 할 정도였지. 내가 여행을 하는 동안 네 연애는 새로운 국면을 맞았더군. 그 사람이 네게 바라는 건 대화와 섹스고 네가 그 사람에게 바라는 건 연애라는 말에 클클 웃었어. 네가 그 말을 했을 때 그 사람의 표정은 어땠을까.

— 대화와 섹스가 연애 아닌가?

— 비중으로 보자면 섹스와 대화는 연애의 반을 차지하긴 하지요. 하지만 내가 원하는 관계는 정서적인 충족감을 바탕으로 하는 섹스와 대화지요. 이 세상에 이토록 애틋하게 나를 이뻐하는 사람이 있구나, 머리를 쓰다듬고 그윽하게 눈을 들여다보고 조용히 손을 잡는 것, 긴 여행을 다녀왔을 때 마중 나와 두 손을 흔드는 것, 엄마의 산소에 같이 가는 것, 그런 것이지요. 그런데 당신은 그걸 할 마음은 없는 거 같아요. 그래서 나는 당신과 대화만 하려고 해요. 당신과의 대화는 때때로 나한테도 유익하니까요. 그렇지만 섹스는 하지 않겠어요. 정서적인 유대감이 없는 섹스는 그다지 재밌지 않아서요.

라고 했다고? 그 사람을 만나기 시작한 게 반년 정도니 그 시간 동안 넌 관계를 읽어내고 해석하고 그 사람과 함께 걷고 싶은 길을 만들었구나.

H.

로댕갤러리의 2층은 카미유 클로델 전시관이야. 그녀의 작품들은 로댕의 것보다 훨씬 역동적이고 격정적이야. 로댕이 의심 없이 신을 향해 나아간다면 카미유는 흔들리고 출렁여. 순결하게 기쁘고 절박하게 매달리고 부시게 춤추고 미친 듯이 서성여. 저토록 뜨거운 열망이라니, 새하얀 대리석 안에 붉은 피가 도는 듯해 잠시 눈을 비비게되지.

사람들은 카미유가 로댕을 만나 그녀의 천재성이 비극이 되어 버렸다지만 그런 말 따위야 시시껄렁한 후일담이지. 피해 갈 수 있다면 어찌 그것이 사랑이겠니. 치열하게 사랑했던 순간 없이 어찌 〈입맞춤〉이나 〈사쿤달라〉가 탄생했겠어. 어찌 〈지옥문〉의 그 다양한 감정들이 표현됐겠어. 다만 네 편지를 읽으며 그런 생각은 드네. 카미유가 조금만 더 나이 들어 로댕을 만났더라면, 스무 살 그토록 순결하고 그토록 오만하고 그토록 맹목적인 그 청춘의 시간만 피했더라면, 그래서 초록이 지치면 단풍이 든다는 걸 알았더라면, 재능이 악몽이 되는 건 피할 수 있었을까.

그녀가 로댕을 만난 게 스무 살. 한숨이 나올 만큼 싱그러운 얼굴에 지성이 깃든 그녀의 사진을 보노라면 누군들 사랑에 빠지지 않을 수 있을까 싶어. 제자를 받지 않았던 로댕은 카미유만을 특별히 제자로 받아들였지.

1886년 10월 12일 오늘부터 나는 오로지 마드무아젤 카미유 클로델만을 나의 제자로 받아들일 것이고 내게 가능한 모든 수단과 앞으로는 그녀의 친구들이 될 나의 친구들, 특히 영향력 있는 친구들의 힘으로 오로지 그녀만을 보호할 것이다. 그녀만큼 천부적인 재능을 타고난 예술가들을 자주 만나게 되리라 생각지는 않지만, 그러나 어쩌다 경쟁 관계에 놓일지도 모를 인재가 생겨나는 일을 피하기 위해 다른 제자는 더 이상 받지 않을 것이다.

— 로댕

로댕의 '입맞춤'(1898. 왼쪽)과 카미유의 '사쿤달라'(1905. 오른쪽)

로댕의 조각 제작 조수로 발탁된 카미유는 〈지옥문〉과 〈칼레의 시민〉을 제작하는 데 참여해. 카미유와 로댕은 서로에게 영향을 주고받으며 열정적으로 작업을 하는데, 로댕이 사랑에 빠진 연인을 거룩하게 표현하기 시작한 게 이 무렵부터였다고 하고 카미유가 관능적인 〈사쿤달라〉를 제작한 것도 이 시기였지.

열렬하게 서로에게 빠져들지만 관계에 대해 이들은 서로 다른 기대를 갖고 있었던 모양이야. 카미유는 로댕과 결혼하기를 원했지만 로댕은 그야말로 예술적 영감을 나누는 연인이자 동지이기를 원했던 서 같아. 연애 초기 로댕은 카미유에게 결혼을 약속하지만 실행할 의지는 없었던 듯해. 당시 로댕에게는 20년 동안 부부처럼 지내온 로즈 뵈레가 있었고 둘 사이엔 아이들도 있었지.

카미유도 로댕도 로즈도 이해가 된다면, H, 너는 웃을까. 카미유는 로댕을 사랑했고 로댕도 카미유를 사랑했고 로즈도 로댕을 사랑했어. 사랑한 것이 문제가 되어 파국이 되어 버리는 이상한 상태, 라고 말하면 클클 너는 웃을까.

관계의 끈을 놓은 건 카미유였어. 결별 이후 그녀는 더 이상 로댕의 연인이나 제자가 아닌 조각가 카미유로 평가받기를 원했지만 로댕의 작품을 표절했다는 의혹을 받는 수모를 당하기도 하고 로댕의 아류라는 혹평에 시달리기도 해. 연인이자 스승은 이제 거대한 벽이 되어 버린 거지. 로댕이야 이미 명성을 얻기 시작했고 이런저런 스캔들에 견딜 수 있는 힘을 가진 상태였지만 카미유는 겨우 20대 후반, 악의적인 소문과 편견에 시달리기엔 너무 젊고 지나치게 투명했지.

확실한 건 그럼에도 불구하고 카미유는 예술가였다는 거야. 사랑할 때도 이별의 순간에도 그녀는 끊임없이 작업을 해. 로댕은 카미유가 떠난 후에도 한동안 그녀를 도우려는 노력을 지속하는데, 후원자를 물색하거나 클로델에게 작품을 주문하도록 요청하는 방식이었지. 이런 선의가 되레 카미유는 로댕의 판박이라는 입방아를 부추기고 그녀의 분노를 키우고 말았지만.

경제적 어려움이 커지고 사람들과의 관계에서도 고립되면서 카미유는 우울증과 피해의식에 시달려. 와중에 예술가 딸을 전폭적으로 지지했던 아버지가 죽고 의지했던 동생 폴이 중국으로 떠나면서 카

미유의 강박은 더욱 심해졌지. 결국 정신병원에 보내지고 이후 30년
을 그곳에 갇힌 채 생을 마치게 돼.

지독히도 가난했던, 대단히 욕심 많던, 그지없이 외로웠던, 무엇보
다 재능 있었던 한 여성예술가가 남긴 작품들 앞에서 H, 너를 생각
한다.

먼저 살았던 그녀를 딛고 이곳에 있지만
여전히 가난하고 여전히 욕심 많고 여전히 외로운,
그러나 총명한 나의 벗에게
로댕과 카미유의 편지를 동봉한다.
피해 갈 수 있다면 어찌 그것이 사랑이겠니.

*

오귀스트 로댕이 카미유 클로델에게

1886년 10월 12일

너의 손에 나의 키스를 보낸다. 나의 연인. 내게 깊이를 헤아릴 수 없는 뜨거운 환희를 안겨 주는 그대. 너의 곁에 있으면 내 영혼은 힘을 얻고 너의 존경이야말로 그 사랑의 격정 속에서 언제나 내가 바라는 것이었다. 그대 나의 카미유, 너의 인성을 향해 내가 품고 있는 존경이 있어 나의 거친 열정이 존재한다. 나를 무정하게 대하지 마라. 나는 너에게 많은 것을 바라지 않으니.

나를 위협하지 마라. 그토록 부드러운 너의 손이 나를 향해 자비를 베풀라 말하고 있음을 보아라. 가끔은 그대로 두어라. 격정에 사로잡혀 그 위에 입 맞추는 나를 보아라.

나는 아무런 후회도 하지 않는다. 결말이 암울하다고 여기지도 않는다. 나의 인생은 깊은 구렁텅이에 빠지겠지. 그러나 나의 영혼은 이미 꽃을 피웠다. 너무 늦은 개화였더라도! 나는 너를 알고, 몰랐던 삶을 살 운명이었다. 생기가 사라졌던 나라는 존재가 기쁨의 불꽃을 피우며 타올랐다. 고맙구나. 나는 이생에서 하늘을 보았고, 그것은 다만 너로 인해서였다.

사랑하는 너의 손, 내 조각상 위에 그것들을 올려놔 주길. 나의 육신이 행복해지도록. 나의 가슴이 다시금 퍼져 나가는 너의 신성한 사랑을 느낄 수 있도록. 너와 가까이 있으면 난 취한 것처럼 산다. 이런 행복을 느끼는 것은 네 곁에 있는 때다. 그러다 신음한다. 비겁한 순간이 오면 나는 나의 운명이 불행으로 마무리되었다고, 이제 모든 것이 끝이라고 생각한다. 그러나 아니다. 한 방울의 희망이라도 있는 한 나는 밤을 보내야 한다. 그리고 또 다음 밤을 보내야 한다.

너의 손, 카미유. 멀어지지 마라. 너의 부드러움이 약속되어 있지 않은 손은 그것을 만진들 행복이 아니리니.

아, 성스러운 아름다움이여, 말을 하는 꽃이여, 사랑을 하는 꽃이여, 영리한 꽃이여, 나의 연인이여! 나의 착한 사람아. 너의 아름다운 몸을 껴안으며 그 앞에 이렇게 두 무릎을 꿇는다.

*

1891년 카미유가 로댕에게

무슈 로댕.

할 일이 아무것도 없는 까닭에 선생님께 다시 편지를 보냅니다.

이곳 레즐레트의 날씨가 얼마나 좋은지 상상도 못 하실 거예요.

오늘은 정원 양편이 다 내다보이는 한가운데 방(온실로 쓰이는)에서 식사를 했어요. 마담 쿠르셀이 제안한 건데 (사람들에게 말하지 않는다는 조건이었어요) 괜찮으시면 가끔씩 아니면 늘이라도 거기서 식사를 하시는 건 어때요? (제 생각엔 본인이 몹시 그러고 싶어 하는 것 같아요.)

아주 예쁜 곳이에요.

큰 정원에서 산책을 했어요. 골, 보리, 구리 들이 다 베어져 있어서 여기저기 못 갈 데가 없어요. 아주 매력적이에요. 선생님께서 마음을 곱게 먹어 약속을 지켜 주신다면 우리는 천국을 알게 될 거예요. 선생님께서 원하시는 방에서 작업을 하실 수 있게 될 거고, 노파 역시 우리를 잘 섬길 테지요.

강에서 멱을 감아도 된다고 하더군요. 자기 딸과 하녀가 해 봤는데 하나도 위험하지 않았다고요.

선생님께서 허락해 주신다면 저도 그리 해 보고 싶어요. 굉장히 즐거운 일이거니와 그렇게 하면 아제에 가서 뜨거운 목욕을 하지 않아도 될 테니까요. 수영복을 사 주시는 자그마한 친절을 베풀어 주시면 얼마나 좋을까요? 금몰 모양의 흰 실이 장식된 진청색은 어때요? 블라우스와 바지(치수는 중간), 위아래 두 벌이 되겠죠. 루브르에서 사도 좋고 싼 시장(서지 소재)이나 아니면 투르에서 사도 좋고요.

선생님이 여기 있다고 믿어 보려 옷을 다 벗고 잠이 들지만, 눈을 떠 보면 현실은 더 이상 꿈과 같지 않아요.

사랑을 보내며 카미유

무엇보다, 더 이상 나를 배신하지 않으셔야 해요.

베르사유의 장미

라라 라라라, 콧노래가 절로 난다. 자전거를 타고 베르사유를 둘러보리라곤 생각지 못했는데 넓디넓은 궁을 미끄러지듯 달리니 불현듯 전생에 프랑스 귀족이었나, 유쾌한 망상까지 더해 콧노래에 흥이 붙는다. 하늘은 푸르고 공기는 맑고 궁은 호사스러운데 군데군데 비키니를 입은 여자들이 토플리스 차림으로 일광욕을 하고 있다. 우리나라로 치면 창경궁이나 경복궁에 자리 깔고 젖가슴 드러내 놓고 누워있는 셈이다. 아이쿠야, 이런 것이 진정 동서양의 차이로구나. 멀고 먼 동쪽에서 온 여행자는 햇빛을 받아 반짝반짝 빛나는 미녀들의 다리로 자꾸만 시선을 보낸다.

베르사유는 파리에서 남서쪽으로 20킬로미터가량 떨어진 곳에 위치한 궁전이다. 태양왕으로 불렸던 절대군주 루이 14세는 당대 최고의 건축가, 실내장식가, 정원예술가 등을 초빙하여 50년에 걸쳐 어마어마한 비용을 들여 궁을 짓고 1672년 이곳으로 수도를 이전한다. 이후 프랑스혁명이 일어나기 전까지 백여 년간 베르사유는 프랑스는 물론 전 유럽의 정치·문화·사교의 중심이 된다.

말을 타고 적을 물리치는 루이 14세의 모습이 새겨져 있는 전쟁의 방과 평화의 방, 마리 앙투아네트와 루이 16세가 결혼식을 올렸다는 왕실 예배당, 그리스 로마 신화에 등장하는 신들의 이름을 붙인 헤라클레스 방, 마르스 방, 아폴론 방, 비너스 방, 다이애나 방, 외국 사신의 접견과 왕실의 결혼이 행해졌다는 크고 작은 거울로 장식된 거울의 방 등은 호화롭기 이를 데 없다. 그런데, 익숙하다. 크리스털 샹들리에와 황금 촛대, 화려하고 사치스런 벽지와 커튼, 왕실의 문양……. 17~18세기 부르봉 왕조를 대표하는 스타일과 장식품들인데 왜 이리 눈에 익은 걸까. 궁전 정면의 물의 정원, 그곳에서 바라보는 산책로와 대운하, 멀리 지평선까지, 오밀조밀한 풍경도 오래전에 본 느낌이다.

베르사유의 장미! 맞다. 베르사유의 장미다. 꽃들이 만발한 저 화단은 페르젠과 마리 앙투아네트가 은밀하게 만나던 곳이고, 가로수가 줄지어 서 있는 저 큰 도로는 오스칼이 고뇌를 하며 걸어가던 곳, 다양한 조각상들이 있는 수로 근처는 귀부인들이 수군수군 스캔들을 만들어 내던 곳이다. 맙소사, 나는 베르사유를 이미 속속들이 알고 있다. 중학교 1학년 때 숨도 쉬지 않고 읽었던 그 장편만화는 그러고 보니 베르사유를 아주 사실적으로 재현해 냈던 거다. 마리 앙투아네트가 입었던 옷, 썼던 모자, 목걸이, 귀걸이까지도 원래대로 그려낸 거였구나. 앙투아네트의 초상화 앞에서 잠시 넋을 놓는다.

일본 작가 이케다 리요코가 그린 『베르사유의 장미』는 혁명 전후의 프랑스를 배경으로 주인공 오스칼이 절대왕정 하에서 비참하게 생활하는 프랑스 민중의 현실을 깨닫고 혁명에 동참하는 이야기다. 사랑과 배신과 음모가 난무하는 궁정, 교회에 바치는 십일조와 세금을 내느라 허리가 휘는 평민들, 바스티유 감옥 습격, 단두대의 이슬로 사라지는 루이 16세와 앙투아네트, 근대 지식인들의 등

장, 왕정에서 공화정으로 넘어가는 격변의 시간, 을 작가는 눈 돌릴 틈 없이 흥미진진하게 엮어 간다. 사춘기의 우리가 앙시앙 레짐, 자코뱅 당, 마리아 테레지아, 로베스 피에르, 부르주아, 기요틴 따위 단어를 기말고사, 도시락, 교생선생님, 전영록만큼이나 자연스럽게 발음했으니 분명 문제적 작품임에는 틀림없다.

프랑스혁명은 근대와 전근대를 가르는 중요한 사건이었다. 혁명 이전까지 프랑스는 왕정이었다. 특히 루이 14세는 '짐이 곧 국가'임을 천명한 바, 왕이 국가와 인민 위에 군림하는 건 당연한 것이었다. 소수

의 귀족과 성직자들만이 특권 신분을 유지할 수 있었고 90퍼센트의 평민층은 노역과 납세의 의무를 질 뿐 정치적인 권리는 없었다. 특히 제1신분인 성직자와 제2신분인 귀족들은 많은 땅을 가지고 있으면서도 한 푼의 세금도 내지 않았다. 절대왕정의 카리스마를 구현했던 루이 14세의 시대를 지나 루이 16세에 이르면 프랑스 왕실은 사치스런 생활과 전쟁, 미국독립혁명을 지원한 군사비 때문에 재정적자에 허덕이게 된다. 문제를 해결하기 위해 왕실은 귀족과 성직자에게도 징세를 하지만 그들은 어떻게든 세금을 피하고자 편법을 만들어 내고, 이 과정에서 삼부회가 소집된다.

삼부회는 귀족, 성직자, 평민들의 대표가 모인 국민 전체 회의였다. 이 회의에서 평민들은 사회·정치적인 권리에 대한 요구를 하고 귀족들은 이에 반발한다. 여러 차례에 걸친 대립 끝에 평민 대표들은 프랑스의 헌법을 다시 제정할 것을 요구한다. 시민과 군주의 관계를 규정짓는 법 제정을 제의한 것이다. 의회에서 회의가 열리는 동안 시민들은 대표자들의 활동을 지지하면서 시위를 하고 마침내 1789년 7월 14일에는 왕정에 반대한 시민들이 투옥되었던 형무소인 바스티유를 습격한다. 이날은 후에 프랑스의 국경일이 된다.

마침내 8월 27일에는 봉건적인 체제를 폐지하고 인간의 권리와 시민의 권리를 주장하는 선언문이 채택된다. 자유·평등·박애를 기본으로 한, 유명한 프랑스의 인권선언이 선포된 것이다. 1791년 제헌의회가 끝났을 때 군주제는 입헌체제로 바뀌었고, 왕은 절대적 군주가 아니라 단지 행정의 수반에 불과하며, 입법권은 의회에 맡겨 2년마다 갱신하도록 되었다. 루이 16세는 이 과정에서 입헌제를 준수하겠다고 선서하지만 다른 한편으론 스웨덴으로 망명을 시도하다가 체포된다. 그리고 단두대에서 처형된다. 마리 앙투아네트 역시 같은 운명에 처한다.

마지막 왕과 왕비의 목이 잘리면서 하늘 아래 새로운 세상이 열린다. 투표로 뽑힌 대표자들이 다스리는 공화국이 된 프랑스는 만인이 평등한 세상이 되려 하지만, 그 길은 만만치가 않다. 이미 끝난 세상과 아직 오지 않은 세상 사이의 혼돈과 격정, 무질서 속에서 프랑스는 마그마처럼 들끓었다. 로베스 피에르를 중심으로 한 급진파는 혁

단두대에서 처형된 루이16세(프랑스 국립도서관 소장)

명을 지킨다는 이유로 수많은 사람들을 단두대로 보낸다. 감옥에 갇힌 사람이 무려 50만 명에 이르면서 사람들은 공포에 떨기 시작했고, 그에 대한 저항이 일어나면서 공포정치의 대명사 로베스 피에르도 단두대에서 처형된다.

프랑스에서 일어난 혁명은 이웃 나라의 왕들을 두려움에 빠지게 하는데, 특히 루이 16세의 처형은 혁명에 대한 공포와 적대감을 불러일으킨다. 그들은 대 프랑스 동맹을 만들어 전쟁을 일으킨다. 이 전쟁에서 승승장구하며 프랑스를 승리로 이끈 이가 나폴레옹이다. 이집트 원정까지 성공한 나폴레옹은 쿠데타를 감행, 정권을 잡고 국민투표로 프랑스 황제가 된다. 왕정복고인 셈이다. 이후 나폴레옹은 러시아 원정에 실패하고 유배된다.

만화를 읽은 지 십여 년이 지났건만 베르사유에 와서 보니 그 장면들이 너무나 생생하게 기억난다. 작가가 정말로 공들여 그렸구나, 이곳을 몇 번이나 다녀갔겠는데, 라는 생각이 절로 들 만큼. 1972년부터 1973년까지 만화잡지 〈주간 마가렛〉에 연재되었던 걸로 보아 이미 그때부터 일본 작가들은 자신들이 하고자 하는 이야기의 현장을 직접 와서 보고 스케치했나 보다. 1964년 도쿄올림픽 이후부터 본격적인 해외여행이 시작되었다니 1970년대쯤이면 일본의 평범한 시민들도 한창 여행을 다닐 때였으리라.

작가는 베르사유에 와서 스토리를 떠올렸을까, 아니면 이야기를 떠올리고 베르사유에 왔을까. 어찌 됐든 일본 사람 이케다 리요코가 프랑스의 베르사유를 배경으로 한 만화를 그릴 수 있었던 건 여행이 가능했기 때문이었을 것이다.

중세나 근대 이전에도 일이나 유람을 목적으로 다른 고장이나 외국에 가는 일은 있었고 1400년대부터 관광산업이 존재하긴 했지만, 본격적으로 많은 사람들이 여행을 하기 시작한 건 철도가 개설되면서부터라고 할 수 있겠다. 1852년 영국에 열차가 개설되면서 여행은 어마어마한 변화를 맞았다. 여행 속도는 이전과 비교할 수 없을 정도로 빨라졌다. 그와 반비례하여 여행 경비는 줄어들었다. 이제 여행은 더 이상 부유층의 전유물이 아니었다. 특히 2차대전 이후 항공산업의 발전은 세계여행을 대중화시켰다. 1, 2차 세계대전을 통해 발전한 항공기술은 전쟁이 끝나자 민간항공산업으로 확장됐고 일반인들이 본격적으로 해외를 여행하는 시대를 열었다.

그러나 이 모든 것에 앞서 대중이 자유롭게 여행을 할 수 있게 된 건 자신의 의지에 따라 원하는 곳에 갈 수 있는 근대적 개인, 자유로운 개인이 출현했기 때문이다. 그 시작점에 프랑스 혁명이 있었다.

따르릉 따르릉 자전거를 타고 그랑 트리아농을 거쳐 쁘띠 트리아농을 거쳐 마리 앙투아네트 마을로 간다. 18세기에는 왕족이나 귀족들이 자신의 이름으로 마을을 소유하고 평민의 생활을 즐기는 것이 하나의 유행처럼 번졌는데, 마리 앙투아네트도 이곳에서 평민놀이를 하며 농촌생활을 즐겼단다. 정원과 호수, 오솔길이 조화를 이루어 아늑하고 고즈넉하다.

때로 역사에는 드라마보다 훨씬 드라마틱한 인물들이 존재한다. 앙투아네트도 그렇다. 예쁜 용모에 착하고 상냥하며 예술을 애호하지만 산만하고 쓰기와 읽기 능력이 부족한 14살 소녀는 프랑스의 왕자와 결혼한 이후 악의적인 선전과 소문에 시달렸다.

호화로운 파티와 무도회를 자주 열고 의복, 장신구, 보석에 많은 비용을 들였으며 쁘띠 트리아농을 호화롭게 개조하는 데 국고를 소비하기도 했다지만, 40킬로그램의 무게로 내리치는 단두대의 칼날에 목을 들이밀어야 할 만큼 그녀가 왕권주의의 화신이었거나 반혁명적 인물이었던 건 아니다. 다만 태어나는 순간 이미 정해진 계급적 질서, 개인적인 능력이나 재능이 아무리 뛰어나도 넘어설 수 없는 견고한 신분의 벽, 죽을 때까지 해야만 하는 고정된 일, 그것들을 넘어서고자 했던 사람들의 열정이 최고조에 달했을 때, 그녀는 프랑스의 왕비였다.

나는 방금 사형 선고를 받았어요.(…) 당신의 오빠(루이 16세)와 마찬가지로 죄가 없기에 나는 그가 마지막에 보여준 확고부동함을 보여줄 수 있기를 바랍니다. 양심이 깨끗한 사람들이 그렇듯이 나는 평온합니다. 나로서 가장 유감스러운 일은 가엾은 아이들을 두고 가야 한다는 점입니다. 내가 오직 아이들을 위해서 살아왔다는 것을 당신은 잘 알 겁니다.

1793년 10월 16일 새벽 4시 30분에 마리 앙투아네트가 시누이(이듬해 처형됨)에게 쓴 편지다. 기요틴 처형대 앞에서 그녀는 신부에게 이렇게 말했다.

— 내 불행이 끝나가려는 순간에 용기가 나를 저버릴 리가 없어요.

38세 생일을 약 2주 앞둔 날, 그녀의 목이 잘렸다.

누구에게나 주어진 운명이 있다. 앙투아네트는 그 길을 걸었고 일본의 작가는 그 이야기를 아시아의 소녀들에게 들려준다. 머나먼 나라의 이야기를 읽으며 가슴 아픈 사랑에 맘이 시리고 혁명의 열정에 가슴이 설레던 소녀들은 스스로의 운명을 가늠하고 예견한다. 순결한 목적에 헌신할 줄 알고, 뜨거운 사랑에 목숨을 걸 수 있고, 주어진 운명에 두려움 없이 몸을 던질 수 있는 용기. 베르사유의 장미가 나에게 준 선물이다.

3장
아프리카

|

아프리카에 오니 흑인들이 멋있다.
여자들은 예쁘고 노인들의 눈은 깊다.
다리가 긴 남자들은 의젓해 보인다.
제자리에서, 그들의 땅에서 흑인들은 멋있다.

안녕 아프리카, 안녕 청춘

　당신 미완의 유작이 「내 마음의 세렝게티」라는 것을 알고 내도록 마음이 아팠습니다. 아마도 당신은 오래 세렝게티를 마음속에 품고 있었던 듯합니다. 세렝게티는 당신에게 무엇이었을까요? 젊어 죽은 당신이 마음속에 품고 살던 대평원 세렝게티. 나는 지금부터 그 무심한 광대함에 대하여 얘기하려 합니다. 이미 이 세상 사람이 아닌 당신에게.

　그곳에는 침묵이 있습니다. 아니 그곳을 장악하고 있는 것은 침묵입니다. 인간의 조형물이라고는 하나도 없는, 아니 인간의 손길이나 입김이라곤 흔적조차 찾을 수 없는 광대한 평원, 눈을 들면 아득히 지평선이 보이고 키 낮은 나무와 풀들만이 시야에 들어오는 원시의 대평원. 그리고 그곳에 존재하는 침묵. 그건 절집의 고요와는 또 다른, 지금껏 내가 경험한 어떤 것과도 다른 근원적인 침묵이었습니다.

　그곳에서 내가 할 수 있는 일은 그저 입을 다무는 것이었습니다. 내 옆에는 분명 사람들이 있었지만 나는 너무 외로워서 추웠습니다. 그곳은 하나의 별이었습니다. 지금껏 내가 알고 있던 지구와는 또 다른 낯선 행성이었습니다. 세렝게티는, 외로워서 전율이 이는 곳이었습니다. 아마 당신이 그곳에 있었다면 당신은 울었을지도 모르겠습니다. 안경을 벗고 흑흑 울었을지도 모르겠습니다. 시린 태양은 당신의 살갗을 파고들고 침묵은 당신의 가슴에 꽂혔을까요. 인간이 범할 수 없는 무심한 광대함이 존재하는 곳. 세렝게티는 이 세상에 단 하나입니다. 지구상의 그 어떤 곳도 세렝게티일 수는 없을 것입니다.

그곳에서 야생동물들은 풀을 뜯거나 이동을 하거나 나무 그늘에 누워 낮잠을 즐기더군요. 급할 것은 아무것도 없고, 깊은 침묵 속 스스로의 세계에 빠져서 말이죠. 우리를 쳐다보는 그들의 눈빛 또한 무심함이었습니다. 가끔씩 들리는 바람 소리는 얼마나 생생하던지요. 이곳에서 바람은 온전히 제 모습을 드러내 보입니다.

나는 태고를 모릅니다. 시간이 처음 생겨나던 그때를 모릅니다. 그러나 세렝게티에서 나는 시간을 봅니다. 아주 오래전, 평원이 처음 생겨난 이후 이곳에 쌓인 시간들을 봅니다. 어쩌면 시간이 닫힐 때도 나는 세렝게티를 기억할지 모르겠습니다.

언젠가 다시 한 번 세렝게티에 갈 것입니다. 비 내리는 세렝게티를 보고 싶어서죠. 그때는 혹 당신을 만날 수 있을지도 모르겠군요. 자유로운 영혼이 되어 세렝게티를 떠도는 당신을.

1996년 겨울의 세렝게티는 그랬다. 말로 할 수 없는 그 황막함에 내가 할 수 있는 일이란 그저 입을 다무는 것이었다. 그러나 2010년, 세렝게티는 푸르렀다. 우기가 시작된 대평원은 물기를 흠뻑 머금은

우기의 세렝게티 ⓒ박병은

풀과 나무들로 싱싱했고 가젤과 임팔라, 얼룩말과 누 떼들은 풍요로운 들판에서 생의 한 시절을 보내고 있었다. 누군가는 신의 축복이라 했고, 누군가는 초록의 향연이라 했다.

도대체 그 거칠고 을씨년스럽던 평원은 어디로 간 것일까. 마른 회오리가 불던 그 황량하던 길, 이파리 하나 없이 마른 나뭇가지 위에서 미친년처럼 흐드드득 피어나던 붉은 꽃, 갈색의 수풀에 가려 보이지 않던 사자의 갈기……. 그 옛날 내가 본 게 건기의 아프리카였다면 이번에 만난 건 우기 초입의 아프리카였던 것 같다. 비를 가르며 평원 저편으로 뛰어가던 아기 마사이들. 가다 돌아보고 가다 돌아보던 맨발의 아이들. 만 가지 꿈을 꾸길, 부디.

질투는 인류의 힘

삼십까지 사는 사람도 많지 않았다.

오래 사는 것은 돌과 나무의 특권이었다.

어린 시절은 늑대의 어린 시절 정도의

길이밖에 되지 않았다.

사는 동안 무엇인가 해 보려고 한다면

서둘러야 했다.

해가 지기 전에

첫 눈이 내리기 전에.

— 비스와바 쉼보르스카, 「우리 선조들의 짧은 인생」 중

사파리 차를 타고 평원을 헤매는 동안 이대로 이곳에 내던져진다면 살아남을 수 있을까, 하는 생각이 든다. 날카로운 발톱도, 도망갈 빠른 발도, 나무를 탈 수 있는 민첩함도, 상대의 목줄을 단숨에 끊어버릴 칼날 같은 이빨도 없이 어떻게 이 황량한 벌판 저 위험스런 풀숲에서 인류는 살아남을 수 있었을까. 저토록 완벽한 치타, 표범, 사

자, 그 사냥꾼들에 대한 불타는 질투로 초기 인류는 밤을 지새우며 도구를 만들었을까. 고요 속에서도 느껴지는 팽팽한 긴장감, 이 침묵의 폭풍 속에서 모든 생명체는 자신이 가진 가장 믿을 수 있는 무기로 무장하여 그 무엇과도 바꿀 수 없는 목숨을 지켜 나갔으리라.

생존을 건 맹렬한 시간을 거친 후 인류는 대륙과 대륙을 넘나들며 종의 확산과 교류의 역사를 만들어 낸다. 이 역사는 평화로운 방식보다는 폭력적일 때가 훨씬 더 많았다. 포르투갈이 1444년 나이지리아에서 최초로 노예시장을 연 이후 스페인, 영국, 프랑스도 경쟁적으로 무기를 앞세워 아프리카 사람들을 노예로 만들었다. 특히 대서양 노예무역(아프리카에서 아메리카 '신대륙'으로의 노예무역)은 16세기부터 19세기까지 3백여 년간 지속되었다. 그러니까 할리우드 영화에 덴젤 워싱턴, 할리 베리, 모건 프리먼, 우피 골드버그 등이 등장하는 건 노예무역 때문인 셈이다. 전설의 러너 칼 루이스나 농구황제 마이클 조던의 부모의 부모의 부모는 노예였을 것이다. 재즈나 블루스의 기원에도 모진 생을 견디어 낸 그들이 있다.

그런데 나치가 유대인을 학살한 배경과 과정은 아주 상세히 배우면서 흑인들의 노예화 과정은 스리슬쩍 넘어간다는 느낌을 지울 수 없다. 흑인이 노예였던 건 왠지 '자연'스러워 보이기도 한다. 영화 탓인가. 가장 조직적이고 끔찍했던 범죄의 역사가 설탕과 초콜릿의 달콤함에, 커피와 홍차의 나른함 속에 묻어간달까.

　가난과 굶주림, 한발과 흉작, 무지와 질병, 원시와 후진성, 군사쿠데
타와 일당 독재, 인구 과잉, 게으름……. 아프리카에 대한 이러한 부
정적 인식들이 과연 얼마나 정확하고 객관적인 판단인지, 그것은 혹
아프리카를 식민 통치의 대상으로만 인식해 온 서구의 시각을 검증
의 노력도 없이 그대로 받아들이는 과오를 범하는 일은 아닐는지.

　식민 정부들은 온갖 노력을 다 기울여 아프리카가 종속적이고 후
진적인 상태에 머물도록 만들었다. 부족들 사이에 전쟁을 부추기고

최소한의 수준으로 교육을 제한하며, 무엇보다도 정치적 독립을 이룬 후에 세계시장에서 경쟁하지 못하도록 산업의 하부구조 발전을 방해하는 것이 주된 방법이었다. 그런 역사를 이어받은 아프리카인들이 만일 21세기 중반 이전까지 독자적인 산업사회를 이룩하는 데 성공한다면, 그들은 인종적으로 열등한 것이 아니라 매우 탁월한 것으로 평가받아야 한다.

수피아, 나의 소녀

그러니까, 우리가 부엌으로 사용했던 그 공간에서 네가 노래를 부르며 춤을 출 때 나는 자꾸 웃음이 터져 입을 손으로 막아야만 했단다. 수피아, 세상의 모든 소녀들은 어찌나 비슷한지, 하기 싫은 일을 할 때면 나타나는 그 표정과 몸짓이라니.

아마도 선교사님 부부나 피터 수사님께서 너희에게 부탁을 한 모양이더구나. 한국에서 손님들이 오시니 환영의 노래와 춤을 추어 달라고. 이런 일도 한두 번이지, 너는 딱 그 표정으로 시큰둥하게 노래하고 어깨를 움직였지. 그 순간에, 그러니까 네가 성의 없는 몸짓으로 흐느적거릴 때 나는 네가 딱 좋아졌단다.

루스빌로에 사는 걸 보니 너는 엄마와 아빠가 계시지 않겠구나. 부모님이 안 계시고 돌보아 줄 친척조차 없는 아이들 칠팔십 명이 살고 있는 '집'이 루스빌로니 말이다.

말라위에 간다고 얘기했을 때 내가 아는 한 의사가 말라위는 아프리카 나라들 중에서도 특히 에이즈 감염자가 많은 곳이라는 이야기를 했단다. 에이즈가 창궐하는 곳은 대개 국경 지대이거나 호수 지역인데, 가롱가 지역은 탄자니아와 국경을 맞대고 있고 말라위 호수가 곁에 있으니 에이즈 감염율도 그만큼 높겠다는 생각을 했다.

예상은 크게 다르지 않더구나. 에이즈뿐 아니라 만성적인 영양실조, 그로 인한 면역성 저하로 말라위 사람들의 평균수명은 40세 정도라니, 한국 여성들의 평균수명이 85세라 했을 때 나는 너의 두 생을 한 생에 사는 셈이구나. 가족계획이나 피임에 대한 교육이나 정보가 부족하기 때문에 여성들은 출산과 육아를 계속하게 되고, 그러다 보니 몸이 약해져 일찍 죽게 되고.

그곳에 네가 있더구나, 수피아. 만 열세 살, 그러니까 한국 나이로 치자면 열다섯. 함께 여행 중인 예림이나 따슬이와 비슷한 나이일 거야. 너와 마주칠 때마다 윙크를 날리고 장난을 걸고 한 덕분에 하룻밤이 지나니 너도 슬쩍 알은체를 해 주더구나. 사실 너도 궁금했지? 한국에서 온 사람들, 특히 또래의 친구들에게 물어보고 싶은 것도 있었지? 자존심과 도도함을 유지하려고 꾹 참고 있었지만 조금은 입이 근질근질했겠지.

수피아.

우리 지금부터 이야기를 나누어 볼까.

부모님은 언제 돌아가셨는지, 형제는 몇인지, 너는 어떻게 살아가고 싶은지, 너의 꿈은 무엇인지 천천히 서로를 알아 가자. 네가 원하는 삶과 지금 삶과의 거리는 얼마나 되는지, 그 거리를 좁혀 나가기 위해서는 무엇을 어떻게 해야 할지. 다음에 만났을 땐 조금 더 너의 이야기를 들려주렴.

뒷마당에서 아기들과 놀다 돌아오니 네가 여행자들과 어울려 놀고 있더구나. 어제 불렀던 환영의 노래를 한국 여행자들에게 가르쳐 주는 네 표정은 어제의 그것이 아니었지. 까르르 웃어 가며 시범을 보이는 너에게선 신이 나면 저절로 나오는 아프리칸의 열정 같은 게 설핏 보였단다. 세상을 다 산 표정에서 비로소 15세 소녀의 표정으로 돌아온 네 얼굴을, 기억한다.

수피아.

세상엔 아흔아홉 가지 삶의 방식이 있다는 걸, 네가 꿈꾸는 것 이상의 세상이 있다는 걸 어떻게 이야기해 줄 수 있을까. 수피아, 나의 소녀.

응고롱고르의 주민들

세렝게티나 응고롱고르를 여행할 때는 트럭 대신 사파리 차량을 이용해야 한다. 사파리란 '여행'을 뜻하는 스와힐리어로, 사륜구동의 지프나 사파리용 미니버스를 빌려 정해진 루트를 탐험하는 것을 말한다. 인간에게 길들여지지 않은 야생의 동물들이 어떤 삶을 살고 있는지 볼 수 있는 이 가슴 두근거리는 사파리는 아프리카 여행의 가장 큰 매력이다.

응고롱고르는 세계 최대의 분화구로 제주도의 8배 크기다. 분화구의 깊이는 6백 미터인데 그 때문에 큰 나무가 자라지 않아 기린은 살지 않는다고 한다. 응고롱고르는 마사이 족이 키우는 소의 목에서 울리던 방울 소리에서 따온 이름으로, 우리로 치면 워낭 소리인 셈이다.

사자들의 영토답게 응고롱고르에선 사자들이 많이 보인다. 가끔씩 암수 한 쌍이 풀숲에 누워 단잠을 자는 모습이 보이는데 가이드는 그들이 신혼여행을 즐기는 것이라고 설명해 준다. 짝짓기를 하기 위해 무리에서 떨어져 나와 3~4일 혹은 일주일 정도 둘이서만 지낸다는데, 녀석들의 표정이 정말로 허니문을 즐기는 듯하다.

사자들은 사냥할 때 그야말로 온 힘을 다하기 때문에 사냥을 마치면 기진맥진한다. 백수의 왕 사자라 하더라도 사냥을 할 때는 있는 힘을 다하지 않으면 안 되는 것이 자연의 섭리. 그도 그럴 것이 사냥감의 입장에서는 죽느냐 사느냐 목숨을 건 한판 싸움, 누가 호락호락 목숨을 내놓겠는가. 그래서 이 초원의 제왕도 사냥에 성공할 확률은 4분의 1 정도에 불과하다. 그나마 물소같이 거친 놈들과 싸워야만 할 때는 — 우리가 흔히 버펄로라 부르는 이 물소들은 초식동물 중에서 가장 광폭하며 때때로 사파리 차도 뒤엎는다. 사자도 웬만하면 이 녀석들을 상대로 사냥을 하지 않는데, 건기에 아주 먹이가 없을 때는 대여섯 마리가 협공을 한다 — 부상을 당하거나 목숨을 잃는 일도 있다고 한다.

사자들의 세계에서는 사냥도 거의 암사자가 하고 새끼도 암사자가 기른다. 네다섯 살이 되면 무리에서 떨어져 나와 생활하는 수사자의 일은 영토를 사수하는 것. 수사자는 하루에 거의 20시간 정도를 잔다. 13살짜리 수사자라면 거의 11년을 자는 셈이다. 사실 녀석들에게선 암사자에게서 보이는 전사적 욕망도, 표범에게서 느껴지는 노골적 살의도 감지되지 않는다. 존재만으로 두려움과 외경이 되는 몸, 유전에 의해 제왕으로 군림하는 느낌은 어떤 것일까. 세상 그 무엇도 나와 싸워 이길 수 없다는 걸 알고 나면 그다음은.

응고롱고르의 매혹적인 주민들 중에는 치타와 표범도 있다. 날카로운 눈매와 늘씬한 몸매가 과연 초원의 귀공자라 불릴 만하다. 그들은 나뭇가지 사이나 바위틈에서 우리를 예의주시한다. 치타와 표범은 얼핏 비슷해 보일 수도 있지만 분위기는 아주 다르다. 표범에게선 고독이 느껴진다. 누구의 범접도 허용치 않을 것 같은 깊은 눈빛, 저자의 번다함 따위에 눈길 한번 주지 않는 초연함과 고고함은 함부로 자신을 드러내지 않는 싸늘한 오만에서 비롯되는 듯하다. 또한 털을 세웠을 때 느껴지는 살의는 결코 실패하지 않는 최고의 킬러를 연상케 한다. 킬리만자로의 정상에서 고독하게 죽어 가는 이미지는 오직 표범만이 연출할 수 있으리라. 우아하고 은밀한 자신의 세계에 대한 도도함이 그에게는 있다.

치타는 아프리카 초원에서 가장 근사한 몸매의 소유자다. 군살 하나 없는 탄력적인 몸매와 부드러운 근육은 천부적으로 사냥을 위해 태어난 완벽한 몸이라는 생각이 들게 한다. 어느 무리에 있더라도 세련된 매너와 재치로 좌중을 사로잡는 이가 있다. 치타가 바로 그런 부류가 아닐까. 바람둥이인 줄 알면서도 어쩔 수 없이 빨려들고 마는 강렬하고 산뜻한 매력, 한번 눈이 마주치면 꼼짝없이 끌려가고 마는 매혹적인 분위기는 치타의 것이다.

코끼리는 현존하는 육상생물 중 가장 크다. 풍채와 거동이 위엄에 가득 차 있으며 행동이 복잡하고 불가사의하리만큼 민감하다. 그러나 강력하며 자유롭고 영리한 이 동물들은 인간과 공존하는 한 멸종이라는 심각한 상황에 직면할 수밖에 없다. 사람들의 정착지가 끝

©박병은

없이 팽창하면서 한때 무한하다시피 했던 코끼리의 구역은 크게 줄어들었고, 상아를 얻기 위한 욕심에 예사로 살육이 자행되었다. 그 결과 아프리카 코끼리의 수는 크게 줄어들었다. 사실 호모사피엔스와 코끼리는 거의 동시에 출현했다. 그러나 한 종은 걷잡을 수 없이 팽창했고 또 한 종은 멸종의 위기에 빠져 있다.

그들은 참으로 영리한 사회적 동물이다. 또한 동물이라고 생각하기 힘들 정도로 높은 수준의 의사소통 능력과 이해력을 지니고 있다. 그들은 쿵쿵거리며 걸어 다니는 미련한 짐승이 아니다. 그들은 육체적으로 숙달되어 있고 정교하며 행동 또한 지적이다. 이러한 특성들은 윤리적으로 코끼리를 죽이는 데 반대할 수밖에 없는 충분한 근거가 된다.

— 리차드 리키, 『제6의 멸종』

사바나 관목지대에서 코끼리의 관목 파괴는 풀이 자라날 수 있는 공간을 형성해 준다. 그들이 나무를 잘라 내거나 식물을 뿌리째 뽑아낸 결과 관목이 살아남을 수 있는 환경이 창조되니, 다른 종이 번성할 수 있는 모자이크 서식처를 창조하는 주인공이 바로 코끼리인 것이다. 코끼리가 사라지면 풀이나 연한 잎을 뜯어먹는 동물들의 서식처는 풍부함을 잃어버리고 훨씬 적은 종만이 살아가게 된다.

하나의 종이 사라진다는 것은 단순히 그 종의 소멸만을 의미하는 게 아니다. 거미줄처럼 복잡하고 섬세한 생태계의 그물망이 찢어지면서 또 다른 종의 멸종을 초래하게 된다. 지구상의 장구한 생물 역사를 통틀어 일찍이 다섯 번의 대멸종이 있었고, 6천5백만 년 전의 백악기 대멸종에서는 모든 공룡들이 놀랍도록 짧은 기간에 사라졌다. 그들은 당시 지구 환경에 가장 잘 적응한 적자생존의 표본이었고 어느 누구의 위협도 받지 않았지만 한순간에 흔적도 없이 사라져 버렸다. 우리의 탐욕스런 행동이 가져올 파멸적인 결과를 깨닫지 못한다면, 호모사피엔스 또한 수많은 멸종 생물들의 뒤를 이을 것이다.

고릴라를 찾아서

오늘날 지구상에는 인간과 가장 닮은 세 종류의 유인원이 있다. 침팬지와 오랑우탄, 고릴라가 그들이다. 공교롭게도 이들의 생태를 연구했던 유명한 학자들은 모두 여자들이다. 제인 구달은 탄자니아의 곰베에서 침팬지 연구에 평생을 바쳤고, 보르네오 열대우림에서 '숲의 사람' 오랑우탄을 연구했던 이는 비루테 갈디카스, 그리고 르완다에서 마운틴고릴라를 연구했던 이는 다이안 포시다. 이들은 모두 루이스 리키의 제자들이다.

다이안의 주요 업적은 고릴라에 대한 정확한 지식을 우리에게 알려 준 것이다. 그녀가 처음 르완다의 비룽가 화산 국립공원으로 갔을 때 그곳은 이름뿐인 보호구역이었고 사냥꾼들이 비젓이 드나들었다. 르완다에서는 고릴라 고기를 먹지는 않았지만 그 동물들을 '검은 마력'을 지닌 존재로 여겨 보이는 대로 죽였다. 시골 시장에서는 고릴라의 머리와 손이 기념품으로 팔려 나갔다. 당연히 이 지역의 고릴라들은 사람을 두려워했다.

다이안은 고릴라처럼 생각하는 법을 배웠고 가끔은 고릴라 같은 행동을 하며 마침내 고릴라 무리로부터 가족 같은 대우를 받았다. 차츰 그녀는 고릴라 연구를 하는 동물학자에서 고릴라를 보호하는 환경운동가로 변신하게 되었다. 그것은 자신의 연구 대상이 멸종 위험에 처해 있는 상태에서 나온 최선의 선택이었다.

다이안은 강력하게 행동했다. 마운틴고릴라들을 숲 속 깊숙한 곳으로 이주시키고 덫을 제거하고 무기를 몰수했다. 법으로 금지되어 있는 동물들 및 이들의 부산물을 취급하는 장사꾼과 밀렵꾼에게 엄한 징벌을 가할 것을 르완다 정부에 요구하기도 했다. 비룽가 화산지대를 누비며 고릴라들의 최초의 인간 친구가 됐던 다이안은 그러나 결국 밀렵꾼들에게 끔찍하고 야만적으로 살해당하고 만다.

다이안은 인류가 지구와 그 위에 사는 모든 생물들의 지배자라는 생각을 받아들이지 않았다. 그녀는 인간에게 모든 권리가 있다는 식의 오만을 비웃었고, 인간과 다른 동물들 사이의 구분은 다 인간이 만들어 낸 것이라고 믿었다. 고릴라는 인간의 친척이며 지구라는 행성의 동료 시민이라고 그녀는 주장했다. 우리가 지배자의 자리로 올라서려면 이들을 존경하고 보호해 주어야 한다는 것이 다이안의 생각이었다.

결국 그녀가 승리했다. 비룽가 화산 국립공원의 마운틴고릴라들은 살아남는 데 성공했으므로. 이제 고릴라 관광은 르완다의 주요 수입원이 되었다. 1990년대 초반 브룬디의 시민전쟁이 비룽가까지 확산되었을 때 연구원들은 도망쳐야 했다. 그러나 반란군과 징부군은 자기 나라를 지킨다는 취지에서 고릴라 보호에 동의했다. 고릴라에게 성자가 있다면 그 성자의 이름은 '니아라마샤벨리(산속에서 혼자 사는 여자)'일 것이다.

다아안의 주요 업적 중 하나는 대중에게 고릴라의 존재를 제대로 알린 것이다. 지난 반세기 동안 유인원에 관한 우리의 지식은 부정확했다. 대표적인 사례로 거대한 고릴라인 킹콩의 출현을 들 수 있다. 킹콩은 지난 40년간 유인원을 극도로 상징화한 것이다. 흥미로운 건, 고릴라가 실제로는 킹콩을 전혀 닮지 않았다는 점이다.

오늘날 우리는 고릴라가 더 이상 공격을 좋아하는 동물이 아니라는 사실을 알고 있다. 그들이 보여주는 행위는 다만 침입자가 놀라 도망가도록 하는 경고용 방법임을 알게 된 것이다. 고릴라는 매우 평화로운 동물이며 대부분의 시간을 먹고 놀고 잠자는 데 보낸다. 녀석들은 채식동물로서 커다란 몸집을 유지하기 위해 많은 양의 잎사귀를 먹는다.

동물들의 먹이를 보면 이상한 생각이 들 때가 있다. 코끼리나 기린, 고릴라들은 채식동물이다. 먹어도 먹어도 배는 부르지 않고 허기만 심해질 것 같은 나무 잎사귀를 하루 종일 먹는 대형동물들을 보면 안쓰럽기 그지없다. 왜 저들의 위는 육식을 하도록 진화하지 않았을까. 연한 죽순만을 먹는 팬더나 그 작은 크릴새우와 플랑크톤만을 먹이로 삼는 지구 최대의 동물 고래 역시 마찬가지다. 그들이 만약 육식을 한다면 하루 중의 많은 시간을 다른 일에 할애할 수 있을 텐데. 그럼에도 불구하고 채식을 하는 거대동물들은 멋지다. 또한 섬세하고 예민하나.

고릴라는 대형 유인원 중에서도 가장 큰, 제일 거대한 영장류이다. 성숙한 수컷은 180킬로그램 이상 나가며 암컷의 무게는 그 절반 정도다. 보통 우두머리인 수컷과 암컷 그리고 새끼들로 이루어진 가족 단위로 생활하며 대부분의 시간을 지상에서 먹거나 쉬면서 보낸다. 침팬지보다 흥분하는 일도 적고 소리도 잘 안 내는 고릴라가 꼿꼿이 서서 큰소리를 내는 유일한 순간은 위협을 받았을 때다. 수컷들은 그때 그 유명한, 가슴을 쿵쿵 치는 돌격자세를 해 보인다.

유인원들은 아직도 음식으로 또는 '스포츠'라는 취미를 위해서 사냥되고 있으며 의학 실험을 위해 사로잡히고 있다. 특히 침팬지는 사람과 생화학적으로 비슷한 구조를 갖고 있기 때문에 여러 연구와 실험에 사용된다. 고릴라와 오랑우탄은 지구상에서 거의 멸종 상태에 이르렀으며, 번식이 빠른 편인 침팬지도 위험한 상황에 이르러 있다.

드디어 고릴라를 만나러 가는 날. 숲에선 담배 피지 말 것, 플래시 터뜨리지 말 것, 고릴라가 옆으로 와도 절대로 소리를 지르거나 하지 말 것 따위 주의사항을 듣고 출발한다. 처음엔 동네 뒷산으로 올라가기에 이 정도면 갈 만하군 했는데 깊은 숲 속으로 한 발 한 발 들어가니 아, 이곳이 정글이구나 싶다.

가장 먼저 몸 구석구석을 파고드는 것은 습기다. 혀로 맛이 느껴지고 콧구멍을 가득 채우며 몸속으로 스며드는 습기에 숨이 막힐 듯하다. 끈끈하면서도 자극적인 습기의 냄새가 묘한 매력으로 몸 전체로 스며든다. 축축한 공기와 하나가 된 밀림의 어둠 속으로 섬세한 빛줄기가 들어온다. 정글의 또 한 가지 매력은 빛의 각도에 따라 달라지는 아름다움이다. 일정한 각도로 쏟아지는 빛 때문에 그 모습이 달라지는 나무와 덤불들.

이끼로 뒤덮인 축축한 나무줄기에 기대어 쉰다. 땅이 눅눅하여 앉을 수도 없다. 바닥과 나무줄기에는 이름을 알 수 없는 아주 작은 벌레들이 기어 다닌다. 이 진화의 온실에는 엄청난 생명들이 살아가고 있다. 과학자와 동물학자들은 최소한 2~3백만 종의 동물이 열대우림의 정글에서 살아가고 있다고 추정한다. 한 그루의 나무는 163종이나 되는 곤충들의 집이기도 하다. 숲이 사라져서는 안 되는 이유가 바로 여기에 있다. 자연과학적으로 볼 때 열대우림은 이 지구상에 다시없는 복잡한 생태계 중 하나다. 적도 전체를 지배하는 지칠 줄 모르는 열기와 굵은 빗줄기가 길러 내는 밀림은 생명의 세분화된 형태를 끊임없이 양산해 내는 진화의 본거지이다.

어디서 불어오는지 알 수 없는 바람이 목덜미를 쓰다듬는다. 고요하다. 길이란 건 없다. 칼을 든 안내자가 휙휙 가지를 치고 무전기를 든 가이드가 계속 고릴라의 행방을 추적하고 총을 멘 군인들이 뒤를 따라오며 경호를 한다. 정글 속에는 고릴라만 사는 것이 아니므로. 눈을 들어도 하늘은 안 보인 지 오래. 방향이라는 것이 있기나 한 걸까. 이 속에서 길을 잃으면 과연 살아남을 수 있을까.

온갖 곤충과 벌레들이 살고 있을 음습하고 컴컴한 정글 속에서 녀석들은 쉽게 모습을 드러내지 않는다. 한 치 앞도 보이지 않는 정글을 헤맨 지 몇 시간이 넘도록 녀석들은 배설물만 우리에게 보일 뿐

정체를 드러내지 않고 있다.

앞을 가로막는 가지들과 발목을 휘감는 기분 나쁜 덩굴들, 살갗에 스치면 그대로 상처가 나는 위험한 풀들을 헤치며 걷는다는 건 만만한 일이 아니다. 허리도 펼 수 없는 정글 속으로 깊이깊이 들어가다 보면 나중에는 내가 왜 꼭 고릴라를 찾아야 하는지 의심스러워진다. 돌아가기에는 너무 멀리 와 버린 인생처럼. 이제 이곳을 벗어날 수 있는 길은 단 하나, 고릴라를 빨리 찾는 것뿐이다. 인생과 비슷하다. 이럴 줄 알았으면 오지 않는 것, 그러나 이미 와 버려 돌아갈 수 없는 것.

마운틴고릴라

목도 마르고 배도 고프고 그러기를 몇 시간, 드디어 눈앞에 녀석들이 나타났다. 오오, 생각보다 훨씬 근사하다. 나름대로 위용을 갖춘 늠름한 모습이다.

아프리카에 오니 흑인들이 멋있다. 여자들은 예쁘고 노인들의 눈은 깊다. 다리가 긴 남자들은 의젓해 보인다. 제자리에서, 그들의 땅에서 흑인들은 멋있다. 왠지 좀 야만스러워 보이고 못생겨 보이던 할리우드 영화 속 흑인들과는 전혀 다르게. 고릴라 역시 마찬가지다. 동물원에서 보면 추하고 기분 나쁘고 냄새 나는 존재였는데 이 숲 속에서 녀석들은 근사하다. 지금까지 봤던 사자나 치타나 기린들과는 아주 다른 느낌이다. 금방 친해질 수 있을 것 같은, 썩 괜찮은 녀석들이다. 제자리에 제대로 놓인 것은 아름답다.

고릴라와 헤어져 막 돌아서는데 비가 내리기 시작한다. 그야말로 억수같이 쏟아진다. 정글 속은 금방 캄캄해져 한 치 앞이 보이지 않는다. 발은 푹푹 빠지고 한번 빠진 발은 제대로 나오지도 않는다. 앞에 가는 사람을 놓치면 영원히 이 정글 속에 갇혀 버릴 것 같은 공포감마저 생긴다. 고생고생을 하며 정글을 빠져나오니 그제야 비도 그친다.

열대우림은 보통의 인간이 이 지구상에서 경험할 수 있는 가장 복잡한 대상이다. 열대우림을 걷는 것은 신의 마음속을 거니는 것과 같다.
— 비루테 갈디카스, 『에덴의 벌거숭이들』 중

컵라면과 목욕탕이 그립다.

밤에 용서라는 말을 들었다

아프리카 여행 중에 우리는 조금씩 울었다. 누군가는 인도양의 파도 앞에서, 누군가는 응고롱고르 분화구의 안개 속에서, 누군가는 세렝게티의 바람 앞에, 누군가는 빅토리아 폭포의 물보라를 온몸으로 맞으며. 용납할 수 없었던 누군가를 용서하며, 딱딱하게 굳은 내 속의 오만과 편견을 마주하며, 혹은 그저 마음 깊은 곳에서 터져 나오는 뜨거운 눈물을 주체할 수 없어. 때로는 홀로, 때로는 바라보는 누군가가 있다 하더라도, 꺽꺽 목을 놓아 울거나 조용히 눈물을 훔쳤다. 생을 바라볼 용기 혹은 죽음을 마주할 마알간 눈, 눈물 속에 마주쳤다.

얼굴 없던 분노여. 사자처럼 포효하던 분노여. 산맥을 넘어 질주하던 증오여. 세상에서 가장 큰 눈을 한 공포여. 강물도 목을 죄던 어둠이여. 허옇고 허옇다던 절망이여. 내 너에게로 가노라. 질기고도 억센 밧줄을 풀고. 발등에 깃털을 얹고 꽃을 들고. 돌아가거라. 부드러이 가라앉거라. 풀밭을 눕히는 순결한 바람이 되어. 물들이는 하늘빛 오랜 영혼이

126

되어.

― 이진명, 「밤에 용서라는 말을 들었다」 중

ⓒ박병은

또 하나의 눈을 지닌 힌두의 신 시바

4장

인도

|

인도는 마지막 여행지가 될 거라고 생각했었는데
어쩌면 내 여행은 인도에서 다시 시작될 거 같은 예감이 든다.
아열대의 공기, 꽃과 차의 향기, 신전의 지붕들,
사리를 휘감고 들판 너머로 사라져 가는 여인들, 을 만날 수 있겠지.
그리고 나는 또 무엇을 볼 수 있을까.

무엇을 볼 수 있을까

J에게.

나는 지금 5천 피트 상공에 떠 있고 이 비행기의 기수는 인도로 향하고 있다. 8억 인구의 나라, 설산 히말과 황량한 사막, 인도양의 훈풍이 어우러진다는 곳, 혹자는 불멸과 자유의 연금술이 있다는 곳. 이 비행기에 특별한 이상이 생기지 않는 한, 몇 시간 후면 나는 그곳에 도착할 수 있을 거야.

내가 아프리카를 가거나 중국엘 간다고 했을 때 너는 왜 그곳에 가느냐 물었지만 인도에 간다고 했을 때는 그 질문을 하지 않았지. 서점에 나와 있는 수많은 인도 관련 서적들, 다큐 프로그램에 단골로 나오는 깔리 사원과 캘커타의 빈민굴, 타고르와 간디, 네루, 오쇼와 명상센터들, 오렌지색 누더기를 걸친 수도승, 릭샤꾼들, 게다가 인도를 다녀온 여행자들은 한세상을 다 산 듯한 눈빛을 하고 나타났지. 바람의 몸을, 신의 지문을 본 사람들처럼 말이야. 굳이 묻지 않아도 알 수 있다고 너는 생각했던 걸까.

중국에 가기 전 너에게 말했었지. 대륙엘 가 보고 싶어. 중원의 한

복판에서 바람을 맞아 보면, 후우, 살 것 같아. 유럽엘 갈 때도 그랬지. 모두가 파란 눈인 사람들 틈에 나 혼자 까만 눈으로 서 있고 싶어. 아무도 날 모르는 광장에 오롯이 서 있으면 내가 누군지 알 거 같아.

아프리카에 갈 즈음엔 너도 알다시피 내 상태가 좋지 않았지. 그 즈음 나는 인류라는 종에 대한 절망으로 마음이 칼끝이었어. 스산한 달이 제 빛을 못 내고 여위어 가는 도시, 매연과 소음, 배반과 불신, 죽어 나가는 물고기, 파괴되는 숲, 더럽혀진 강, 희망 없는 일상, 썩어 가는 정신⋯⋯. 키를 넘는 욕망들이 눈을 희번덕이는 자본의 도시에서 나는 때때로 숨을 쉴 수 없었고 자주 구역질을 했어. 문명이라는 이름의 파괴는 어디까지 갈 것인가, 감당할 수 없는 이 속력의 끝은 어디인가, 아름다운 것들은 모두 사라지고 아귀 같은 탐욕만이 기승을 떠는 이 별에 한 가닥 희망이 있다면 인류의 절멸이 그것이라고 생각했지.

인류가 건설한 것들에 대한 회의가 인간에 대한 혐오로 이어지던 날들 중에 문득, 처음으로 두 발로 섰을 때 인류의 꿈은 무엇이었을까 하는 생각이 들었어. 대지 위에 처음으로 두 발로 섰던 최초의 인류, 그들은 무엇을 꿈꾸었을까. 무엇이 그들로 하여금 빙하기, 모든 것이 얼어붙던 그 엄혹한 세월을 버티게 했을까. 그들이 꿈꾸었던 미래에서 우리는 살고 있는 걸까. 내 직립의 척추에 부딪쳐 오는 그들의 메시지를 찾아보고 싶었어. 인류의 발상지에 가면 그 답이 나오지 않을까. 그래서 갔던 거야, 굳이 그 대륙에.

몇 번씩 비행기를 갈아타며 간 그곳에서 막상 내가 만난 것들은 산골의 작은 동네마다 붙어 있던 코카콜라 간판, 붉은 대지를 누비고 다니던 일제 자동차, 길거리마다 버려져 있던 비닐과 플라스틱 깡통 같은 것들이었지. 문명과 야만은 상대적이고 가변적인 개념임에도 서구적인 가치, 자본주의적인 잣대로 판단되어 무시되는 전통문명과 풍습들, 개발이나 진보의 이름으로 파괴되는 자연과 인간의 품성. 그것은 도시로 오면서 더욱 심해졌고 도시화되어 간다는 것은 서구화, 자본주의화, 물신화되어 간다는 것에 다름 아니었어. 개발과 배움이 한 방향으로만 일어났을 때 미래는 하나밖에 없다는 느낌이 여행 내내 갑갑하게 다가오곤 했어. 점점 획일화되어 가는 인류의 생활방식은 우리를 '사라져 버린 종'으로 만들어 버리겠구나, 라는 생각이 들었지.

재미있는 건 그럼에도 불구하고 이 오래된 대륙에선 어떤 낙천성, 생명력 같은 것들이 발견되더라는 거야. 자연의 일부로, 자연과 조화를 이루며 살아가는 검은 얼굴의 사람들은 인류의 아주 오래전 모습과 미래의 모습을 동시에 갖고 있었지. 혈연적 인간애에 기초한 작은 마을에는 웃음과 인정이 넘쳐나고, 나눔의 정신이 살아 있었어. 싱싱한 야수성을 그대로 드러내며 살아가고 있는 야생동물들은 지구가 상상할 수도 없을 만큼 거대한 우주의 한 점에 불과하듯 인간 역시 다양한 생물군 중 하나의 종이라는 사실을 환기시켜 주었지. 언제나 끊임없는 자각과 새로운 눈뜸을 보여 주는 자연과 그 속에서 살아가는 '인간 아닌 것'들과의 조화를 이루며 공존하는 것. 이것이야말로 태초의 인류가 가졌던 꿈, 사랑하고 노래하고 춤추며 우리가 이 별에서 살아남을 수 있는 행복한 길이라는 걸 보게 되었지. 미래로 가는 길은 하나가 아니라는 것을, 하나뿐이어서는 안 된다는 것을 가르쳐 주었다고나 할까. 특이하지는 않았으나 특별했던 아프리카에서 내가 발견한 '오래된 미래'였어.

J.

아프리카에서 돌아오자마자 서아프리카에 가려고 준비하는 나를 보고 너는 조금 불안해했지. 그렇게 떠돌아다니는 것만이 능사는 아니란다, 하는 표정으로 날 보곤 했으니까. 서아프리카에 가려고 했던 건 어떤 척박함, 메마르고 까슬까슬한 곳에 나를 던져 보고 싶어서였던 거 같아. 사하라, 그 광대한 모래사막에 묻히고도 싶었고.

그때 그녀를 만났지. 이제부터는 너도 잘 아는 이야기가 될 거야. 그녀는 나에게 파트너를 찾고 있다고 말하더군. 시민단체를 만들어 보고 싶은데 함께할 생각이 있느냐며. 덥석, 좋아요, 같이 해 봐요, 라고 했지. 그 질문에 대한 답은 아프리카에서 돌아오는 비행기 안에서 이미 나와 있었거든.

여행을 처음 시작했을 때는 말이야, 낯선 곳에 간다는 설렘이 있었던 거 같아. 그런데 시간이 조금 지나니까 낯선 곳에서 만나는 익숙한 것이 반가웠어. 창문에 불이 켜지는 어스름이 되면 세상의 모든 어미들은 아이들을 불러들이고 굴뚝에선 밥 짓는 연기가 아슴아슴 피어올랐지, 베네치아든 다르에스살람이든 자이살메르든. 자전거 뒷자리에서, 오토바이 뒷자리에서, 자동차의 옆자리에서 여자들은 머리칼을 흩날리며 눈부시게 웃고 남자들은 안달복달, 그날 밤을 어떻게 보낼지 꿈꾸는 것도 어디나 비슷했지.

그러다 만나게 되었어. 해거름이 되어도 부르는 이 없는 아이들, 의지와 상관없이 임신을 하는 소녀들, 먹을 것을 찾아 쓰레기통을 뒤지는 어미들, 전쟁, 기아, 가난, 성폭력, 아동노동……. 가이드북에는 나와 있지 않지만 발걸음 닿는 곳마다 마주치게 되는 세계의 풍경들.

나만 행복해도 되는가, 이 질문은 사실 불편한 장면보다는 지독히 아름다운 풍경을 마주쳤을 때 명치끝에서 번지는 통증과 함께 떠오르는 문장이었어. 비 내리는 나이바샤 호수, 빙글빙글 춤을 추는데 눈물이 났어. 이토록 자유로워도 되는가. 버텨 냈다면, 죽지 않고 버티어 냈다면 너 역시 이곳에서 빙글빙글 춤출 수 있었을 텐데. 아주 멀리, 우주의 바깥까지 날아간 줄 알았는데 여전히 마음의 고향, 그 자장 안에 있더군. 80년대, 우리가 함께 머물렀던 청춘의 시간 그곳에 오롯이.

아프리카에서 돌아오는 비행기 안에서 생각했어. 일을 해야겠구나, 다 같이 행복해질 수 있는.

그녀의 제안에 더 이상 여행을 가지 않아도 좋다고 생각했어. 나와 우리, 원주민과 이주민, 장애인과 비장애인, 국가와 개인, 국가와 국가, 그 경계에 꽃을 피워 보면 좋겠다고 의기투합했지. 우리가 가장 잘 할 수 있는 일을 고민하고 비슷한 일을 하는 단체들을 방문하고 사람들을 인터뷰하며 우리가 만들고 싶은 단체의 그림을 그려 나가던 중에 그녀가 제안했어. 인도에 가 보자. 세상의 모든 갈등이 모여 있는 곳. 계급, 종교, 빈부, 성, 모든 갈등과 모순이 중첩되어 있는 거대한 대륙에서는 그 문제들을 어떻게 푸는지 보고 오자. 인도 여행의 목적은 그래서 말이야, 작은 공동체와 시민단체와 여성단체들을 방문하고 사람들을 만나 보는 거야. 조금 웃기지만 어쩔 수 없네.

인도는 마지막 여행지가 될 거라고 생각했었는데 어쩌면 내 여행은 인도에서 다시 시작될 거 같은 예감이 든다. 아열대의 공기, 이상한 새들, 꽃과 차의 향기, 신전의 인상적인 지붕들, 사리를 휘감고 광활한 들판 너머로 사라져 가는 여인들, 을 만날 수 있겠지. 그리고 나는 또 무엇을 볼 수 있을까.

J, 언제나 5천 피트 상공에서만 불러 보는 나의 J. 이제 비행기는 뭄바이 공항을 향해 착륙 준비를 한다. 늘 그랬듯 그곳에서 날 기다려 주길.

불가촉천민들의 땅

선주법사는 우리에게 가야역에서 내려 릭샤를 타라고 했다. 둥게스와리 마을, 수자타 아카데미에 가자고 하면 웬만한 릭샤왈라(릭샤꾼)들은 다 아니까 찾아올 수 있을 거라고. 아, 릭샤비로 1백 루피 이상은 주지 마세요. 경상도 억양이 밴 선주법사의 목소리는 언제나 경쾌했다.

흥정은 의외로 쉽게 끝났다. 그러나 그가 끌고 온 릭샤는 우리가 인도에서 탄 릭샤 중에서 가장 고물이었고 아나나 다를까, 일단 주유소에 가서 기름을 넣더니 수리점으로 가서 30분도 넘게 이곳저곳을 손본 다음에야 출발할 수 있었다. 무사히 갈 수나 있을까 은근히 걱정인데 릭샤왈라는 시장통에서 아는 사람을 만나더니 아예 릭샤를 세워 놓고 갈 생각도 안 한다. 한소리 하자 그때야 싱글싱글 웃으며 시동을 건다.

좁은 역 앞의 골목들을 지나고 다리를 건너자 초록의 들판이 나타난다. 그러나 그것도 잠깐, 눈앞으로 붉은 황톳길이 시작된다. 가끔 소달구지가 지나가고 머리에 물동이나 짐을 인 여자들이 지나다니는 길을 한참 달리자 멀리 붉은 산이 시야에 들어온다. 나무 하나 없는 바위산, 선주법사가 얘기하던 그 칼산인가 보다. 이제 둥게스와리 마을로 들어선 걸까. 황량한 땅에 나무만 드문드문 심어져 있고 그 사이로 집이라고 말할 수도 없는 움막들이 낮게 엎드러 있다. 몽당빗자루를 들고 서 있던 여자도, 아이의 머리에서 이를 잡던 여자도 돌아보지 않는다.

무관심. 내 삶의 곁으로 스쳐 가는 것들에 대한 무관심에는 두 종류가 있다. 하나는 오만, 타인의 존재에 대한 무시이고 두 번째는 너무나 고단하기 때문에, 내 삶 자체가 너무나 힘들고 빠듯해서 남을 돌아볼 여유가 없을 때 드러나는 고달픔의 또 다른 얼굴이다. 이 여자들의 무관심은 후자인가.

그러나 아이들의 호기심은 삶의 고단함과는 관계없는 것일까. 릭샤 소리가 들리자 어느 구석에 있었는지 아이들이 뛰어나와 릭샤 뒤에 매달리기 시작한다. 머리에 까치집을 짓고 누더기를 입은 아이들은 권태로운 한낮에 이게 웬 떡이냐 싶었던지 누런 이를 드러내며 사생결단 매달린다. "얘들아 위험해" 소리를 쳐도 들은 척도 안 하더니 힘이 달렸는지 이내 떨어져 나간다.

왠지 다르다, 이곳은. 지금까지의 인도와는 뭔가 다른 공기가 흐르는데 지나치게 황량한 풍경 때문인지, 눈을 맞추지 않는 사람들 때문인지, 다른 곳보다 더 남루해 보이는 아이들 때문인지 아직은 가늠할 수가 없다. 길이라고는 차 한 대가 요령껏 빠져나갈 수 있도록만 되어 있다. 반듯한 집 한 칸, 푸른 녹지 한 뼘 보이지 않는 그 길을 얼

유영굴에서 내려다본 수자타 아카데미 ⓒ박영숙

마나 달렸을까. 황무지 위에 꿈처럼 하얀 건물이 나타난다. 수자타
아카데미다.

　우리가 내리자 한 남자가 와서 인사를 하며 짐을 받는다. 나중에
알고 보니 교감 선생님이었다. 안내해 준 방으로 가서 짐을 풀자 선
주법사가 나타난다. 짧게 깎은 머리에 반짝반짝 빛나는 장밋빛 뺨,
날카롭게 보였을지도 모를 인상을 부드럽게 해 주는 속쌍꺼풀. 사실
우리는 초면이다. 수자타 아카데미를 방문하기로 한 뒤 여러 차례 선
주법사와 전화통화만 했을 뿐 얼굴을 대하기는 처음이다. 그러나 어
디서 꼭 한번 본 듯한 얼굴이 낯설지 않다.

　"아이구, 인도 여행하는 사람들 같네요. 오시느라 수고 많으셨죠."

　수자타 아카데미는 한국의 JTS(Join Together Society)가 보드가야 둥게스와리 마을에 지은 학교다. JTS는 1991년 1월 법륜스님을 비롯한 정토회 사람들이 인도를 방문했을 때 굶주리고 병든 아이들의 실상을 보고 국제봉사의 필요성을 절감하여 세운 사단법인. 그리고 이곳 둥게스와리는 불가촉천민들이 모여 사는 마을이다.

언터처블! 할리우드 영화 제목이 아니다. 인도에는 아직도 불가촉천민이 있다. 물론 1950년에 공포된 인도 헌법은 모든 사람이 평등하다고 선언했다. 그러나 여전히 카스트는 살아 있고, 태어날 때 이미 운명이 정해진다. 태어나는 순간부터 누구와 접촉을 해야 하고 누구와 결혼할 수 있는지가 결정되고 이는 평생 바꿀 수가 없다. 한번 브라만이면 죽을 때까지 브라만이고 한번 불가촉천민이면 대대로 불가촉천민인 것이다.

불가촉천민은 마을 사람들과 우물이나 강물을 함께 쓰지 못한다. 가까운 마을의 우물을 두고 몇십 리씩 물을 길러 나가는 경우도 비일비재하다. 20세기 초 캘커타에서 상수도를 건설할 때 같은 수도관에서 흐르는 물을 불가촉천민과 함께 먹을 수 없다는 반대운동이 일어나기도 했단다. 20세기 초에.

불가촉 어린이는 걸음마를 배우고 무언가를 만지기 시작할 때부터 자기의 정체성을 깨닫게 된다. 철없는 아이는 아장아장 힌두 사원이나 우물가에도 가고 카스트 힌두의 옷자락을 잡기도 한다. 그러나 부모나 카스트 힌두가 눈을 흘기고 야단을 침으로써 아이의 사고체계는 큰 영향을 받는다. 주변의 어른들은 접촉할 수 있는 사회적 범위를 하나씩 일러 주

고 아이는 세상이 자기편이 아니라는 것을 하나씩 배워 나간다. 거대한
사회의 장벽 앞에서 개인은 한낱 무력한 존재일 뿐이다.
— 이옥순,『인도에는 카레가 없다』중

등게스와리 마을은 이 불가촉천민들이 사는, 아니 버려진 마을이
다. 풀 한 포기 자라지 않고 먹을 물마저 귀한 이곳에서, 사람이지만
사람이 아닌 이들은 살아남아야 하는 것이다. 물론 살아남을 수 있
는 사람만.

다른 곳으로 옮겨서 살면 되지 않느냐고? 물론 안 되란 법은 없다.
그래서 대도시의 슬럼가는 점점 거대해지고, 제대로 교육받지 못하
고 기술도 없는 이들은 도시의 부랑자나 거지가 되는 것이다. 〈시티
오브 조이〉는 그 과정을 보여 주는 영화다. 청운의 꿈을 안고 캘커타
로 온 가족이 견뎌 내야 하는 건 굴욕과 배고픔뿐, '기쁨의 도시'란
그저 꿈과 환상에 불과했다. 하루 일당 25루피(6백 원), 그것마저 일
이 없을 때는 벌 수 없다. 굶주림과 헐벗음을 숙명으로 받아들이는
이들, 먹을 물이 귀해 더러운 물을 먹고 콜레라, 이질 등 수인성 전염
병이 돌면 마을의 어린것들이 떼로 죽어 나가는 곳. 병이 나도 약 한
번 제대로 쓰지 못하고 평생 학교 문턱 한번 못 밟아 볼 이들을 위해
JTS는 학교를 세우고 무료진료를 실시하고 공동펌프를 설치하는 등
빈곤과 문맹을 퇴치하는 사업을 전개하고 있다. JTS의 이념은 간단
하다.

'배고픈 사람은 먹어야 합니다. 아픈 사람은 치료받아야 합니다. 어

린이들은 제때에 교육받아야 합니다.'

수자타 아카데미를 세우기로 결정한 것은 1993년 1월, 처음엔 옷과 신발 등을 전달하며 얼굴을 익히다 이 마을에 가장 필요한 것이 학교라는 결정을 내리고 마을 사람들과 함께 공사를 진행했다고 한다. 자원봉사자 청년들을 지도교사로 하여 120명의 학생들이 노천에서 수업을 시작했고, 학생들과 마을 주민들이 학교를 짓는 동안 주민들의 건강진단을 실시하는 일도 병행해 나갔다. 한국 JTS의 사업에 자극을 받은 주州 정부에서 마을에서 가장 절실한 공동우물 설치를 전액 지원해 주기도 했다.

이야기를 나누는 동안 까만 스웨터를 입은 청년이 들어오자 선주법사가 교장 선생님이라며 소개한다. 눈가에 온화한 미소가 담긴 '수레쓰'라는 이름의 이 젊은 교장 선생님은 선주법사가 이야기하는 것을 한참 듣더니 빙그레 웃으며 "라즈다니 익스프레스가 달리기 시작했군요" 한다.

라즈다니 익스프레스는 인도에서 가장 빠른 특급열차다. 선주법사가 한국 사람들이 오면 쉬지 않고 얘기하는 것을 보고 수레쓰가 붙인 별명이란다.

"하지만 어쩔 수 없어요. 오랜만에 한국 사람을 보면 반가운데다가 이곳 사정도 설명을 해야 되니 말이 빨라지고 많아질 수밖에 없어요."

선주법사가 수레쓰를 바라보며 웃는다. 그가 나가고 좀 있다 이번에는 빨간 펀자비(펀잡 드레스. 인도 여자들이 입는 일상복이다. 사리의 변형된 형태라고 할까)를 입은 여자가 들어온다. 음악과 영어를 가르치는 선생님인데 아까 그 교감 선생님과 부부란다.

"이 학교 선생님들은 모두 JTS와 뜻을 같이하는 인도 청년들이에요. 특히 석가족 청년들이 많아요. 그동안 정말 열심히들 일했죠. 처음 학교를 세웠을 땐 학교에 오면 밥도 주고 옷(교복)도 주고 하니까 아이들이 왔죠. 이들한테는 밥 한 끼 해결하는 것만큼 큰일이 없으니까요. 그나마 어떤 부모들은 못 가게 했어요. 애도 봐야 하고 할 일도 많은데 어딜 가냐는 거죠. 이제 시간도 꽤 흘렀고 학교도 어느 정도 자리가 잡혔어요.

그런데 문제는 지금부터예요. 지금까지 학교에서 공책도 주고 연필도 주고 하는 맛에 나왔다면 이젠 그들에게 질문을 던져야 할 단계가 된 거죠. 당신들에게 수자타 아카데미는 어떤 의미인가, 진정으로 필요한 곳인가. 그리고 새로운 시스템을 만들어 가야죠. 이 학교 출신이 이 학교의 선생님이 되는 곳으로. 그래서 이제부터 고학년 학생들이 유치원 아이들을 가르치게 하려구요. 올해 유치원을 개원했거든요.

아, 이제 나가 봐야겠네요. 고학년 아이들이 율동 배우는 시간이에요. 나가서 거들어 줘야죠."

선주법사를 따라 학교 운동장에 가니 열 명 정도의 아이들이 율동을 배우고 있다. 짤랑 짤랑 짤랑 짤랑 으쓱 으쓱… 떼구르르 구르고 벌떡 일어나 떼구르르 구르고. 한국 노래를 인도말로 번역해 율동과 함께 배우고 있었는데 가르치는 이는 수진 씨. 동국대 불교아동학과를 휴학하고 이곳에 온 지 1년이 다 되어 가는 이 씩씩한 친구는 쑥

수자타 아카데미 학생들 ⓒ박영숙

스러워하는 인도의 사춘기 아이들 앞에서 그야말로 온몸으로 가르치고 있다.

"몸을 움직여 뭘 하는 것에 익숙하지 않아요. 아이들은 몸을 움직이는 학습을 많이 해야 감각기관이 예민해지는데 아무도 가르쳐 주지 않았거든요."

점심을 먹으며 수진 씨가 진지하게 이야기한다. 짜파티와 달만 달랑 놓인 식탁 앞에서 선주법사가 말을 잇는다.

"오후엔 유영굴에 가 보세요. 마을 구경은 내일 하시고. 난 팩스 온 것 확인도 해야 하고 일이 좀 있어서 보드가야에 나갔다 와야 하거든요."

둥게스와리는 부처님이 6년 고행을 한 곳으로 유명하다. 수자타 아카데미 바로 앞에는 전정각산前正覺山이 있다. 뜨거운 오후의 햇살을 받으며 수진 씨를 따라 전정각산으로 발걸음을 옮긴다.

"부처님 당시에는 고행이 성행했지요. 스스로의 몸을 극한까지 몰아넣음으로서 깨달음을 구하고자 하는 하나의 방법론이었던 거예요. 부처님 역시 그때 사람이었고 깨달음을 얻고자 하는 마음이 간절했던 분이니까 고행을 하셨죠. 그 장소가 바로 여기입니다."

고행 장소로 이곳은 더없이 좋은 곳이었을지 모른다. 메마른 땅, 황량한 바람, 풀 한 포기 없는 칼산. 뜨거운 뙤약볕 아래 몇몇 사람들이 손을 벌리고 앉아 있다. 불교의 성지순례지 가운데 한 곳이라 인도는 물론 스리랑카 등 인접한 불교국가에서 많은 사람들이 찾아온다고 한다.

"그러나 부처님은 깨달았죠. 고행을 통해 깨달음을 얻을 수 없음을. 여기서 그가 깨달은 건 중도의 길이라고 할 수 있어요. 불경에서는 이 부분을 이렇게 전하죠.

'이 세상에는 출가 수행자가 받들어서는 안 되는 두 개의 극단이 있다. 그 하나는 관능이 이끄는 대로 애욕의 기쁨에 탐닉하여 욕망과 쾌락에 빠지는 것이다. 이는 어리석은 범부들이 찬탄하는 것이며 출가인의 숭고한 목적을 위해서는 무익한 것이다. 또 하나는 자신의 육체를 스스로 괴롭히는 것에 열중하여 고행에만 빠지는 것이다. 이것은 심신이 모두 고통스럽기만 할 뿐이다. 이는 목적과 수단을 전도한 출가자가 하는 것이며 출가인의 숭고한 목적을 위해서는 무모한 것이다. 이 두 가지는 스스로 이익을 얻지 못하고 남에게도 이로움을 주지 못하는 것이므로 반드시 버려야 한다.

나는 이 두 가지의 극단을 버리고 중도의 길을 찾았다. 이 중도는 모든 것을 바르게 보고 바르게 알 수 있는 통찰력과 직관이므로 지혜를 낳아 범부의 눈을 뜨게 하고 이를 통하여 마음의 평화와 진리의 체험과 크나큰 깨달음으로 열반을 성취케 하리라.'

모르죠. 고행만으로 깨달음을 얻는 사람이 있을지도. 어쨌든 부처님은 6년 고행을 중단하고 저기 보이는 네이란자라 강으로 가 목욕을 하고 마을로 탁발을 하러 가지요."

수진 씨가 가리키는 곳을 보니 수자타 아카데미 저 너머로 폭이 넓은 강이 흐르는 것이 보인다. 부드러운 곡선의 강엔 우기가 지나서인지 물은 별로 없고 모래무지가 군데군데 햇빛을 받아 반짝이고 있다.

"그때 그 마을에서 한 여인이 우유죽을 발우에 담아 부처님에게 바치며 기원합니다. '이 우유죽을 받아 드시고 반드시 무상정등정각을 이루소서.' 그 여인의 이름이 바로 수자타였어요. 기력이 쇠잔한 부처님을 그녀가 살린 셈이죠. 부처님을 열반에 들게 한 '춘다의 공양'*과 함께 부처님 일생에 가장 중요한 두 번의 공양 중 첫 번째예요. 그래서 우리 학교 이름도 수자타 아카데미가 된 거구요. 우리는

---

* 열반 예정지 쿠시나가라로 가던 붓다에게 열렬한 불자였던 춘다가 바친 버섯요리. 붓다는 탈이 날 것을 알면서도 그 공양을 받아들였고 결국 식중독에 걸린다. 그는 춘다를 비난하는 제자들에게 "내게 처음 공양한 사람이나 마지막으로 공양한 사람이나 그 공덕이 다를 수 없다"는 가르침을 남기고 며칠 후 열반했다. (편집자 주)

교육을 생애교육으로 받아들여요. 불교사상에서 교육이란 자신을 번뇌에서 해방시키기 위한 수단이라고 생각하죠. 출생하여 사망할 때까지의 모든 체험이 교육적 가치를 갖는다는 것을 먼저 인식하는 거지요."

수진 씨의 노상 설법을 들으며 우리는 유영굴에 도착했다. 부처님 이 오랫동안 머물며 수행했다는 동굴로 참배하러 온 사람들이 굴속 에 들어가 절을 한다. 채 한 평도 안 될 것 같은 굴속은 깜깜해서 아 무것도 보이지 않고 유황 냄새와 향내가 진동을 한다. 현재 이곳에는 티베트 스님들이 살고 있다. 7세기에 이곳을 방문한 당나라 현장법사 의 기록에는 다음과 같은 이야기가 전해진다고 한다.

고타마(붓다의 성. 이름은 싯다르타)가 6년에 걸쳐 쌓아 온 고행을 무익 한 것이라 하여 하루아침에 그만두고 네이란자라 강에서 몸을 씻는다. 우유죽을 공양받고 나서 이 산을 바라보니 깊고 그윽한 느낌이 들어 그 곳에서 깨달음을 이루려고 산의 정상으로 올라간다. 이때 갑자기 대지 가 진동하고 산의 정상이 기울어지며 흔들린다. 산신과 천신이 두려움 에 떨면서, 고타마에게 산에서 내려와 고행림 근처의 보리수 아래에서 성도하기를 간청한다. 그때 이 산의 동굴 속에서 살던 용이 자신이 살고 있는 동굴의 석실에서 성도하기를 원했기 때문에, 고타마는 용의 소원 을 들어주기 위해 스스로 그림자를 남기고 떠났다.

그래서 이 굴을 유영굴留影窟이라 한다. 뭐 정말로 그러기야 했을까만, 이 척박한 땅에서 인류의 위대한 스승이 오랜 기간 치열한 구도의 길을 걸었다는 것만은 사실이리라. 바람 한 자락이 불어 이마의 땀을 씻어 준다. 7세기 당나라의 고승이 먼 길을 걸어걸어 이곳에 왔을 때에도 이토록 시원한 바람 한줄기가 등뼈 사이로 불었을까. 그때에도 이곳엔 불가촉천민들이 살고 있었을까.

유영굴 입구 ⓒ박영숙

전정각산에서 내려다본 둥게스와리는 이국적인 정취가 물씬 풍긴다. 붉은 황토는 길들여지지 않은 야생의 냄새를 풍기고, 모래를 쓸며 낮게 부는 바람은 의외로 부드럽다. 외로운 행성의 쓸쓸한 변방, 거친 순정의 때묻지 않은 숨소리가 들린다. 사람만 살지 않는다면 이 척박한 땅은 오히려 우리 속에 내재되어 있는 야생의 정서를 되살릴 수 있는 좋은 관광지가 될 것 같다. 아, 이곳이 부처가 6년 고행을 한 곳이로구나, 정말 고행을 가기엔 안성맞춤인 곳이구나, 그러면서 유영굴에서 내려다보면 이 황막한 반半 사막의 땅도 꽤 운치 있는 곳이리라. 문제는 풀 한 포기 제대로 자라지 않는 이 척박한 땅에 사람들이 살아야 한다는 것, 목숨을 꾸려 가야 한다는 것이다.

둥게스와리 아이들

이곳엔 전기가 들어오지 않는다. 밤이 되자 달빛만 교교하다. 게다가 오늘은 정월 대보름, 중천에 높이 뜬 달이 거친 산야를 부드럽게 감싸 안는다. 램프에 불을 밝히고 회의를 마악 시작하려는 순간 누군가 문을 두드린다. 두런두런 말소리가 들리더니 수런수런 분위기가 심상치 않다. 총을 든 도둑패들이 티베트 절로 올라갔다는 것이다. 수레쓰가 바깥으로 나가고 교감 선생님은 문단속을 하는 등 분위기가 사뭇 긴장된다.

"강도라니요?"

"총을 든 강도떼지요. 절에 시줏돈이 있는 걸 아니까 털러 오는 거예요. 오면 스님들을 묶어 놓고 고스란히 가져가나 봐요. 벌써 몇 번째 털렸어요."

"그럼 무슨 대책을 세워야죠."

"그러라고 몇 번 말씀을 드렸지요. 돈을 절에 두지 말고 은행에 갖다 넣는 게 어떠냐고 말씀을 드려 보기도 하고요. 근데 저렇게 당하시네요. 깊은 뜻이 있으신 건지……. 지난번엔 우리 학교에도 왔었어요. 워낙 돈이 없으니까 그냥 갔는데 이튿날 그중 한 명을 잡아 왔어요. 이 근처의 깡패들이죠. 뻔히 아는 얼굴들이에요. 죽지 않을 만큼 두들겨 패고 한 번만 더 오면 죽여 버리겠다고 협박을 해서 보냈지요. 그 후에 두목이 와서 우리 학교는 건드리지 않겠다고 약속을 하고 갔어요."

회의는 내일로 연기되었다. 방으로 돌아오니 달빛이 창밖에서만 서성인다. 어디선가 늑대 울음소리가 들리는 것 같기도 하고 총소리가 들리는 듯도 하다.

아침에 일어나니 밤사이에 무슨 일이 있었냐는 듯 태양이 눈부시다. 아침 일찍부터 아이들이 유치원으로 몰려들었다. 아이들은 출석표를 선생님한테 내고는 이리저리 몰려다니며 난리법석을 피웠다. 단정하게 머리를 빗고 온 아이가 있는가 하면 수세미 머리를 하고 온 아이도 있다. 문득 선주법사가 했던 말이 떠오른다.

"집집마다 방문해 부탁을 하지요. 새 옷은 아니어도 좋으니, 물론 새 옷이 있을 리도 없지만, 깨끗하게 빨아 입히고 머리만 빗겨서 보내라고요. 엄마들이 위생 개념이 없어요. 그렇다고 나무랄 수도 없는 것이, 그이들도 못 배운 거예요. 세수하고 머리 빗는 것도 배우는 거냐구요? 당연하죠. 우리가 상식이라고 생각하는 것도 사실은 인류의 오랜 학습 끝에 이루어진 결과들일 때가 많아요.

하루 종일 일하고 파김치가 되어서 그냥 쓰러져 자고 아침에 또 일하러 나가고, 게다가 몸 씻을 물은 귀하고. 닭하고 사람하고 그냥 한방에서 자는 경우도 많죠. 물은 끓여 먹지 않고. 위생이라거나 보건

149

유치원 아이들 ©박영숙

개념이 전혀 없어요. 피임이라거나 자기 몸을 관리하는 것에 대해 아무도 가르쳐 주지 않았으니까요. 일반적으로 어머니들은 매년 아이를 낳는데 이는 산모와 아이 모두의 건강을 위태롭게 하죠. 아이들은 피부병과 장 질환에 시달리고 절대적 영양부족 상태예요.

제일 중요한 사람이 엄마예요. 한집에서 엄마가 깨치면 아이들과 남편이 바뀌기 시작하니까요. 여자들이 바뀌면 세상이 바뀌는 거죠."

어제 열심히 연습을 했던 고학년들이 앞에 나가 아이들을 줄 세우고 율동을 가르치기 시작한다. 그것이 끝나자 분반을 하여 야외로 나간다. 본격적인 공부가 시작되는 것이다.

둥근 해가 떴습니다, 자리에서 일어나서 제일 먼저 이를 닦고 학교에 갑니다, 하는 노래는 세계의 모든 어린이에게 보편적으로 해당되는 게 아니었다. 둥근 해가 뜨면 자리에서 일어나 일을 하러 가야 하는 아이들이 인도에는 너무 많았다. 인도 여행을 하며 나는 두 번 눈물을 흘렸다. 두 번 다 아이들 때문이었다. 한 번은 엘로라의 간이음식점에서, 한 번은 바라나시의 가트에서.

사실 엘로라는 그냥 그랬다. 유적지를 구경하는 일은 그냥 그럴 때가 종종 있다. 세계사 책에서 배운 대로 동굴사원이었고, 놀랄 만큼 화려하고 정교하여 인도의 자랑거리라고 했지만 그다지 놀랍지는 않았다.

아픈 다리도 쉴 겸 들른 길가의 간이음식점에서는 싸구려 스낵들을 팔고 있었는데 한 노인과 꼬마가 일을 하고 있었다. 우리에게 물을 갖다 주고 주문을 받아 노인에게 전한 꼬마는 아까부터 자르던 신문을 열심히 자르기 시작했다. 아마 음식을 싸 가는 사람을 위해 필요한 종이였으리라. 녀석은 세상에서 내가 할 수 있는 일은 오직 이것뿐이라는 듯 집중해서 신문지를 양쪽으로 찢는 일에 몰두해 있었다.

왜 눈물이 나왔을까. 조그맣고 야윈 어깨를 움츠렸다 폈다 하며 녀석은 마치 신문지를 찢기 위해 태어난 아이처럼 온 신경을 다하여 일하고 있었다. 집중. 그 순간 녀석에게 종이는 우주였다. 일고여덟 살이나 되었을까. 아침부터 저녁까지 저 조그만 몸뚱이를 이끌고 물 잔을 나르고 종이를 찢어야 하는 아이를 바라보며, 나는 눈물을 훔치고 말았다.

지금 지구 곳곳에서는 다섯 살도 안 된 아이들이 영양실조와 질병으로 1년이면 1천3백만 명씩 죽어 가고 있다. 20세기 말, 최고의 문명을 구가하는 이 풍요와 번영의 시기에. 돈을 벌기 위해 어린 나이에 노동을 해야만 하는 어린이의 수는 1억 5천만에 이르고, 학교 문턱에도 가 보지 못한 아이들이 1억을 넘고 있다. 인도에서도 참으로 많은 아이들이 아침부터 저녁까지 일한다. 아직 부모의 품속에 있어야 하거나 학교에 가야 할 아이들이 힘들고 고단한 노동으로 지친 하루를 마감하고 희망 없는 내일을 위해 새우잠을 잔다.

마을들

오늘은 마을을 돌며 회의를 한다고 한다. 수레쓰 교장과 청라와 함께 마을로 나가 본다. 청라는 부산에서 온 청년이다. 마을의 인구 조사에서부터 우물물 오염도 조사, 지형 조사 등 지역개발을 위한 조사 작업과 함께 학교 일도 하고 있다. 그러니까 수자타 아카데미에는 모두 세 명의 한국인과 일곱 명의 인도인이 있는 것이다.

JTS는 올해 여덟 개의 마을에 유치원을 설립하는 계획을 추진하고 있다.

"유치원을 설립하려면 어머니회가 가장 먼저 조직되어야 해요. 어머니회가 움직이면 마을이 조금씩 움직이죠. 그렇게 해서 청년회, 노인회 하는 식으로 꾸려 가는 거예요. 모든 걸 마을 사람들의 자발적인 의사결정과 실천에 맡기려고 해요. '해라'에서 '할란다' 구조로 가는 거죠. 처음 학교를 세울 때는 이거 해라 저거 해라 얘기했지만, 지금은 건물을 세우는 데 시멘트가 얼마 필요하다 하면 그 시멘트를 살 돈을 지원하는 거예요. 물론 우리는 사전조사가 되어 있기 때문에 시멘트가 얼마나 드는지 알고 있지요."

첫 번째 도착한 마을은 쥐 죽은 듯 조용하다. 황토 움막이 띄엄띄엄 눈에 띌 뿐 사람의 온기라곤 느껴지지 않는다. 비루먹은 개 한 마리 보이지 않는 마을 저쪽에서 한 사람이 다가온다. 수레쓰가 그와 얘기를 나누는 동안 청라가 말한다.

"유치원을 세우려는 여덟 개 마을 중 가장 못사는 마을이에요. 저 사람은 이 마을에서 유치원 교사를 맡을 사람이죠. 정규학교를 나온 건 아니지만, 마을에서 글을 읽을 줄 아는 유일한 사람이에요."

마을 사람들은 모두 일하러 갔다고 한다. 한 사람도 빠짐없이 어디로 일을 하러 간 걸까? 회의는 다음으로 미루고 다른 마을로 간다.

"이 지역의 문제는 경작지가 없다는 거예요. 주로 막노동에 의존해 생활하고 극히 일부는 소를 관리하거나 농사를 짓기도 해요. 그나마 일을 할 수 있는 기간은 일 년에 두세 달뿐이어서, 농한기가 되면 생존을 위해 온 가족이 구걸을 해야 하루 한 끼를 먹을 수 있어요. 최근의 주 수입원은 저 산의 돌을 캐서 파는 건데, 문제는 산이 깎이면 우기 때 산사태가 난다는 거죠. 당장 먹고살 일이 시급하다 보니 자꾸 산을 깎을 수밖에 없고…… 어쨌든 뭔가 새로운 수입원이 생겨야 해요."

자이살메르에서 만난 친구들도 그랬었다. 환경을 망가뜨리는 벌목 감시를 위해 숲 속 현장으로 갔을 때 그들을 막아섰던 건 가난한 사람들이었다고. 나무를 베어 팔지 않으면 당장 끼니를 굶어야 할 사람들 앞에 생태계의 파괴가 가져올 지구의 미래는 너무나 먼 곳에 있는 이야기였다고.

"일반인들이 접촉을 꺼리는 탓에 이들은 몹시 폐쇄적인 생활을 하고 있어요. 인구가 1천5백여 가구 9천여 명이나 되는데, 정식 교육이라는 것을 거의 받아 보지 못해서 문맹률이 85퍼센트가 넘어요. 마을 밖으로 나가 본 경험도 거의 없고요. 집들을 보세요. 짚과 흙으로 지어졌죠. 큰비 한번 오면 다 쓸려 무너져요. 안정된 집을 짓는 게 시급해요. 주거가 안정되면 의생활과 식생활도 변한다고 보거든요."

세 번째 마을은 운영이 가장 잘되는 곳이었다. 공터에서 수업을 받던 아이들이 교장 선생님과 청라가 낯익은지 웃으며 인사를 한다. 수레쓰가 아이들에게 뭔가 이야기하자 다들 와 하며 일어서더니 산으로 가서 돌멩이를 하나씩 주워 온다. 마을이 바로 산 밑이라 돌멩이 모으는 건 금방이다. 오늘은 이곳 어린이들이 마을을 위해 봉사하기로 한 날이란다. 마을 앞길에 움푹 팬 웅덩이가 있는데 그걸 메우기로 한 것. 그러니까 두레인 셈이다. 오랜만에 이방인도 왔겠다, 다들 아주 신이 나서 일을 한다.

한참 일하는 아이들을 수레쓰가 나무 그늘로 불러 모았다. 노래자랑도 하고 장기자랑도 하며 한바탕 오락시간을 갖는다. 장기자랑 시간엔 남자 아이들만 노래를 하고 춤을 추었다. 여자 아이들은 입을 가리고 웃거나 고개를 한쪽으로 빼고 노래를 듣는다. 다시 일이 시작되자 교장 선생님이 아이들과 함께 돌을 나르고 산을 오르내리고 장난도 주고받았다. 땀을 잔뜩 흘린 아이들이 우리를 끌고 우물로 간다. 우물은 말이 아니었다. 석회가 뿌옇게 가라앉아 회청색인 물을 벌컥벌컥 마신다. 우물 개선이 무엇보다 시급해 보였다.

어느새 웅덩이가 돌로 다 메워졌다. 마을 어머니회에서 아이들을 위한 공동급식을 준비하는 동안 이번엔 아이들을 데리고 목욕을 하러 갔다. 목욕을 마치고 물방울을 뚝뚝 흘리며 온 아이들은 예쁜 제비새끼들 같았다.

50명 정도의 아이들이 점심을 기다리며 마을 공터에 둘러앉았다. 우리도 원 안에 들어가 앉는다. 커다란 잎사귀 접시를 나눠 주고 밥과 달을 얹어 주는데, 교장과 외부 손님들에게 먼저 주지 않고 일단 아이들에게 먼저 나누어 준 다음 어른들에게 밥을 나누어 주는 모습이 신선했다. 꼭 마을 잔칫날 같았다. 아이들은 다 먹고 한 번씩 더 먹었다. 이곳 아이들에게 군것질거리라곤 눈을 씻고 봐도 없다. 가게가 있는 것도 아니다. 먹을 게 있을 때 최대한 먹어 두어야 한다.

"아이들은 이렇게 배워 나가죠. 마을을 위해 뭔가 일을 하면 마을의 어른들도 너희들을 위해 맛있는 걸 준비한다, 라고 가르치는 거예요. 공동체 의식을 교육하는 거죠."

수레쓰가 손으로 밥을 먹으며 말한다. 그래도 이 마을은 다른 곳들에 비하면 한결 생기가 넘친다.

마지막 마을. 수레쓰와 청라가 마을 남자들과 이야기를 나누는 사이 몇 집을 방문해 본다. 집들은 모두 비슷한 구조를 하고 있었는데, 실내에선 닭과 사람의 방이 따로 구분되어 있지 않았다. 아이가 자고 있는 방으로 닭과 병아리들이 돌아다녔다.

　아이들은 수줍은 미소를 띠며 조용조용 우리 뒤를 따라다녔다. 인도에서 만난 다른 아이들처럼 떠들지도 않고 돈을 달라거나 펜을 달라거나 하지도 않았다. 이 아이들은 관광객을 만날 기회도 없고 외국인을 만날 기회도 없었던 것이다. 우리처럼 수자타 아카데미에 들르기 위해 일부러 오지 않는 한, 이곳을 여행하거나 방문하는 사람들은 없을 테니까. 우리가 아이들에게 펜을 주고 돈을 주면 이 아이들도 다음부터 외국인을 볼 때마다 그런 걸 달라고 할까.

　"모든 게 필요하죠. 상수도, 하수도, 전기 시설……. 그중에서도 우물이 시급해요. 콜레라와 이질이 창궐하는 이유도 우물 때문이거든요."

　돌아오는 차 안에서 정라가 말한다.

오생五生의 기억

선주법사는 보드가야에서 돌아와 있었다.

"재미있었어요?"

활짝 웃으며 선주법사가 다가온다. 수자타 아카데미에선 인도 사람들이 하루 평균 대여섯 잔씩 마시는 짜이마저도 귀하다. 어쩌다 우유가 생기면 끓여 마시는 행운을 누릴 뿐, 짜이를 마시기 위해 따로 우유를 사진 않는다고 한다. 이곳의 식탁은 마치 금욕주의자들의 식탁 같다. 짜파티 몇 장에 달, 토마토 몇 알. 그나마 수진 씨는 북한 동포를 생각하며 하루 한 끼 굶기 운동을 하고 있고, 선주법사도 서울에서 정토회 사람들이 하는 것처럼 금요일 점심을 굶는다. 그걸 본 교장 선생님도 기꺼이 동참했단다.

인도 여행 동안 짜이에 길들여진 내가 선주법사를 꼬드겼다. 수자타 아카데미 앞에는 유영굴로 성지순례 오는 사람들을 상대하는 짜이집이 있다. 말이 좋아 짜이집이지, 그냥 버너 하나에 조그만 평상 하나 갖다 놓고 차를 끓여 파는 곳이다.

"글쎄, 우린 한 번도 거기서 마신 적이 없는데."

"아유, 딱 한 번만 가요."

기어이 선주법사를 끌고 가 짜이를 마신다.

"학교 하나, 병원 하나 짓는다고 끝나는 일이 아닌 것 같아요."

"그렇죠? 총체적인 고민이 필요해요. 인간이 인간답게 살려면 이러 이러한 것이 필요하다고 수치로 계산해 놓은 게 있어요. 즉, 인간답 게 살기 위한 조건이죠. 100을 기준으로 잡았을 때 이곳은 10 정도 될 거예요. 전혀 인간답게 살지 못하고 있다는 거죠."

인간답게 사는 것. 사자를 동물원에 가둬 두는 건 사자답게 사는 걸 막는 것이고, 개가 호텔에서 사는 것도 개답게 사는 게 아니다. 개는 개답게 마을과 들판을 쏘다녀야 하고 사자는 평원에서 마음껏 포효하며 살아야 한다. 사람이 사람답게 살기 위해서는 물질적 조건 이 필요하다. 배고프면 먹어야 하고 추우면 옷을 입어야 하고 병에 걸리면 치료받아야 하고 교육받을 시기에 교육받아야 한다. 그게 인 간답게 사는 것이다.

"워낙에 척박하니까요. 그런데 가끔 과연 이게 옳은 방법인가 하는 생각이 들어요. 나는 지금 무엇을 하고 있는 것일까. 그것도 남의 나 라 땅에서. 우리가 하는 이 일이 정말 옳은 일인가. 우리 땅에서 실 패하고 남의 나라에 와서 새로운 시도를 해 보려는 건 아닐까. 누구 도 장담할 수 없는 일을. 자기 나라 정부는 손도 안 대는 이 황량하 고 척박한 땅에서 우리가 하려고 하는 일은 도대체 무엇인가. 그것이 진정 이 마을 사람들을 위한 일인가. 무엇이 인간과 자연이 아름답 게 공존할 수 있는 길인가. 파괴나 일방적 수탈의 대상으로서가 아니라 공존의 대상으로 자연을 바라본다는 건 어떤 의미인가……. 가난은 숙명이고 계급은 운명이라고 믿어 온 사람들에게 가난도 계급도 극복할 수 있다고 말하는 건 때로는 아주 무서운 일이기도 해요."

수자타 아카데미에서 고민하는 것이야말로 20세기 말 지구라는 별의 화두이자 과제인 인간과 자연의 화해, 공존이 아닐까. 인류가 이 별에서 지속적으로 살아남기 위해 무엇보다 먼저 극복해야 할 것은 인간중심주의적 세계관이리라. 산과 흙과 물과 풀벌레들과 인간은 이 지구 위에서 서열 없이 똑같은 무게로 존재 의의를 갖고 있다는 것! 인류가 가장 먼저 깨달아야 하는 건 그것이 아닐까. 인간과 자연이 공존할 수 있는 새로운 방법, 인간 역시 자연의 일부에 불과하다는 것을 깨닫고 자연친화적인 삶의 방식들을 모색하는 최전선에 이들이 서 있는 것이다.

"난 이 일이 한 번의 생으로 끝날 일이 아니라고 봐요. 적어도 오생五生의 일이라고 보는 거죠. 다섯 대가 흐르면 뭔가 가닥이 잡힐 것 같지 않아요?"

까마득히 긴 시간은 가늠하기가 어렵다. 인간이라는 종이 지구상에 출현한 건 오랜 지구의 역사 속에서 겨우 한순간에 불과하다는 것, 처음으로 생명체가 등장한 것은 6억 년(도대체 이 시간을 가늠할 수 있는가!) 전, 그 속에서 포유류가 육상을 지배한 건 겨우 6천3백만 년 전, 그리고 인류의 역사가 시작된 것은 채 5천 년도 안 된다는 것을 우리는 가늠하지 못하는 것이다.

근시안적으로 볼 때 지혜를 발휘하여 자연을 정복하고 모든 생명체에 군림하여 번영을 누리게 된 유일한 생명체인 인간의 위상은 거시적 안목에서 보자면 어쩌면 지구, 더 나아가서는 우주의 암으로 비추어질 수 있고 인간의 번영은 조만간 그가 서식하고 있는 한 인간의 생명을 파괴함으로써 스스로 종말을 가져오게 마련인 암의 악화에 비교할 수 있다.
— 박이문, 『문명의 미래와 생태학적 세계관』 중

"그래서 초조해지지 않으려고 하는데, 한국 사람 기질 있잖아요. 당장 눈앞에 뭔가 결과물이 턱 나타나야 하고 아이들도 내 마음대로 되었으면 좋겠고. 그게 얼마나 큰 욕심이에요. 이들에게는 이들의 방식이 있고 개인적 역사적 배경이 있는 거잖아요. 그런 것들을 존중하지 않고서는 일을 할 수 없는데도 때로 이 느긋하고 여유로운 사람들을 보며 초조해져요. 라르고 라르고! 매일 마음을 닦는데도 때때로 폭발할 때가 있어요. 어떨 땐 인도 사람 다 된 거 같다가도 그럴 때 보면 아직 멀었나 보다 하지요. 여유와 끈기가 동시에 필요한 것 같아요. 하지만 나는 이 일이 좋아요. 이 사람들도 좋구요. 할 수만 있다면 나는 이 일에 목숨을 걸고 싶어요."

목숨을 건다! 80년대도 아니고 90년대 말에. 모든 가치관은 흔들리고 진리는 무너졌다는 이 세기말에 목숨을 걸고 일을 하는 사람이 있다니. 아니, 아직도 목숨을 걸고 해야 할 일이 있다니.

'이 머나먼 인도 땅, 그것도 한구석에 박혀서 모르시는 모양인데요 법사님, 요즘은 목숨을 거는 그런 촌스런 일은 아무도 안 한답니다.

재즈를 들으며 참을 수 없는 존재의 가벼움에 대해 가볍게 고민하거나 석 달 후면 못쓰게 될 프로그램을 만드느라 밤을 새우거나 일상으로부터의 탈출을 꿈꾸는 것이 요즘의 경향이라구요. 인간의 존엄, 역사적 업의 청산 같은 건 구시대의 유물이랍니다. 역사와 현실은 증발하고 개인만 남은 이 시대에 잊어버릴 건 잊어버리셔야죠. 속도전이에요. 그 속도를 따라가지 못하면 21세기를 살아갈 자격을 박탈당하는 걸요. 21세기는 간절히 나를 원하지도 않고 나 역시 다가올 그 세기가 두렵답니다.'

작지만 투명한 선주법사의 눈빛 앞에 그러나 세기말의 혼돈은 꼬리를 내리고 만다.

"자본주의든 사회주의든, 세기말이든 세기초든 중요한 건 애틋한 마음이 아닐까 싶어요. 가장 인간적인 것, 가장 운동적인 것의 모태는 눈물이 나는 것, 슬픈 걸 봤을 때 가슴이 미어지는 것, 그런 게 아닐까요. 우리가 할 수 있고 해야 하는 일들이 아직은 많은 걸요. 인도에 있든 서울에 있든, 수자타 아카데미 일을 하든 북한 돕기를 하든 가장 중요한 건 착하고 따뜻하게 살고자 하는 마음."

그때였다. 주차해 있던 버스 옆으로 어디서 왔는지 벌떼처럼 사람들이 모여들더니 손을 내밀며 구걸을 하기 시작했다. 버스에선 간간이 사탕이며 수건이 창밖으로 내던져졌다. 선주법사가 벌떡 일어서며 큰 소리로 말한다.

"또 스리랑카 순례단이군. 저런 식으로 하지 말랬는데. 수레쓰, 어떻게 좀 해 봐요. 사람들을 왜 거지로 만들어요."

그러나 수레쓰는 "이미 내가 할 수 있는 범위를 넘어섰군요" 한다.

"도대체 성지순례는 왜 오는 거야. 진짜로 부처님의 그림자밖에 못 볼 사람들 같으니라구."

선주법사는 사람들을 헤치고 버스에 올라 가이드인 듯한 사람과 입씨름을 한다. 그동안에도 버스에 붙어 선 사람들은 한 가지라도 더 구걸을 하려고 서로 밀치고 난리다. 얼굴이 빨개져서 싸우던 선주법사가 내리고 버스는 출발한다.

"이런 식의 적선은 주는 사람도 받는 사람도 망쳐요. 주고 싶은 것이 있으면 마을을 통해 공식적으로 기부하라고 해도 도무지 듣지를 않네. 다음 달부터는 버스가 들어오면 우리 식구들 중 한 사람이 타야겠어요. 그리고 설명을 해야겠어요. 진정한 자비가 무엇인지."

여전히 얼굴이 빨개서 숨을 고른다.

"처음엔 얼마나 당황했는지 몰라요. 학교에서 수업을 하다가도 버스가 오면 아이들이 막 달려 나가는 거예요. 구걸을 하러. 지금은 우리 학교에 다니는 아이들은 구걸은 안 해요. 스스로의 자존심을 지켜 나가지 않는 한 인간으로서의 존엄성을 유지하기는 힘들어요."

화도 식힐 겸 텃밭에 심어 놓은 배추와 열무를 뽑아 김치를 담기로 했다. 배추밭에 앉아서 수다를 떨자 수레쓰가 나무를 가리키며 "너희 여동생들이 놀러 왔구나" 한다. 나무 위에 수십 마리의 참새들이 모여 지저귀고 있었다.

저녁 회의에선 우리가 지금까지 방문했던 인도와 네팔의 시민단체와 여성단체들을 간단하게 소개했다. 수자타의 선생님들은 모두 홍

미롭게 들었다. 수레쓰는 동네에 다녀온 소감을 묻고 어떤 문제점들이 눈에 띄었는지 묻는다.

　"이곳의 구조는 참 독특하다는 생각이 듭니다. 도시 빈민이라고도, 가난한 농촌 마을이라고도 할 수가 없는 구조인 것 같아요. 도시 빈민의 경우 기술 습득이 용이하고 물건을 만들면 판로 개척은 어렵지 않죠. 예를 들어 포카라나 카트만두의 경우 카펫 짜는 기술이나 공예품 만드는 기술을 배워 물건을 만들면 관광객이나 외국인을 대상으로 판로가 개척되거든요. 재료 구하기도 어렵지 않아요. 산마을 같은 경우 자연이 주는 기본 재료나 토대가 있죠. 그런데 이곳은 그야말로 아무것도 없어요. 그나마 이곳에 불교 순례자들이 오고 가까운 곳에 보드가야가 있으니 특산품을 만들어 보면 어떨까 생각해 봤습니다. 싼 재료를 구입해서 노동력을 투여하여 만들 수 있는"

　선생님들은 진지하게 들었지만 우리는 미안했다. 그나마 우리가 가진 것들을 나눌 수 있다는 게 위안이 되었다. 인도에 갈 계획을 세운 뒤 우리가 가장 먼저 한 일은 미용 기술을 배우는 것이었다. 수자타 아카데미에서 아이들과 마을 사람들의 머리를 깎아 주기 위해. 배낭 속에 무거운 미용기구를 넣어 가지고 다니면서도 우리는 아주 행복했었다. 그밖에도 색연필과 풍선, 스케치북 따위를 준비해 갔었는데 아주 소중한 선물이 되었다. 모든 것이 필요했다. 약, 문구용품, 옷과 신발, 장난감, 놀이기구, 뭐든지 다 필요한 곳이 이곳이다.

　'지위가 있는 분은 지위로, 기능이 있는 분은 기능으로, 돈이 있는 분은 성금으로, 땅을 낼 수 있는 분은 부지로, 치료할 수 있는 분은

©박영숙

의술로, 가르칠 수 있는 분은 교육으로.' 자, 당신은 어떻게 이곳을 도울 수 있을까요?

아주 작은 일까지 하나하나 토론을 거쳐 결정하느라 회의는 밤늦게야 끝이 났다. 곧 있을 아침 회의를 기약하면서.

강江의 저편

보드가야로 떠나는 날 아침, 선생님들과 아쉬운 작별을 한다.

"이렇게 있다 가는 게 제일 섭섭해요. 왔다 금방 가든지, 아니면 오래 머물든지."

네이란자라 강을 건너기로 한다. 아침 공기는 맑고 투명하다. 동네를 지나가니 모두 선주법사에게 알은체를 한다. 한 동네를 지날 때마다 선주법사는 이 얘기 저 얘기를 들려준다.

"이 동네 유치원 선생님은 대학을 졸업한 여자예요. 동네 유지의 딸인데, 대학을 졸업하고도 이곳에서 할 일이 없던 차에 마침 우리 유치원 일을 하게 됐어요. 독립심도 있고 사회적 성취감도 얻고 싶어하는 야무진 사람이죠. 우리도 좋고 그 사람한테도 좋은 일이에요."

네이란자라 강은 물이 거의 없었다. 성스러운 강 갠지스의 지류 중 하나. 신을 벗고 강으로 들어가니 발은 약간 시린데 기분은 아주 상쾌하다. 머리까지 맑아진다. 물이 없는 모래 바닥에는 강 생물들의 흔적이 예술작품처럼 남겨져 있다. 그 강을 건너며 선주법사가 처음으로 자신의 이야기를 꺼낸다.

"시골에서 태어났어요. 딸 많은 집 막내딸. 내 밑으로 그렇게 기다리던 남동생이 태어났지요. 뭐든지 내가 욕심내서 하지 않으면 돌아오는 게 아무것도 없었어요. 전과가 없어 학교에 가서 남의 전과를 보며 숙제를 하는데, 남동생은 부모님한테 말만 하면 뭐든지 척척이었어요. 어린 마음에 동생이 밉기도 했죠. 알고 보면 그 녀석도 썩 다른 건 없는데 말이에요."

미안하게도 나는 그 순간에 쿡 웃고 말았다. 우리나라 사람들, 특히 60년대생들에게 '전과'는 좀 여러 가지 애틋한 사연들을 담고 있는 듯하다. 신춘문예에 당선된 선배가 들려준 농담 섞인 진담. 어렸을 때 집이 가난해서 부모님이 전과를 사 주지 않았단다. 학교 숙제는 맨날 비슷한말 반대말 찾아 오기, 낱말 뜻 풀이하기. 이 선배 결국 집에 있는 낡은 국어사전과 씨름을 해야 했고 그 덕분에 어휘력만 늘어 오늘날 시를 쓰게 되었다나 어쨌다나. 아무튼 선주법사의 어린 시절 이야기에도 어김없이 전과 얘기가 등장한다.

"그 보고 싶던 동화책도 언제나 남의 것을 빌려 보며 혹시나 흠이 날까 조심조심 읽어야 했죠. 그러면서도 동화책 사 달란 소리는 안 나오데요. 집안 사정을 뻔히 아니까. 왜 여자들은 그렇게 사려가 깊을까요. 그건 정말 타고나는 걸까요. 어쨌든 여자로 태어난다는 것의 설움을 체득하며 자랐죠.

중학교부터는 읍내에서 다녔어요. 공부도 꽤 잘했어요. 내 손으로 도시락을 싸면서도 씩씩했죠. 학교 도서관의 책들을 해치우던 시절이었다나나 할까. 고등학교에 진학해서도 꽤 잘나갔는데 대학을 갈 형편이 안 되었어요. 남동생이 대학을 가야 하니까.

대학의 꿈을 버리자 그런 생각이 들더군요. 나는 무엇을 무기로 이 세상을 살아갈 것인가. 돈, 권력, 타고난 미모 같은 건 아니더라도 세상을 살아가기 위해선 뭔가 하나, 비록 남들이 알아주지 않는 하찮은 것이라 해도 자신의 마음속에 품고 있어야 할 열쇠 같은 것이 있어야 하는데 나는 그게 없구나, 그리고 앞.으.로.도. 없.겠.구.나. 하는 생각이 들더군요."

아침 햇살이 눈부시게 퍼져 강물 위로 흐르고 있었다. 그 소녀의 눈앞엔 어떤 강이 흐르고 있었을까. 그 소녀와 지금의 선주법사 사이에는 또 어떤 강이 흐르고 있을까.

"자살밖에 할 게 없더군요. 자살 시도가 실패로 끝나고 그 와중에 불교를 만났어요. 눈이 화악 떠지더군요. 세상을 바라보는 눈을 갖게 된 거죠."

선주법사에게 불교는 세상과 그녀 사이의 창이리라. 누구나 세상을 바라보는 자기만의 창이 있다. 때로 그 창엔 성에가 끼기도 하고 거미가 줄을 치기도 하고 쨍그랑 깨어지기도 하리라. 끊임없이 창을 닦는 사람만이 창밖의 세상, 때로 눈 내리고 때로 바람 부는 세상을 정확히 바라볼 수 있을 것이다.

"처음엔 출가를 하려 했어요. 그런데 깨달음을 얻는 방법이 꼭 한 가지만 있는 건 아니라는 생각이 들더군요. 스님들의 일상을 보며 내가 추구하는 것과는 좀 다르다는 생각도 들고. 현실적인 일과 동떨어져 살아야 하는 사원에서의 삶을 어떻게 해석할 것인가 고민하던 차

에 정토회를 만났어요. 이거다 하는 생각이 들더군요. 그러곤 지금
까지 달려온 거예요. 남들은 힘들지 않느냐고 묻지만 난 아주 즐거워
요. 지금 여기 이 자리는 어쩌면 아주 오래전, 내가 나를 알기 전부
터 서 있고 싶은 자리였는지도 모르겠어요."

공무도하公無渡河
공경도하公竟渡河
타하이사墮河而死
당내고하當奈公何

우리는 그예 강을 건넌다.

네이란자라 강을 건너서는 선거 때문에 모든 차량이 동원되는 바
람에 말이 끄는 수레를 타고 보드가야 대탑으로 갔다. 부처님이 성
불했다는 그 자리, 보리수 그늘 아래 앉으니 향긋한 공기가 코끝을
간질인다. 아아 졸립다. 이대로 한소끔 꿈같은 잠을 잤으면.

대탑 주변에는 오체투지를 하는 티베트 스님들, 명상에 잠긴 눈 푸
른 서양인들, 회색 법복을 입은 한국의 스님들, 탑돌이를 하는 인도인
들 등 많은 이들이 깨달음을 얻기 위해 정진하고 있다.

나는 어디서 와서 어디로 가는가. 순환하는 윤회의 고리 속에서 나
의 위치는 어디인가, 나는 무엇을 알 수 있는가, 나는 무엇을 해야 하
는가, 나는 무엇을 희망할 수 있는가. 모든 존재의 평화, 모든 존재의

깨달음은 과연 가능한 것인가. 우주 안에서 자기의 본연의 모습을 찾아내고 그것에 따라 살아가는 것, 이 단순한 명제를 위해 나는 무엇을 할 것인가.

가야역에서 다시 기차를 탄다. 선주법사와 교장 선생님이 오래 손을 흔든다.

덜컹, 기차가 움직인다.

어떤 기억

여행에서 일상으로 돌아오는 데는 어느 정도 시간이 걸린다. 싱싱한 긴장감으로 충만하던 길 위의 시간을 뒤로하고 방으로 돌아왔을 때 안도감과 더불어 느껴지는 어떤 무력감과 나른함, 약간의 달콤한 우울은 꽤 오랫동안 몸과 마음을 잠식해 일정 기간 동안은 생계를 위해 하는 일을 제외하곤 번다한 일상과 거리를 두게 된다. 촘촘하고 밀도 높던 시간이 서서히 이완되어 무리 없이 반복되는 생활의 다반사를 받아들이기 위한 완충의 시간이 필요한 것이다.

인도에서 돌아온 지 일주일쯤 지났을까, 일을 마치고 돌아와 저녁 준비를 하다 TV를 켰다. 9시 뉴스가 진행 중이었다. 냉장고에서 반찬을 꺼내 식탁에 올려놓다 무심코 바라본 화면에서 나는 잠시 눈을 떼지 못했다. 어디선가 많이 본 듯한 어떤 사람의 얼굴이 커다랗게 클로즈업되어 비춰지고 있었다. 인도에서 실종된 청년, 이라는 아나운서의 목소리가 흘러나왔다. 젊은이들 사이에 배낭여행이 유행인데 실종 사건이 종종 발생하니 주의를 요한다는 말과 함께 외국 여행시 '주의점 어쩌구 하는 이야기가 이어졌지만 더 이상 들리지 않았다. 어찌어찌 밥상은 차려졌지만 먹히지 않았다. 대충 설거지를 하고 방송국 보도국으로 전화를 했다. 그 사람을 인도에서 만난 적이 있다, 고 하자 기자는 반색을 했다.

"캘커타에서요, 밤 기차로 고야로 떠나는 걸 봤어요. 그 사람이 갖고 다니던 가이드북이 『론리 플래닛』이었으니까 그 책에 나와 있는 숙소들을 찾아보면 행로가 나오지 않을까요. 여행자들의 반경이 가이드북을 크게 벗어나지는 않거든요."

기자는 뭔가 더 정보를 원했지만 그게 내가 할 수 있는 이야기의 전부였다. 전화를 끊고도 한참을 그 자리에 앉아 있었다. 어디로 갔지, 왜 사라졌을까. 30분이 채 지나지 않아 그의 아버지에게서 전화가 왔다. 기자에게 했던 이야기를 반복하는 것 말고는 할 말이 없었다. 아버지는 안타까웠던지 왜 같이 들어오지 않았느냐고 했지만 그 사람과 내가 함께 돌아올 이유는 없었다. 아니, 그는 나보다 귀국 날짜가 빨랐다. 다음 날엔 그의 친구라는 이에게서 전화가 왔다. 귀국하면 맥주를 함께 마시고 싶다 했던 그 친구, 였을 것이다. 친구는 다음 주에 아버지와 함께 인도에 갈 것이라 했다. 그를 찾으러.

캘커타에 도착한 건 정오가 가까워서였다. 도착 예정 시간은 아침 8시였지만 어김없이 밤 버스는 몇 번의 고장과 까닭 모를 정차를 거쳐 해가 하늘 가운데 닿아서야 목적지에 도착했다. 밤새 버스에서 뒤척인 터라 몸은 물 먹은 솜처럼 무거웠고 다리는 천근만근이었다, 게다가 배낭은 벨 수 있는 한계를 넘어서고 있었다. 인터넷도 없던 시절이라서 방문한 단체의 자료와 책 등을 일일이 챙기는 통에 짐의 무게는 점점 늘어났다. 캘커타에 도착할 즈음은 여행의 말미였던지라 배낭을 보기만 해도 한숨이 나올 지경이었다. 저 짐을 지고 숙소를 구하러 다닐 걸 생각하니 앞이 캄캄했다. 게다가 캘커타엔 마더 테레사의 집이 있어 장기 여행자들이 많고 숙소 구하기도 만만치 않다는 이야기를 들어 왔던 터에 시간도 애매했다. 이래저래 심란한 마음으로 길바닥에 부려 놓은 배낭을 막 메려는데 익숙한 말소리가 들렸다.

"어, 한국에서 오셨나 봐요."

찌든 피로가 풀릴 만큼 밝고 경쾌한 목소리였다. 고개를 드니 훤칠하고 훈훈하게 생긴 청년이 환하게 웃으며 서 있었다. 모국어를 쓸 수 있다는 것만으로도 반가웠다.

"네."

"피곤해 보이시네요."

"네, 밤새 버스를 타서……."

"그럴 땐 맛있는 거부터 드세요. 기운이 나니까. 마침 제가 맛있는 집 아는데 같이 가세요."

어정쩡하게 있으니 그가 번쩍 내 배낭을 멨다. 그토록 무거운 배낭이 그가 드니 가뿐해 보였다. 성큼성큼 앞장서서 걷는 그를 보니 기운이 났다. 그가 데려간 식당의 마살라도사는 몹시 맛있었고 짜이는 달콤했다. 비로소 등이 퍼졌다.

그는 싸고 괜찮은 숙소도 소개해 주겠다며 또 배낭을 메고 앞서 갔다. 창도 있고 시트도 깨끗하고 화장실도 정결했다. 방까지 배낭을 갖다 준 호의가 너무 고마워 차를 한잔 사겠다고 하자 그는 이번에도 성큼성큼 앞장섰다. 길거리 짜이집이었다. 달달하고 따뜻했다.

그는 인도에 온 지 한 달쯤 됐으며 이제 곧 귀국할 거라고 했다. 돌아가면 친구 녀석과 시원한 맥주를 한잔 마시고 싶다며 시원하게 웃었다. 여행자들이 늘 하던 대로 지나온 여정도 공유하고 앞으로의 일정도 이야기 나누는 과정에서 나는 그가 행정고시를 패스하고 연수원에 들어가야 하는 사이에 한 달 여유가 생겨 인도에 왔다는 것도 알게 되었다. 그늘이 내려 시원한 골목길에 앉아 우린 꽤 오래 두런두런 이런저런 이야기를 나누었다.

"인도에선 왜 혁명이 일어나지 않을까요?"

심중에 있는 한마디를 이야기하듯 그가 말했다.

이토록 많은 모순들이 중첩되어 있는 땅에 어째서 혁명의 기운이라곤 없는지, 에 대해 이야기하는 동안 날이 저물고 그는 기차표를 꺼내 나에게 보여 주었다.

"난 오늘 밤 여기로 떠나요. 여행 잘하시고 한국에서 한번 만나요."

핸드폰도 없던 시절 여행자들은 헤어질 때면 갖고 다니던 노트에 서로의 집 전화번호와 주소를 적어 주곤 했다. 명함을 갖기에도 너무 젊은 시절이었다.

기차 시간을 한 시간쯤 남겨 두고, 우리는 헤어졌다.

며칠 동안 싱숭생숭했지만 시간이 흐르면서 잊혀졌다. 가끔 생각날 적이면 그가 아쉬람ashram 같은 명상 공동체에 깊이 빠져서 부모며 집이며 다 잊어버리고 맹목적으로 도를 닦으며 사는 것으로 결론이 났으면 좋겠다는 생각을 했다. 아카시아 꽃내음이 창문을 뚫고 번져 오던 봄밤이었다.

"너 그 사람 소식 들었어?"

막 잠자리에 들려는데 친구에게서 전화가 왔다.

"누구?"

"인도에서 실종되었다던."

뉴스에서 본 이후 친구들을 만날 때면 그 얘기를 했으므로 다들 그의 실종을 알고 있었다. 반가웠지만 불길하기도 했다. 듣고 싶었지만 듣고 싶지 않기도 했다. 친구는 하이텔인지 천리안인지 무슨 동호회에 그 사건의 전말이 올라와 있다고 했다.

결론부터 말하면 그는 발견되었다. 죽은 채로. 아버지와 그의 친구가 시신을 수습하기 위해 인도로 떠났다고 했다. 그 소식통에 의하면 그는 인도 남부 도시에서 현지인들과의 시비 사건에 휘말려 살해당했다고 한다. 당시 그는 일본 사람과 동행이었는데 혼자만 죽었단다. 무슨 이유로 어떤 시비가 붙었는지에 대해서는 나와 있지 않다고 조심스레 친구는 전했다. 전화를 끊고 냉장고에서 맥주를 꺼냈다.

내가 아는 범위 내에서 그는 잘못을 범하거나 폭력을 휘두를 사람은 아니었다. 그는 부드럽고 다정하고 예의 바른 젊은이였다. 추측건대 동네 양아치들이 어떤 목적으로든 시비를 걸었을 것이고, 피하려고 했으나 의도적으로 그를 궁지로 몰아갔을 것이고, 그 과정에서 싸움이 붙어 우발적으로 살해당했으리라. 오래 잠이 오지 않았다.

돌이켜 보면 여행은 흥미진진하기도 하지만 위험하기도 하다. 인도 여행과 관련해서도 흉흉한 소문들이 많았다. 낯선 사람이 주는 음료수를 마셨다가 깨어 보니 몽땅 털리고 오지에 버려져 있더라, 여자들은 특히 기차나 버스에서 모르는 사람이 건네는 것을 절대로 먹지 말아라, 밤에는 웬만하면 돌아다니지 마라, 자이살메르 사막에서 동양 여자들이 시체로 발견되었다더라…… . 인도 여행 괴담집이라도 만들 수 있을 것 같았다. 가기 전엔 명심을 하지만 친절하고 소박한 현지인들과 만나다 보면 자연스레 먹을 것을 나누고 마음을 나누게 된다.

내 여행에는 늘 행운이 뒤따라, 원하는 건 뭐든지 이루어진다니까, 라고 이야기한 적이 있다. 우연히 아버지가 지나가는 말씀으로 한마디 하시기 전까지 나는 정말 내가 잘나서 무탈한 여행을 하는 줄 알았다.

— 네가 여행을 떠나기 시작한 날부터 엄마가 하루도 빠지지 않고 기도하신다. 무사히 잘 돌아왔다는 전화 올 때까지.

오만은 얼마나 뻔뻔하고 무지한가.

인도 여행을 떠올릴 적이면 늘 그가 생각난다. 배려 깊고 다정하고 푸르렀던, 세월이 흘러 나이 들어서도 살아 있었다면 은성한 그늘은 드리웠을.

5장

네팔

|

'신비하거나 가난하거나' 정도로만 알고 있던 네팔에서도
민주화운동이 일어나고 50여 개가 넘는 다양한 민족들이
평화롭게 공존하며 사는 방식을 모색하고 있다는 이야기는
아시아의 나라들에 대해 우리가 얼마나 무지한지 일깨워 준 계기였다.

더러운 것과 더럽지 않은 것

　네팔 남동부 테라이 평원에 자리 잡고 있는 룸비니는 고타마 싯다르타, 즉 석가모니의 탄생지다. 전설에 따르면 기원전 623년 샤카 족의 왕비인 마야부인이 당시의 관습에 따라 출산을 하기 위해 고향으로 가던 중 룸비니의 무우수 나무 아래서 석가모니를 낳았다고 한다. 소복하게 핀 자줏빛 꽃나무 아래서 태어난 싯다르타는 세상에 나오자마자 일곱 걸음을 떼고 "천상천하유아독존"이라 했단다.

　이곳이 석가모니의 탄생지라는 게 알려진 건 아소카 왕이 세운 불탑 덕분이다. 남겨진 돌기둥의 기록에 의하면 재위 20년에 룸비니를 방문한 그는 석가모니가 태어난 성스러운 마을이니 세금을 감면하고 생산물의 8분의 1만을 징수하라 명했다 한다. 불교의 성지답게 룸비니에는 고유의 양식에 따라 지어진 중국, 일본, 스리랑카, 미얀마, 베트남 등 세계 각국의 절들이 들어서 있다. 그중엔 한국사찰인 대성석가사도 있다. 나는 1997년의 마지막 날을 이 절에서 보내고 1998년을 맞았다. 새벽 예불에 참여하는 걸로 새해를 맞은 건 처음이라 몸도 마음도 정결해진 듯 흐뭇했다. 타국의 공양간에서 먹는 떡국 맛도

특별했다. 올 한 해는 왠지 모든 일이 잘 풀릴 것 같은데? 미소가 절로 지어졌다.

포카라에서 안나푸르나 트레킹도 하고, 카트만두에서 공정무역 NGO들을 방문하는 일정도 잘 마치고, 다시 인도로 넘어가는 날이 되었다. 두 달 넘게 배낭을 메고 현지인들이 타는 버스와 기차를 타면서 여행을 한 터라 이번에도 자연스럽게 로컬버스를 타고 국경을 넘기로 했다. 키를 훌쩍 넘는 짐을 메고 버스의 맨 뒷자리로 가 앉았다. 바리바리 짐을 든 현지인들도 타기 시작했고 버스는 금방 만원이 되었다.

내 옆자리에는 오누이처럼 보이기도 하고 부부처럼 보이기도 하는 젊은 남녀가 앉았다. 창문 너머에서 근심을 가득 담은 늙은 여자가 이것저것 마지막까지 주의를 주는 걸로 보아 먼 길을 떠나는 모양이었다. 친정을 왔다 가는 건가, 버스가 출발하자 사리를 입은 여자는 머리에 쓴 수건으로 입을 가렸다.

길은 금세 꼬불꼬불해졌다. 한쪽으로 아슬아슬한 벼랑이 이어지고 다른 한쪽으로 거대한 산이 버티어 있는 길을 버스는 곡예하듯 위태위태 넘어가고 있었다. 처음부터 불안해 보이던 여자가 멀미를 하기 시작했다. 창을 열어 놓아도 별 도움이 안 되었는지 출발한 지 얼마 되지도 않아 토하기 시작했다. 시큼한 냄새가 진동을 하고 토사물들이 쏟아졌다. 미처 비닐봉지 같은 것도 준비를 못 했는지 손수건에 토하기 시작하더니 이내 바닥에도 토했다. 내 신발 위로도 토사물이 튀었다.

안 그래도 비위가 상해 간신히 참고 있던 터에 신발에까지 묻으니 화가 났다. 에이 씨, 툭툭 신발을 털고 휴지를 꺼내 닦으면서 툴툴거렸다. 옆에 있던 남자가 쩔쩔매며 어쩔 줄 몰랐지만 별 도움이 되지 못했다. 다른 자리가 있다면 옮기고 싶었지만 버스는 만원이었고 한 번 일어나 자리를 놓치면 멀고 먼 길을 고스란히 서서 가야 한다. 입을 내밀고 툴툴거리자 앞에 서 있던 현지인 중 한 사람이 힌디어로 뭐라 뭐라 했다. 그럴 수도 있지 뭘 그러느냐, 아마 그런 뜻이었을 터인데 나는 눈살을 찌푸리고 째려보며 뭔데 참견이야, 한국말로 중얼거렸다.

그때였다. 무언가 뒤통수를 쾅 내리치는 듯하더니 몸 전체로 전기가 휙 지나가는 느낌이 들었다. 더러운 게 무엇이냐. 문장이 솟아올랐다. 지금 네 뱃속에 들어 있는 것과 저 토사물은 무엇이 다르냐, 왜 뱃속에 들어 있을 때는 소중하기 이를 데 없는 너 자신이고, 입 밖으로 나오면 참을 수 없이 더러운 토사물이 되느냐. 아랫배에 있을 때는 너의 몸이고 네 몸을 나오는 순간 똥이 된다면 그 경계는 어디 인 것이냐. 질문은 회오리치듯 쏟아졌다.

어정쩡하게 앉아 토사물을 쳐다보았다. 얇게 밀어 화덕에 구워 더 없이 고소했을 난, 양파와 꽃양배추, 각종 향신료를 넣어 끓였을 카 레, 싱싱한 시금치와 감자 같은 것들이었을 것이다. 입안에 늘 머금고 있는 침과 섞여 목구멍을 타고 넘어갈 때까지 맛있기 그지없었던 음 식들, 그게 입을 통해 다시 나왔는데 왜 이토록 역겨운 걸까. 내 뱃 속은 저토록 역겨운 토사물들로 가득 차 있단 말인가. 나는 어떻게 그걸 견디고 있지? 더러운 것과 더럽지 않은 것의 경계는 어디부터 지? 멍하니 나는 여자를 쳐다보았다. 가방을 열어 휴지를 건넸다. 토 하느라 진이 빠진 여자의 눈에 눈물이 그렁그렁 매달려 있었다. 차는 중간에 몇 번이나 서 사람들을 내리고 실었다.

그녀가 어디쯤에서 내렸는지 나는 기억이 없다. 그러고 보니 새해 첫날 대성석가사의 새벽 예불에서 스님은 반야심경을 독송했다. 불 생불멸 불구부정 부증불감. 나고 사라지는 것도 없으며, 더럽고 깨끗 한 것도 없으며, 불어나는 것도 줄어드는 것도 없노라.

돌이켜 보면 나도 멀미가 심했다. 버스로 40분쯤 걸리는 고모네 집 에 갈 때면 하얗게 질린 얼굴로 걜걜 토하곤 했는데 그 뒤처리를 늘 엄마가 했었나. 토하는 어린 것이 안쓰러워 깊은 한숨을 쉬며 등을

쓸어 주고 이마를 닦아 주던, 눈매 서늘하던 엄마의 목소리가 지금
도 쟁쟁하다.

— 제 자식 똥은 그 냄새도 고소하니라. 오죽하면 아이고 우리 아가 황
금똥을 누었네 하겠니.

국경을 넘어 바라나시에 도착했다. 안개 짙은 새벽부터 늦은 밤까
지 갠지스 강 주변은 늘 북적였다. 히말라야에서 발원한 이 강은 인
도에 사는 힌두교도들이 가장 성스럽게 여기는 강이다. 태어나 갠지
스 강에서 세례를 받는 것으로 시작해 숨을 거둔 뒤 화장돼 이 강에
뿌려지는 것으로 이생에서의 삶이 완성되는 것이라 믿는다. 화장한
재를 갠지스 강에 뿌리는 것은 성스러운 강물로 영혼이 속죄를 받아
윤회의 고통에서 벗어나기를 기원하는 의식이라고 한다. 간혹 비싼
화장 비용을 마련하지 못하는 빈민들은 시신을 그대로 갠지스에 수
장시키는 경우도 있단다. 한쪽에서는 시체를 태우고 한쪽에서는 그
물에 목욕을 하고 있는 풍경은 삶과 죽음이, 나고 듦이, 영과 육이,
깨끗함과 더러움이 그토록 명확히 구분되는 것이 아니라는 걸 말하
는 듯했다.

갠지스 강 주위에는 온통 구걸하는 이들이었다. 아침에 일어나 강
에 나가면 그들은 부지런히 자신들의 영역을 쓸고 닦으면서 하루를
시작했다. 어제 같은 오늘이란 없다는 듯 강에서 세수를 하고, 민지
를 털어 숄을 다시 쓰고, 꽃을 꽂아 놓고 바구니를 정리하며 새로운

날을 맞았다. 그리고 손을 내밀었다. 당신이 주는 돈이 나를 행복하게 할 거고 내 행복은 당신을 행복하게 만들 겁니다. 눈이 큰 그 여자는 멀미를 하던 그 여자와 닮았다. 그러고 보니 대성석가사에서 본 관세음보살과도 닮았다.

지독한 농담에서 마음의 고향까지

1995년 11월 21일 밤, 라면 한 그릇을 다 먹은 찬드라는 가방을 뒤지다 지갑이 없는 것을 발견했다. 당황한 그녀는 주인에게 사정을 말하려고 했지만 마음이 급해지자 한국말이 제대로 나오지 않았다. 떠듬떠듬, 아는 한국어를 이어 붙여 사정을 해 봤지만 분식집 주인은 경찰에 신고를 해 버렸다. 경찰은 '이상한 소리'를 늘어놓는 그녀를 정신병원으로 넘겼다.

경찰이 정신병자의 주문으로 취급한 '이상한 소리'는 네팔말이었다. 미안해요, 잘못했어요, 공장에 가서 지갑을 가지고 오겠어요, 제발 절 놓아주세요……. 찬드라는 네팔말로 울며 호소했지만 그걸 알아듣지 못한 경찰은 그녀가 정신적으로 불안한 상태에 있다고 추정해 정신병원으로 넘겨 버렸다. 1992년에 한국에 온 네팔 사람 찬드라 꾸마리 구룽은 그렇게 정신병원에 수용되었고, 6년 4개월 후에야 비로소 나올 수 있었다.

내가 찬드라를 만난 건 그녀가 다시 세상으로 나온 그 시점이었다. 실종된 딸이 돌아왔다는 이야기를 들은 찬드라의 아버지와 여동생이 네팔에서 왔고, 마침 내가 일하던 단체인 〈나와 우리〉의 게스트룸에 묵게 되었다. 며칠을 보낸 찬드라와 가족들은 다시 그녀의 고향 포카라로 돌아갔다. 10여 년 만에 돌아간 고향집에 어머니는 없었다고 한다. 소식이 끊긴 딸을 기다리던 어머니는 애간장이 녹았는지 시름시름 앓다 세상을 떠났고, 그게 찬드라와 관련하여 내가 들은 마지막 소식이었다.

지독한 농담 같은 일이 어디 찬드라에게만 일어났으랴. 이주노동자들이 겪어야 했던 한국 사회에서의 편견과 차별은 몸과 마음에 깊은 상처를 남겼지만, 그럼에도 불구하고 여전히 수많은 아시아 사람들이 한국으로의 이주를 감행하고 있다. 네팔 사람 선집도 그중 한 명이다. 한국에서 이주노동자로 6년을 살았던 그를 네팔 여행을 앞두고 만났다.

네팔은 바다가 없는 내륙국입니다. 중국과 인도, 방글라데시에 둘러싸여 있지요. 그 때문에 항상 큰 나라들의 입김이 강하게 작용해 왔습니다. 특히 인도는 스스로 후견국을 자처해 온 나라인데요, 네팔이 경쟁국인 중국과 가까워질 조짐을 보이면 이내 경제적, 정치적으로 압력을 행사하곤 하죠.

네팔은 가난한 나라예요. 2천4백만 인구 중 42퍼센트가 하루 1달러도 벌지 못하고 문맹률이 40퍼센트를 넘죠. 아, 그렇다고 해서 국민들의 마음까지 가난한 나라라는 뜻은 아니에요. 90퍼센트의 국민들이 힌두교 신앙을 토대로 큰 욕심 없이 하루하루의 삶을 살아내고 있어요.

네팔은 왕정을 무너뜨리고 민주공화국을 만든 나라입니다. 이전에 네팔은 국왕이 모든 권력을 장악한 절대왕정 국가였어요. 국민의 기본권이 보장 안 되니 당연히 왕정에 대한 저항이 있었죠. 1979년에 첫 대규모 민주화운동이 일어나요. 당시 국왕 비렌드라는 국민투표를 실시해 난국을 모면했습니다. 하지만 한번 분출되기 시작한 개혁과 민주화 열망은 쉽게 사그라들지 않았어요. 1990년, 드디어 활화산처럼 폭발하기 시작합니다. 왕실이 경찰과 군대를 동원해 수천 명의 시위 참여자들을 검거, 투옥하고 시위대에 발포하는 바람에 수백 명이 목숨을 잃는 비극이 일어났습니다. 이에 민중들은 총파업과 동맹휴업, 대규모 시위로 맞섰지요. 당시 항쟁이 최고조에 달할 무렵엔 총 인구 40만 명인 수도 카트만두에서 약 20만 명이 시위에 참가했다고 하니까, 억압적인 체제에 대한 민중들의 분노와 민주화에 대한 갈망이 얼마나 컸는지는 충분히 짐작할 수 있겠죠.

결국 8주 동안의 민중항쟁은 비렌드라 왕이 다당제 의회민주주의 도입과 헌법 개정, 총선 실시 등을 통한 정치개혁과 민선정부에게 권력을 이양하는 명실상부한 입헌군주제 도입을 약속함으로써 민중들의 승리로 일단락되게 됩니다.

그리고 2008년 5월 28일에 네팔 제헌의회가 첫 회의를 열고 압도적인 찬성 속에 왕정 폐지와 공화정 도입을 골자로 한 결의안을 채택하면서 239년 동안 이어졌던 왕정체제가 끝나고 공화제로 변경되었습니다. 궁을 비우라는 의회의 통첩을 받았던 네팔의 왕과 왕비는 2008년 6월 11일 카트만두의 궁을 떠납니다.

'신비하거나 가난하거나' 정도의 이미지로만 알고 있던 네팔에서도 민주화운동이 일어나고 50여 개가 넘는 다양한 민족들이 평화롭게 공존하며 사는 방식을 모색하고 있다는 선집의 이야기는 아시아의 나라들에 대해 우리가 얼마나 무지한지 일깨워 준 계기였다.

ⓒ한다움

선집은 6년 동안의 한국 생활을 마치고 돌아간다.

"선집, 고향으로 돌아가서는 무슨 일을 할 예정이에요?"

"아직 정해지진 않았지만 한국에서 배웠던 일과 연관된 일을 하지 않을까 싶어요. 스물네 살에 한국에 와서 미등록 노동자, 그러니까 한국 사람들이 말하는 불법체류자로 6년을 살았습니다. 많은 일들이 있었지요. 나는 한국에서 어떻게 살아갈 것인가를 배웠고, 이것을 가지고 평생을 살아갈 거 같아요. 내가 어려운 입장에 놓이지 않았다면 배우지 못했을 많은 것들을 배웠습니다."

선집에게 한국은 그러니까 마음의 고향이 되는 셈이다. 나에게 80

년대가 마음의 고향인 것처럼, 청춘을 묻은 한국에서의 경험과 관계, 절망과 이상과 꿈 같은 것들이 평생 선집의 마음 밑에 흐르는 강이 될 것이다. 고난 속에서 꽃을 피우는 방식을 그는 배워 버린 것이다.

네팔 여행을 준비하면서 나는 네팔 사람 어르준, 씨티버릴, 미누 등과 접속했다. 이들은 능숙하게 한국어를 구사하고 한국어로 된 메일을 보내고 한국 사람인 내가 원하는 바를 정확하게 이해한다. 때때로 이래도 되나 싶을 정도로 한국어로만 이야기를 하면서 진정 한국이 이주노동자들과 어떤 방식으로 관계 맺기를 해야 하는지 절실히 깨닫고 있다. 그들은 모두 한국에 이주노동자로 와서 일했고, 돌아가서는 한국에서 배운 방식으로 NGO도 만들고 여행사도 만들어 한국 사람들과 연대하고 일한다.

한국은 아시아에서 참 독특한 위치를 갖고 있는 나라다. 아시아의 다른 나라들이 보기에 한국은 압축적인 경제성장을 이루어 내고 시민들의 힘으로 민주주의를 획득한 나라다. 그래서 버마* 사람들은 한국의 민주주의를 배우러 오고 베트남 사람들은 김지하를 읽고 김민기의 노래를 듣는다. 이제 아시아 사람들과 마음으로 연대하는 법을 배워야 할 차례다.

---

* 1989년 쿠데타로 집권한 버마 군부는 국명을 '미얀마'로 바꾸었지만 아웅산 수지를 중심으로 한 '민족민주연합(NLD)'과 현지 민주화 세력, 해외 지원단체 등은 여전히 버마라는 국명을 고수하고 있다. (편집자 주)

추방된 사람 미누

돌아온 지 얼마 되지 않아 오히려 네팔이 어색하네요. 나와 이야기를 나누던 누나들은 어떤 네팔어에 대해서는 아이고, 그건 옛날 말이야. 요즘은 그런 말 잘 쓰지도 않는단다, 라며 깔깔 웃습니다. 그럴 수도 있겠구나 싶습니다. 17년 8개월 만에 돌아왔으니까요. 십 년이면 강산도 변한다는 한국 속담이 있지요. 그 강산이 두 번이나 변했을 테니. 사실은 저도 네팔이 조금 어색합니다.

나는 2남 2녀 중 막내입니다. 큰누나는 카트만두에 살고 있고 형은 영국에 있습니다. 용병으로 일하고 있지요. 네팔 사람이 어떻게 영국에서 용병으로 일하냐고요? 긴 이야기지만 들어 보시겠습니까?

1816년 영국이 네팔을 침략합니다. 당시 영국은 세계를 호령했던 제국이었는데 네팔에서 의외의 적을 만나 고전하게 됩니다. 총과 폭탄 등 신식무기로 무장한 영국군에 대항해 그들은 활과 칼만으로 승리하지요. 많은 병사들을 잃은 영국은 도대체 이 용맹한 전사들이 누구인지 알아봅니다. 그들은 바로 구르카족이었죠. 험준한 산악지대에서 태어나고 자란 구르카족은 심폐기능이 뛰어난 것은 물론이고 강인함을 천부적으로 타고난 전사들이었죠. 특히 끝이 구부러진 독특한 모양의 쿠크리 단검으로 무수한 적들의 목을 베어 백병전의 1인자로 꼽혔지요.

전쟁이 끝나고 영국군은 이들을 동인도회사의 사병으로 편입시킵니다. 구르카 용병들은 1, 2차 세계대전을 비롯해 포클랜드전쟁, 걸프전쟁 등에 참전해 용맹을 떨쳤으며 지금도 이라크와 아프가니스탄 등지에서 복무하고 있습니다. 제 형도 바로 그 구르카 용병입니다. 구르카 용병이 받는 연봉은 네팔의 평균임금보다 50배 정도 많다고 보면 됩니다. 조카도 영국에서 공부하고 있습니다. 아버지는 아직 정정하시지만 어머니는 내가 한국에 있을 때 돌아가셨습니다. 어머니 장례에도 참석하지 못했습니다. 두고두고 마음에, 사무치는 일입니다.

1992년 2월 22일에 한국에 갔습니다. 한국을 알게 된 건 88올림픽 때였는데 남산타워 불꽃놀이가 인상적이었습니다. 아, 가 보고 싶다, 라고 생각하다가 정말 가게 됐죠. 고등학교 졸업하고 1년 후였습니다. 그땐 산업연수생 제도나 고용허가제 같은 법도 없었던 때라 관광비자로 갔지요. 이태원으로 가서 먼저 한국으로 온 친구도 만나고 일자리도 알아봤습니다. 당시는 한국도 노동력이 많이 필요할 때라서 일자리 구하기는 쉬웠습니다.

미스터 김이라는 사람이 와서 식당과 가방공장에 일자리가 있는데 무슨 일을 하겠냐고 물었습니다. 함께 갔던 네팔 사람들이 식당 일을 꺼려서 제가 식당으로 가겠다고 했지요. 의정부에 있는 한정

식 집이었습니다. 일은 그다지 힘들지 않았는데 생선 비린내 때문에 고생을 했지요. 네팔엔 바다가 없어서 생선을 만질 일이 별로 없거든요. 누룽지가 날 살렸습니다. 아침저녁으로 누룽지를 끓여 먹었는데음, 그 고소한 냄새가 지금도 생각이 나네요. 식당에서 일하며 한국음식에 대해 많이 배웠습니다.

음식뿐이겠습니까. 한국말이라곤 한마디도 모르고 도착했었는데식당에서 일하면서 사람들하고 이야기할 정도가 됐죠. 텔레비전 보면서도 배우고 사람들한테도 배우고, 특히 한국 노래 들으면서 많이 배웠습니다. 원래 노래 부르는 걸 좋아하는데 그 식당에 노래방 기계가 있었어요. 손님이 없는 시간대에는 원하는 만큼 실컷 노래를 불렀죠. 그렇게 2~3년 지나니 한국말이 자연스러워졌습니다. 어떤 사람들은 그냥 한국 사람인 줄 알기도 했습니다. 그 즈음 KBS에서 외국인 노래자랑이 열렸는데 친구들이 나가 보라고 해서 출전했다가 대상 받았습니다.

사람들도 좋고 많이 힘들지는 않았지만 식당 일은 주말에 쉴 수가없어요. 공장에서 일하는 친구들은 다 주말에 쉬니까 만날 수가 없었죠. 그래서 식당을 그만두고 공장 일을 시작했어요. 여전히 미등록 노동자였고 불법체류자였지만 작은 공장의 사장님들이야 아무래도 월급을 덜 주어도 되니 채용을 하죠. 동대문 봉제공장에서 기술을 배우며 8년 정도 일했습니다. 한국에 온 지 10년쯤 되던 해 친구랑 동업을 시작했습니다. 그동안 모은 돈으로 작은 공장을 운영했는데 신용을 얻어 돈도 꽤 벌었습니다.

어느 날 민가협에서 1년에 한 번 노래대회를 하는데 참여해 보지 않겠냐는 제안을 해 왔어요. 네팔 노래를 불러 달라고 했는데 생각해 보니 한국 사람들이 못 알아들을 거 같아 그냥 한국 노래를 부르겠다고 했지요. 운 좋게도 대상을 받았습니다. 그때 대상 받은 사람에게 주는 상이 홍세화 선생님과 파리에 가는 거였는데 당연히 저는 못 갔죠. 불법체류자 신분이었으니까요. 대신 제주도에 갔습니다. 이후로 여기저기서 노래 불러 달라는 요청이 오면 마다않고 달려가서 노래를 불렀습니다. 공장 일도 잘되고 조그마한 방도 얻고 나름 잘 지내던 시절이었습니다.

그런데 2003년에 한국 정부가 4년 이상 산 외국인을 추방한다는 결정을 내렸습니다. 저는 10년 이상 살았으니 당연히 추방당해야 하는 사람이었죠. 그때 참 이상한 기분이 들었어요. 10년 동안 일 열심히 하면서 한국에 살았는데, 여름에 물난리 나면 수재의연금도 내고 겨울에 불우이웃 돕기도 하며 살았는데, 난 이 사회 사람이 아니구나, 아무 요구도 하지 않고 주어진 일 열심히 하며 애쓰고 살았는데 떠나라고 하면 떠나야 하는 이방인이구나, 완벽한 아웃사이더더구나, 뭐 그런 복잡한 심경이었어요.

무조건적인 추방 정책에 맞서 시민단체들이 농성을 한다는 걸 알게 됐습니다. 추방이 최선이 아니라 이주노동자들을 위한 제도 개선을 먼저 해야 한다는 주장을 하는 한국 사람들을 만나게 됐습니다. 난 시위 같은 건 잘 몰랐지요. 사실 그전까진 나만 잘하면 되지 하는 생각을 갖고 있었습니다. 그런데 내가 아무리 열심히 살고 성실히 살아도 안 되는 게 있다는 걸 느끼게 된 거 같아요. 추방 소식을 들으면서.

농성 과정에서 11명이 죽었어요. 처음엔 어떤 매스컴에도 안 나왔는데 스리랑카 사람이 전동차에 몸을 던져 죽는 사건이 일어나자 방송이 됐죠. 우리가 한 농성이 방송에 나간 건 그날이 처음이자 마지막이었습니다. 시청 옆 성당에서 농성을 하고 있으면 방송국에서 와서 찍는 가는데 도대체 방송에는 안 나오는 거예요. 우리는 우리가 무엇을 이야기하는지 한국 사람들도 알아야 한다고 생각했는데 미디어가 그 역할을 안 해 주더라고요. 내가 직접 카메라를 잡아야겠다, 라는 생각을 했습니다. 이주노동자들이 한국 사회를 혼란스럽게 하는 게 아니라 함께 살자는 제안을 하는 거다, 이주노동자들과 더불어 잘살 수 있다면 한국 사회도 훨씬 좋아지는 거다, 아시아 사람들에게 좋은 평가를 받는다면 한국의 위상도 높아질 거다, 라는 이야기를 하고 싶었어요.

일부 친구들이 직접 카메라를 들고 나는 네팔, 버마 친구들과 밴드를 만들었습니다. 시민단체 분들이 돈을 조금씩 모아 주시고 우리를 지지하셨던 분이 스튜디오도 하루 빌려 주셔서 음반도 낼 수 있었습니다. 〈친구여 잘 가시오〉란 앨범인데, 감시가 무서워 죽은 친구를 위해 만든 노래가 그 안에 들어 있습니다.

저희 밴드 이름은 '스탑 크랙 다운'이었습니다. 강제 추방 중단, 이란 뜻이죠. 밴드 활동은 아주 재밌었어요. 1집을 내고 전국을 돌아다니면서 공연도 하고 모금도 해서 2집도 냈죠. 그 앨범에 '월급날'이란 노래가 있어요. 이주노동자들의 가장 큰 문제가 월급인데 그 내용으로 노래를 만든 거죠. 밴드 활동을 하면서 깨달았습니다. 문화적인 방식으로 이야기하는 것이 정말 필요하다고. 이주노동자가 한국에 와서 배우는 게 소주, 노래방 문화 이런 것들밖에 없어요. 더 좋은 게 얼마든지 많은데 접근할 수 있는 길이 없어요.

노래도 좋아했지만 사실 저는 노래보단 미디어를 더 좋아했어요. 촬영하고 편집하고 그런 거. 그래서 이주노동자를 위한 미디어운동을 했어요. 한국 사회에 이주노동자의 모습을 알리는 역할을 하고 싶었어요. 50년 후면 한국도 다문화사회가 될 텐데 미리 연습해 둬야죠. 다양한 사람들이 앞으로 한국인이 될 건데. 싫어도 어쩔 수 없는 상황이 만들어질 거라는 거죠.

이런 일을 하다 보니 공장 일은 접게 됐어요. 시민단체에서 일하기도 하고 이주노동자 방송국을 만들기도 하고 바빴죠. 그러다 체포되었습니다. 사실 도망갈 수도 있었는데 피하고 싶지 않았습니다. 한국 사회에 외국인 장기체류자에 대한 이야기를 하고 싶었습니다. 18년을 살았어도 추방되어야만 하는 현실에 대해 이야기하고 싶었어요.

그래서 결정을 한 거죠. 추방당하자! 근데 추방이란 게, 당사자가 아니면 그 느낌을 몰라요. 난, 추방당한 사람입니다.

추방당하기 전 얼마 동안 후암동에 살았는데 왜 그렇게 행복했는지 모르겠어요. 미등록 불법체류 노동자에 도망자였지만 마음은 늘 평화로웠어요. 부처가 인도에서 해탈했듯이 저는 한국에서 어떤 깨달음을 얻은 거 같아요. 생각지도 않은 삶을 살게 되었지만 그게 인생이라는 걸 알게 된 거죠.

후회하진 않습니다. 준비 없이 네팔에 오게 됐지만 또 어떻게든 살겠죠. 도전 정신만 있다면 헛되지 않은 삶을 살 수 있다고 믿어요. 지금은 좀 영화 같아요. 20년 만에 돌아온 네팔. 시간여행을 한 거 같다고나 할까요. 무중력의 상태에 있는 느낌이지만 조만간 땅에 발이 닿겠죠.

미노드 목탄 (미누)

1992년부터 2009년까지 약 18년 동안 국내에 머물며 문화운동가로 활동했던 네팔 출신 이주노동자. 관광비자로 한국에 입국한 미누는 식당 등에서 일하다가 1998년 시민가요제에 참가해 대상을 수상하면서 유명세를 얻었다. 2000년 2월 경찰의 불심검문을 받아 서울출입국사무소에 붙잡혔으나 보호 일시 해제 허가를 얻은 뒤 잠적해 다국적 밴드인 〈스탑 크랙 다운〉을 결성하기도 했다. 2007~2008년에는 이주노동자의 방송(MWTV) 공동대표도 맡은 바 있다. 미등록 이주노동자라는 이유로 출입국관리사무소에 붙잡혔던 미누는 2009년 10월 23일 법무부에 의해 네팔로 강제 추방됐다.
(사진은 추방된 이듬해 네팔에서 다시 만난 미누. ⓒ한다움)

6장

일본 : 교토 스케치

|

아릿하다. 눈처럼 흩날리는 벚꽃 이파리.
봄 햇살 눈부시고 길은 이어지는데 꽃이 진다.
꽃이 이운다.
마음자리 위로 꽃무덤 생긴다.

일곱 개의 편린으로 만나는 교토

어스름 해가 질 녘에 교토에 도착했다. 생각했던 것보다 어둡고, 한산하고, 쓸쓸했다. 시간이 오래 묵어 나는 냄새가 좁은 거리를 떠돌았다. 일본 간장 맛이 나는 우동을 먹고 자리에 누우니 왼쪽 넷째 발가락 즈음이 간질간질해진다. 꼬무락꼬무락, 아득한 기억들이 고개를 내민다. 아직도 여기에 있었구나, 홀홀 떠난 줄 알았는데, 몸의 변방에서 주름을 만들며 함께 늙어 가고 있었구나.

창문 너머 노오란 불빛들에 마음 더욱 호젓해진다. 상하이, 홍콩, 사이공, 서울과는 다른 빛의 야경. 허기진 욕망, 갈급한 야심 따위 장롱 저 깊은 곳에 숨겨 둔 걸까.

꿈과 잠의 경계를 서성이다 눈을 뜨자 성긴 햇살이 다다미 바닥 위를 구른다. 문을 열고 나가니 정결하지만 오래된 골목길, 격자무늬의 목조건물, 자전거, 체조하는 할아버지, 고양이, 바람에 서걱거리는 대숲……. 일본을 생각할 때 떠오르는 정경들이 눈앞에 있다. 골목에서 골목으로 이어진 길을 숨죽여 걷는다. 백 년이라도 걸을 것 같은 그 길의 끝에 봄 벚꽃 흩날린다. 교토 천 년의 시간, 눈처럼 흩날린다.

고쇼

고쇼(御所. 천황의 거처)에는 덴노(천황)가 없다. 1868년 메이지유신 이후 덴노 일가는 도쿄로 가 버리고 교토의 고쇼는 덩그러니, 건물만 남게 되었다. 조용하고 한적한 공원 같지만 2백 년은 족히 넘었을 나무들, 노송나무 수피를 얇게 벗겨 몇 겹으로 이은 독특한 지붕양식 등은 이곳이 한 시절 일본 역사의 주요한 현장이었음을 말해 준다.

교토로 수도를 천도한 간무 덴노 이후 고쇼는 여러 차례 불이 나고 무너지는 등 풍상을 겪는데, 그 거처의 주인인 덴노도 마찬가지였다. 막부의 출현 이후 덴노는 실권을 빼앗긴 채 영욕을 겪지만 쇼군의 권세가 하늘을 찌를 때도 덴노제는 폐지하지 않았다. 일본에서 덴노는 속세와 무관한 '선량한 아버지'의 판타지를 만들어 내며 국민들로 하여금 반감 없이 국가에 봉사하도록 하는 기이한 정치적 코드였다. 그러기에 텐노제는 일본을 이해하는 주요한 키워드다.

신사

시조, 즉 4가는 교토의 중심 거리. 그 대로의 양 끝에 두 개의 신사神社가 자리 잡고 있으니 야사카 신사와 마쯔오 신사다. 두 신사의 공통점은 한반도 도래인이 세웠다는 것. 고구려에서 사자로 파견되어 온 후 그대로 왜倭에 정착한 이리시가 터전을 잡고 세력을 일군 뒤에 세운 것이 야사카 신사. 일본 3대 마쯔리(종교 의식에서 유래된 축제) 중의 하나인 기온 마쯔리가 시작되는 곳으로 유명하다. 서쪽 끝의 마쯔오 신사 역시 신라계 도래인이 세웠다고 전해진다. 백제계 어머니를 둔 간무 텐노가 교토로 천도할 수 있었던 배경에는 탄탄하게 형성되어 있던 도래인의 기반이 한몫을 했다. 당시 교토 주민의 3분의 1이 도래인이었고, 그들의 세력을 지지 기반으로 교토는 새로운 수도로 자리매김한다.

신사의 오래된 나무 기둥에 등을 기대면 살짝 꼬리뼈 있던 자리가 저릿하다. 2천 년도 더 전에 노마드nomad의 삶을 살았던 이주민들. 그들이 가졌던 불굴의

용기 혹은 절망 혹은 그리움, 어쩌면 꼬리뼈의 흔적이 닮았을.

니조조

내 것이 아닌 것에 대한 동경과 질투. 니조조(니조城)는 무사정권의 취향이 고스란히 드러나는 공간이다. 무참히 사람의 목을 베고 적의 심장을 도려내며 최고의 권력을 소유하지만 여전히 파랗게 벼린 칼날을 몸에 지녀야만 마음이 안정되던 그들. 고상하고 우아한 세계에 대한 갈망은 화려함의 극치로 치달으며 예술과 통속의 경계에서 아슬아슬 외줄을 탄다. 오다 노부나가, 도요토미 히데요시, 도쿠가와 이에야스로 이어지는 무사정권의 야망과 사랑과 배신과 질투의 드라마, 그 마지막에 니조조가 있다.

살점이 흩어지고 피가 튀는 전장을 누비던 이들이 갈망하던 세계. 시, 정원, 노, 꽃꽂이, 다도, 서화……. 가질 수 없기에 위험한, 그래서 위태롭고 아슬아슬한. 삐걱거리는 나무 복도를 걷다 문득 뒤돌아본다. 그림자처럼 닌자가 등 뒤에 서 있을 것만 같다.

은각사

조금 눈물이 났다. 정교하고 치밀한 구도, 극도의 섬세함으로 공들인 공간을 마주쳤을 때 온몸의 촉수들 미묘하게 긴장하며 일어섰다. 일본적인 미의식의 원류라는 은각사에서의 일이었다.

유명한 모래정원을 지나 뒷동산에 올라 은각사를 한눈에 마주했을 때 비로소 긴장했던 감각이 누그러지며 한숨을 토해 냈다. 크지 않은 절을 한 바퀴 돌아 비질의 흔적이 세심하게 남아 있는 달맞이

모래정원으로 다시 돌아왔을 땐 예기치 않게 웃음이 났다. 뭐 이럴 것까지야. 종종 교토의 절에서 경험했던 감정들이다. 차를 마시면서 치르는 고도의 격식과 예의에 몸이 굳다가도 일정한 시간이 지나면, 그냥 다리 풀고 편안하게 앉아 아무 잔에나 차 한잔 마시고 싶다. 취향의

차이, 그 시작에는 가장 원초적인 욕망이 있지만 만 가지 다른 형식이 문화를 만든다.

이총

도요토미 히데요시. 한국인에게는 임진왜란의 전범이지만 일본 사람들에게는 영웅 드라마의 주인공이다. 족보도 없는 집안에서 태어나 품팔이로 연명  하던 빈농의 아들이 백 년간 지속된 전국시대를 평정하고 덴노를 능가하는 권력과 재물을 얻었으니, 출세 가도를 달리고 싶은 사람들에게 여전히 역할 모델인 모양이다. 많은 사람들이 그의 신사를 찾아 두 손 모아 기원을 하는 걸 보면.

그의 신사 코앞에 이총(耳塚. 귀무덤)이 있다. 임진왜란 당시 히데요시는 조선에서 베어 온 귀와 코를 확인한 뒤 호코지 대불전의 서쪽에 묻고 봉분 위에 오륜탑을 세운다. 이 무덤에는 어림잡아 4만여 개의 귀와 코가 묻혀 있다고 한다. 교토의 이총 이외에도 일본 각처에 수많은 귀무덤들이 있단다.

소금물에 절여져 바다를 건넌 지 4백 년. 입 없던 세월, 눈 없던 나날. 들었으나 말하지 못한 그 이야기에 잠시 귀 기울인다. 귀 기울인다.

에루화

조국에서 오셨습니까. 낯설고 어색하다. 이토록 진부한 단어를 이토록 마음 시리게 발음하다니. 미안하고 민망해진다. 이 할머니들, 일본이 조선을 강점했던 시절, 가지가지 이유로 현해탄을 건넜던, 먹고 사느라 자식 교육 시키느라 옆 돌아볼 틈도 없이 살다 어느 날 문득 거울을 보니 고령의 노인이 되어 버린. 가파르고 비탈진

ⓒ한다움

길의 끝에서 기다리는 건 외로움과 몸에 깃든 병.

에루화는 재일동포 1세대들을 위한 돌봄 센터다. 이곳에 모여 그이들, 노래를 부르고 운동도 하고 수다도 떨고 맛있는 음식도 먹는다. 어쩌다 한국에서 오는 사람들이 있으면 누워 있던 분도 일어나 안부를 묻는다. 조국에서 오셨습니까. 그래 어디서 오셨습니까.

그이들이 부르던 나그네 설움 오래 귓속에 머문다. 가야 할 지평선엔 태양도 없어, 새벽별 찬 서리가 뼛골에 스미는데, 어디로 흘러가랴 흘러갈소냐.

도시샤 대학

죽는 날까지 하늘을 우러러 / 한 점 부끄럼이 없기를, / 잎새에 이는 바람에도 / 나는 괴로워했다. / 별을 노래하는 마음으로 / 모든 죽어 가는 것

을 사랑해야지. / 그리고 나한테 주어진 길을 / 걸어가야겠다. / 오늘 밤에도 별이 바람에 스치운다.

어쩌자고, 이런 시를 썼을까. 이 시를 읽어 버린 우리는 어쩌라고.

도시샤 대학 한켠에 는 윤동주의 시비가 있다. 도시샤 대학은 1943년 독립운동 혐의  로 일본 경찰에 검거되기 전까지 그가 머물며 공부했던 곳. 모든 죽어 가는 것들에 눈길 돌리던 젊고 건장했던 몸은 백골이 되어 다시 한반도를 거쳐 고향인 용정으로 돌아간다.

시인, 시대의 한가운데서 가장 지독하게 아프고 가장 서늘하게 우주와 맞닿아 있는 자.

아흔아홉 조각으로 이루어진 교토 퍼즐판 위에 일곱 개의 조각을 얹어 본다. 아직은 무슨 그림인지 알 수 없다. 9대째 이어지는 부채 가게, 3백 년도 넘은 과자점, 한 번도 급정거나 급발진을 해 본 적이 없는 듯한 버스, 이른 아침 작은 카페에서 커피를 마시며 신문을 보는 할머니들, 노벨상, 마쯔리, 조선학교, 겐지 이야기…… 그 조각들 정성 들여 맞추려면 시간이 걸릴 것 같다. 천천히 즐길 일이다.

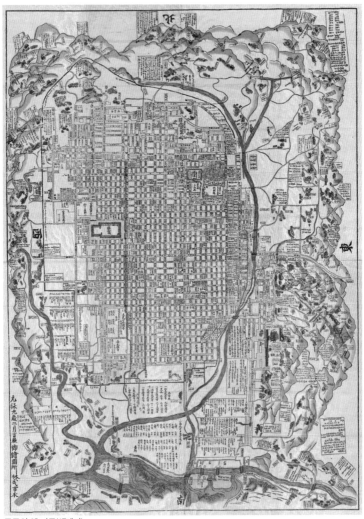

교토의 옛 지도(17세기)

천 년의 꿈 : 히라노 신사

아릿하다. 눈처럼 흩날리는 벚꽃 이파리. 봄 햇살 눈부시고 길은 이어지는데 꽃이 진다. 꽃이 이운다. 마음자리 위로 꽃무덤 생긴다.

피어날 때보다 스러질 때가 오히려 절정인 벚꽃은 일본의 나라꽃이다. 히라노 신사는 벚꽃의 명소다. 봄밤, 교토 사람들은 이곳에 모여 꽃을 즐긴다. 막 입사한 신입사원들이 점심시간부터 와 도시락을 먹으며 자리를 맡아 두는 일도 관례처럼 행해진다니 교토의 벚꽃을 즐기려면 이곳에 오면 될 일이다. 달이 없어도 환한 밤, 꽃은 만개하고 사람들의 웃음소리 신사 안에 번진다.

794년 교토로 천도해 온 간무 덴노는 궁궐 내에 조상신을 모시는 신사를 세우는데 그것이 히라노 신사다. 이곳에서 제사 지내는 신은 모두 넷이다. 염직수예의 수호신이자 이 신사의 주신인 이마키노 가미, 부엌의 수호신인 구도노 가미, 제화의 수호신인 후루아키노 가미, 마지막으로 다카노 니이가사, 간무 덴노의 어머니다. 신사를 지은 직후 어머니가 죽자 간무는 슬퍼하며 어머니를 제신으로 모셨다 한다.

간무 덴노가 나라奈良로부터 수도를 이전한 건 왕권을 강화하기 위해서였다. 스이코 여왕 시절 한반도로부터 유래한 불교는 그 세력이 점점 강해져 나라시대 말 즈음이 되면 승려들의 권위가 덴노와 어깨를 겨룰 정도가 되었다. 불교를 배경으로 한 지역 귀족들 역시 왕권에 도전해 오기는 마찬가지였다. 새로운 술은 새 포대에 담는 법, 간무는 아예 새로운 땅에서 왕권을 강화하고 국가체제를 정비할 꿈을 꾸었다. 처음엔 나라현 근처 헤이죠쿄로 옮겼으나 환경이 마땅치 않아 다시 한 번 이전하니 그곳이 교토, 헤이안쿄다.

천도 당시 교토는 이미 도시의 틀이 잡혀 있었다. 궁궐만 지으면 수도가 된다고 할 정도로 도시의 기능과 역할을 하고 있었고 그 배경에는 도래인이 있었다. 고구려계의 야사카 씨, 신라가야계의 하타 씨, 백제계의 다카 씨 등이 세력을 형성하고 있었던 것. 백제계 도래인 어머니를 둔 간무에게 다른 지역보다 유리한 조건이었다.

간무는 당나라의 장안을 본보기로 삼아 도시를 재정비하고 영토를 확장하는 일에 착수한다. 또한 법령을 제정하여 율령국가로서의 기틀을 마련하고, 『신찬성씨록』을 편찬해 귀족들의 족보를 정리하는 등 왕권 강화의 토대를 마련해 나간다. 관리들에 대한 통제를 정확하게 하면서 부역을 줄여 백성들의 짐을 덜어 주려는 정책도 펼쳤다.

백성이 평안하기를 바라는 마음으로 수도의 이름도 헤이안, 한자로 평안平安으로. 지었지만 간무 덴노의 시절은 결코 평화롭거나 안락한 시절은 아니었다. 후지산이 폭발해 화산재가 한 달 하고도 닷새를 날아다니는 등 자연재해가 끊임없이 발생했고, 귀족들의 도전은 거세게

이어졌으며, 이민족들과의 전쟁도 그치지 않았다. 그런 조건 속에서도 간무는 고대국가로서의 틀을 만들고 기초를 닦는다. 그렇게 교토는 천년수도로 자리매김한다.

1천2백 년을 이어온 유서 깊은 명소지만 히라노 신사는 봄을 제외하곤 한산하다. 황실의 조정이 받들어 숭상한 22사 중에서 이세신궁, 가모 신사, 이와시미즈하치만궁, 마쯔오 신사 나음에 위치할 정도로 격이 높았다지만 막상 가 보면 아담하다. 처마를 나란히 맞댄 네 개의 신사도 소박하다. 멀리서 한눈에 보이는, 왠지 멀미가 나는 주황색 도리이(일본의 전통 문)도 없다. 수수하지만 오히려 기품 있다. 오래된 나무 계단에 앉아 책을 읽노라니 햇살이 내려앉으며 장난을 건다. 시간 저 너머 누군가 말을 걸어온다.

그 여자네 집 : 대지릉

　여행의 즐거움 중 하나는 새로운 길을 찾아가는 것이다. 지도에도 없고 가이드북에도 소개되어 있지 않고 게다가 현지 사람들조차 잘 모르는 곳을 찾아 헤매 다니는 건 힘든 일이기도 하지만 막상 그곳에 갔을 때, 그리고 그곳이 마음을 설레게 하는 곳일 때, 가슴이 뻐근하게 행복하다. 발견의 기쁨. 다리품을 팔고 팥죽 같은 땀을 흘렸대도, 그게 다 무에랴, 불어오는 한 자락 바람에 콧노래가 절로 난다.

　다카노 니이가사의 능에 가는 일이 그랬다. 전철역에서 산, 그녀에게 줄 이쁜 꽃이 시들시들해질 무렵에야 도착할 수 있었지만 환한 햇살 아래 자리 잡은 그녀 영혼의 집은 명랑하고 다정한 느낌을 자아냈다.

　고닌 덴노의 아내, 간무 덴노의 어머니. 그녀는 백제계 도래인 귀족의 딸이었다. 일설에 의하면 무령왕의 후손이라고도 한다. 니이가사가 고닌의 두 번째 부인으로 궁에 들어가는 건 교토로 천도하기 전 나라에서의 일로, 고닌에게는 이미 이노에 황후와 오사베 왕자가 있었다. 당시 최고의 실권을 쥐고 있던 백제계 가문은 이제 막 부상하고 있는 신라계 도래인 가문을 경계하고 있는 상황이었다. 그런데 이노에 황후는 친신라계 라인. 권력을 두고 두 가문은 치열한 암투를 벌이는데 그 상징이 니이가사와 이노에였다. 결국 이노에 황후는 무녀의 저주를 빌어 덴노를 죽이려 했다는 누명을 쓰고 쫓겨나고 오사베 왕자는 유배길에 오른다. 이후 니이가사가 황후로 책봉되고 그의 아들인 간무가 황태자의 자리에 오른다.

귀족들의 권력쟁탈전으로 왕위에 오른 간무는 그들이 좀 지긋지긋했나 보다. 수도를 옮기고 법과 제도를 정비하는 따위의 노력은 사실 더 이상 귀족 세력에 휘둘리지 않고 왕의 권위로 정치를 해 보려는 간무의 몸부림이기도 했다.

등극 초반, 간무는 자신을 왕위에 오를 수 있도록 도와준 백제계 도래인들을 중용하지 않을 수 없었다. 조정의 요직에 백제계, 고구려계 귀족들을 앉히고 어머니 니이가사의 조카를 재상급으로 등용하기도 한다. '우리의 협조로 왕의 자리에 올랐으니 권력도 나눠 먹자'는 요구를 거절하기에 간무의 힘은 아직 약했다. 그러다 보니 한미한 자리까지 도래인들이 차지할 지경이었다. 백제계와 한 방울 피라도 섞이는 것이 출세의 지름길이라는 인식이 넓게 퍼졌고 너도나도 어떻게든 도래계와 연관 맺고 싶어 했다. 그 와중에 엉터리 족보나 계보도가 은밀하게 조작, 유통되는 일이 발생하더니 급기야는 조정에서 위조 족보를 강력하게 통제하는 법령을 반포하기에 이를 정도로 극성을 부린다.

간무는 이에 대한 대안으로 『신찬성씨록』을 편찬하는 작업을 하게 된다. 간무 덴노의 다섯째 아들이 주축이 되어 편찬한 『신찬성씨록』은 신족, 황족, 귀족들의 족보를 체계적으로 분류한 후 1천182개 씨족의 가계를 일목요연하게 기록한 일종의 가계도다. 가짜 족보를 정리하기 위한 고육지책이었다.

백제계 가문의 도움을 받아 왕위에 오르고 이후 정치적 어려움도 이겨 내지만 간무는 이것이 결국 발목을 잡는 족쇄가 된다는 것도 알았다. 도래계 백제 귀족들과 단절하여 새로운 일본으로 나아가는 비전을 제시해야만 정치적 암투가 사라지리라는 것을 알고 한반도와의 연관성을 지우려는 노력을 동시에 하게 된 건 이런 맥락에서였다. 전국 각지의 관원들을 동원해서 한반도인과 일본인이 동족이라는 사실을 기록한 옛 서적들을 모두 불태워 버린 일도 이런 과정에서 나온 일이었을 것이다. 간무는 어떤 의미에서는 도래계 귀족들이 견고하게 일본에 안착하는 데 큰 역할을 한 셈이고, 어떤 의미에서는 한반도와 다른 '일본'을 건설하는 데 주춧돌을 놓은 왕이라 할 수 있다.

아들의 정치적 고민은 니이가사의 것이기도 했을 것이다. 도래계 귀족들의 권력쟁투 속에서 황후가 되었지만 그녀 역시 아들이나 손자가 더 이상 외부의 압력에 시달리지 않고 백성들의 삶을 고민하는 성군이 되기를 바라지 않았을까. 피비린내 나는 과정을 거쳐 최고의 자리에 오른들 그 자리는 늘 누군가의 칼끝이 목을 겨누는 가시방석이라는 것을 그녀는 누구보다 잘 알았을 것이다. 더 이상 누군가의 목숨을 담보로 왕이 되고 황후가 되는 악습을 끊을 수만 있다면 그는 아들과 함께 몇 번이라도 수도를 옮기지 않았을까.

　햇살은 밝고 바람은 산들산들, 마음도 살랑살랑. 그녀, 어려운 여건에서도 유머를 잃지 않고 칼바람 속에서도 의연한 사람이 아니었을까. 돌계단을 내려오다 돌아본다. 팔랑팔랑 흰나비 하나 무덤 위를 날아다닌다. 푸르른 잔디 위 흰나비 흰나비.

　돌아가는 길에 작은 카페에 들른다. 일본은 마을마다 소박하고 이쁜 카페들이 있어 다리쉼하기에 그만이다. 규격화된 프랜차이즈가 아니라 주인의 취향이 묻어나는 카페에서 따스한 차 한잔, 시원한 음료수 한잔 하는 건 일본 여행의 또 하나의 즐거움이다.

　문을 밀고 들어가니 아니나 다를까, 〈메종 드 히미코〉에 나올 법한, 그러니까 늙은, 여자 둘이 우릴 맞는다. 눈 밑을 검게 칠하는 스모키 화장이 저 나이에도 저렇게 잘 어울리다니. 단골손님인지 주름이 자글자글하지만 분위기 있는 노인도 맛있게 담배를 피우고 있다. 흐뭇한 풍경이나. ┼메구메 이야기가 있는 마을에 어울리는.

쇼군의 눈물 : 기요미즈데라

빨리 기요미즈데라에 가고 싶은데 그럴 수가 없다. 이쁘고 아기자기한 가게들이 눈을 붙들고 발길을 잡고 자꾸만 지갑을 만지작거리게 만든다. 유적지 앞의 기념품 가게 골목이라기엔 이 거리, 너무 매혹적이다. 부채, 그릇, 손수건, 차, 화장품……. 보는 순간 혹하게 만드는 디자인과 컬러. 가지가지 모찌들과 먹기에 아까울 정도로 사랑스러운 과자, 교토의 명물 일본식 장아찌, 녹차 아이스크림, 흑임자 아이스크림. 아이고, 기요미즈데라는 아직 멀었다.

알고 보니 이 골목, 전통건물 보존 지구다. 마음을 바꾼다. 차라리 마음껏 즐기리라. 그러고 보니 유난히 기모노와 커플 유카타를 입고 다니는 젊은이들이 많다. 전통의상을 빌려주고 화장과 머리도 그에 맞게 해 주는 숍에서 꾸미고 나온 이들이다.

눈 호사, 입 요기 마음껏 하고 도착한 기요미즈데라. 오, 장대하다. 장군이 지은 절이라더니 지금껏 보아 온 단정하고 오밀조밀한 절과는 다르다. 장쾌하다. '노무대'라 불리는 벼랑에 이르니 교토가 한품에 들어온다. '기요미즈 무대에서 뛰어내리는 심정으로'라는 말은 어떤 일을 결심하고 결연하게 행한다는 뜻이라는데, 이곳에 서면 무슨 말인지 알 수 있으리라.

간무 덴노가 교토로 도읍했을 때만 해도 그들의 세력이 다스리는 영토는 간사이 지역의 일부분이었다. 당시 일본은 오키나와 쪽에 류큐족, 홋카이도 지역에 아이누족, 규슈 지역에 하야토족 등이 세력을 형성해 살고 있었다. 특히 동북부 지역의 토착민족인 아이누족은 교토를 종종 침략해 와 이제 막 천도해 온 간무 덴노 세력을 위협하고 있었다. 간무로서는 어떻게든 이들을 물리치고 나라를 안정시킬 필요가 있었다.

이때 백제계 도래인 출신 다무라마로가 이들을 크게 물리치고 전공을 세운다. 간무 덴노로서는 더할 수 없이 든든한 무장을 얻게 된 셈이다. 덴노의 무한한 신임을 얻은 다무라마로는 이후로도 그들을 정벌하고 지속적인 영토 확장에 기여한다. 무공을 인정받은 그는 최고의 직책인 정이대장군에까지 오르게 된다. 바쿠후 정권으로 넘어가면서 덴노와 어깨를 나란히 하는 정이대장군, 즉 쇼군은 이로부터 생겨난 말이다.

간무 덴노 이후에도 꾸준히 영토를 확장해 일본 전체를 하나로 통일하려는 시도는 계속됐고, 마침내 1587년 한 걸출한 인물이 최초로 일본 열도를 통일하니, 그가 바로 도요토미 히데요시다. 현재도 오키나와, 홋카이도 등지에는 류큐족과 아이누족 등이 소수민족으로 남아 고유한 문화를 보존하면서 살아가기를 희망하고 있다.

다무라마로는 키가 180센티미터나 되는 거한에, 얼굴은 붉고 황금색 턱수염을 가지고 있었다고 한다. 이 용맹한 무사는 한편으로는 몹시도 자상했든지 산후 조리 중인 아내에게 좋다는 사슴고기를 얻기 위해 히가시야마東山에 올랐다가 엔친 스님을 만나게 되고, 스님의 영향으로 불교에 귀의한다. 그러나 그는 무장. 전쟁에 나가야 하고 적의 목을 베어야 하는 운명, 게다가 상대편을 많이 죽이는 병사들에게 상을 내리고 가장 많은 사람을 죽일 수 있는 전략과 전술을 입안해야 하는 대장군. 살생을 금하는 불교의 교리와 전면적으로 배치되는 삶을 살아야 했다. 전쟁터에선 벼락처럼 적들을 죽이지만 평시로 돌아와선 그도 편안하지만은 않았나 보다. 결국 이 절을 짓는 기초를 닦은 걸 보면 말이다.

역사는 전쟁 영웅을 좋아한다. 토벌하고 정복하고 영토를 확장했던 남자들의 이야기는 스펙터클하고 폼 난다. 거칠고 용감하게 적의 심장을 향해 달리는 병사들, 목숨을 건 전우애, 그 속에 꽃피는 사랑은 심장을 고동치게 하고 목울대를 뜨겁게 한다. 영웅담에는 그러나 종종 전쟁 이후의 이야기는 생략돼 있다. 사람을 죽인 그들은 일상으로 돌아와선 어떻게 되었을까. 긴박한 상황, 북이 울리고 말이 달리고 화살이 빗발치는 속에서는 칼끝을 적의 배에 찔러 넣었지만 전투가 끝나고 돌아와서는 종종 악몽에 시달리지 않았을까. 내가 죽이지 않으면 상대방이 나를 죽였을 거라고 위안을 해 보지만 때로 덜컹, 눈앞에서 목이 꺾여 피를 토하던 적의 얼굴이 떠오르고 어둔 방의 모서리에 종종 그들의 눈알이 떠 있었을지 모른다.

다무라마로라고 예외였을까. 가족과 민족을 위해 한 일이었다, 혼 잣말도 해 보고 평화란 무덤 위에 존재하는 것이다, 위안도 해 보았을 노장이 결국 한 일은 절을 세우는 것. 비록 이승에선 피할 수 없는 운명으로 만나 서로의 가슴에 칼을 겨누었지만 그대 다음 세상에선 전쟁 없는 곳에 나길, 목숨 붙어 사는 동안 아름다운 것만 보고 사랑스런 관계만 맺어 가길. 노무대에 선 노장의 눈 때때로 젖어든지 않았을까.

너무 유명한 관광지에 가면 늘 조금쯤은 실망하게 되는 경우가 있는데 기요미즈데라는 명불허전의 느낌이다. 가을 수학여행철이 되면 일본 각지에서 수많은 학생들이 수학여행을 오기 때문에 다양한 교복 구경을 하는 재미도 나쁘지 않다. 어느 계절에 가나 늘상 사람으로 붐빈다고 툴툴거리지만 다음에 또 가 보고 싶은, 진정한 교토의 명소다.

　내려오는 길, 고구려 오중탑 역시 웅혼하다. 수도가 되기 이전부터도 교토에는 가야계, 신라계, 고구려계 등 다양한 도래인들이 모여 살았단다. 아주 인터내셔널한 도시였던 셈이다.

누군들 이름이 없었으랴 : 고류지

603년 11월, 쇼토쿠 태자가 신하들에게 물었다. "나는 존귀한 불상을 갖고 있는데, 누가 이 불상을 공경할 것인가?"

신흥 종교를 바탕으로 왕권을 강화하려 했던 쇼토쿠는 민심을 결집할 목적으로 곳곳에 사원이 지어지기를 희망하고 있었다. 이때 재무장관 하타노 가와가쓰가 앞으로 나섰다. 그는 자신의 부족이 근거지를 이루어 살고 있는 교토에 절을 지어 불상을 모시겠다고 한다. 도래인 하타노 가와가쓰는 쇼토쿠와 밀접한 사이였다.

하타 씨 부족이 대거 일본으로 건너온 건 신라의 공격으로 가야가 멸망하던 시기였다. 당시 한반도는 고구려, 신라, 백제가 치열한 영토 분쟁을 벌이고 있었고 그 과정에서 신라에 의해 나라를 잃은 가야 유민들이 왜로 건너간다. 그들은 농경, 직조, 금속세공, 나무세공에 뛰어났을 뿐만 아니라 토목기술도 뛰어나 제방을 쌓고 황무지를 개간했다. 양잠에도 탁월해 덴노가 그들로부터 헌상받은 견직물을 몸에 감고는 감촉이 참 따뜻하다며 '피부'와 같은 음인 '하타' 라는 성을 하사할 정도였다. 기록, 세무, 외교 업무에도 진출해 각 방면의 전문 집단으로 성장한 하타 씨 부족은 그 과정에서 부를 축적하고 교토 일대를 근거지로 막강한 세력을 형성하고 있었던 것이다.

하타노 가와가쓰는 아스카의 소가 가문과 미묘한 신경전을 벌이는 쇼토쿠 태자의 편에 서 그의 권력을 강화하는 일에 일조하고 있었다. 고류지廣隆寺는 시텐노지, 호류지와 더불어 쇼토쿠 태자가 발원해 세운 7대 사원 중의 하나다.

교토는 유명한 관광지다. 외국인들뿐 아니라 일본 사람들도 봄에는 벚꽃을 보러, 가을에는 단풍을 보러 몰려온다. 기요미즈데라나 금각사 등 인기 있는 유적지엔 아침부터 저녁까지 사람들의 행렬이 이어진다.

일본 국보 1호 '목조미륵반가사유상'이 있음에도 고류지는 그런 시즌에도 한산한 편이다. 인왕문을 지나면 오래된 사찰이 있고, 그다음에 쇼토쿠를 모신 태자당이 있다. 쇼토쿠 태자상은 텐노가 즉위할 때마다 옷을 바꿔 입힌다고 한다. 그다음이 영보전, 반가사유상을 비롯한 불상들이 있는 강당이다. 가장 중앙에 목조미륵반가사유상이 모셔져 있는데 나이 지긋한 일본 사람들은 그 앞에 있는 마룻바닥에 신발을 벗고 올라가 조용히 기도를 드리기도 한다. 마음을 모아 기도하는 모습을 보노라면 저절로 두 손이 모아진다. 저이가 하는 애틋한 간구 이루어지이다. 마음 절로 숙여진다.

다른 불상들을 잠깐 눈으로 훑어보는 것과 달리 반가사유상 앞에서 사람들은 오래 머무른다. 가만히 응시하고 그윽히 어루만진다. 물론 눈으로. 1960년대 예술을 전공하는 한 학생이 불상의 아름다움에 반하여 무심코 끌어안으려다가 그만 불상의 새끼손가락을 부러뜨렸던 사건 이후, 반가사유상과 관객 사이에는 두터운 유리 장벽이 생겼다. 그럼에도 불구하고 "인간 존재의 가장 청정하고 가장 원만하고 가장 영원한 모습의 표현"이라는 칼 야스퍼스의 극찬에 걸맞게 불상은 고혹적이다.

사실 한국 사람들에게 이 불상은 몹시 낯익다. 국립중앙박물관에 있는 금동미륵반가사유상과 거의 똑같다. 굳이 박물관에 가지 않더라도 책이나 도록 등에서 많이 보았던 바로 그 반가사유상이다. 재질이 나무와 금으로 다를 뿐 몸의 유려한 선이나 부드러운 미소, 손의 위치, 둥근 무릎, 발가락의 모양, 완벽하게 흡사하다. 재밌는 건 손가락이 부러진 덕분에 복구하는 과정에서 그 재질이 한국의 적송이라는 게 밝혀졌다는 것이다. 일본에서는 적송이 안 나기 때문에 백제에서 건너간 것이라는 설도 한때 있었으나, 최근 그 시절 일본에도 적송이 자생했다는 사실이 밝혀졌다. 그러니까 백제에서 만들어 보냈을 수도 있고 도래인 장인이 만들었을 수도 있다. 어쨌든 당시 백제와 왜의 활발한 교류를 보여 주는 대표적인 문화재로 꼽힌다.

그 옆으로 또 하나의 반가사유상이 있는데 '우는 미륵'이라는 독특한 별명을 갖고 있다. 우는 듯 웃는 듯 모호한 표정이 재미있다. 미륵보살은 석가모니 부처님이 돌아가신 뒤 56억 7천만 년이 되는 때에 다시 세상에 출현해 모든 중생을 교화하는, 그러니까 메시아다. 56억 7천만 년이라. 그때까지 인류가 존재하기나 할까. 그러니까 결국 그런 일은 일어나지 않을 거란 이야기일까. 아니면 인간의 시간에 대한 우주적 농담일까. 우두망찰 넋을 잃고 오래 우는 미륵을 본다.

영보전 안에는 수많은 부처상과 함께 이 절의 창립과 관련된 인물들의 조각도 있다. 옆으로 길게 찢어진 눈과 투박한 입술의 하타노가와가쓰와 냉철해 보이는 부인. 그녀는 이름이 없다. 그냥 가와가쓰의 부인이다. 한국이나 일본이나 고대 사람들은 여자들의 이름을 남기지 않았다. 낯선 땅에서 억척같이 일하고 후손을 번성시키고 왕실의 권력에 개입하며 세력을 확장시킨 사람들. 담대하며 심지 굳게 주어진 생을 살아 낸 사람들. 그렇지만 이름은 남자들만의 몫이다.

어김없이 쇼토쿠도 등장한다. 쇼토쿠 태자에 대한 일본 사람들의 애정은 애틋하다. 그가 제정한 17조 헌법의 '화합을 귀히 여기라'는 항목은 이후 일본 사람들의 일상에 깊숙이 관여하는 덕목이 되었을 정도니 불교와 더불어 일본인들의 사상과 정신에 깊은 영향력을 행사한 인물임에 틀림없다.

열여섯 살 쇼토쿠 태자상 옆에 또래로 보이는 조각상이 하나 더 있다. 장난스런 웃음을 잔뜩 머금고 있는 그에겐, 이름이 없다. 다른 조각상들은 '아무개의 부인'으로 표기되었을망정 정체만은 드러나 있지만 그는 도대체 누구인지조차 알 수 없다. 정황상 쇼토쿠의 시종처럼 보이긴 한다. 오백나한에게도 불상에게도 이름이 있는데, 그는 누구이기에 이름 없이 여기에 서서 웃고 있는 걸까. 돌이켜 보면 인류의 역사, 누가 기억되고 누가 그 이름을 부르는가.

『고류지연기』에 의하면 쇼토쿠 태자는 사찰을 세우고 불상을 만

들 재목을 찾아 교토에 온다. 그때 교토는 원시림으로 울창했는데, 태자는 땅의 기운을 살펴 도읍이 될 곳임을 짐작하고 2백 년 후 이곳으로 천도하라는 명을 내린다. 과연 그의 유언대로 교토는 2백 년 후에 수도가 되었다.

그때 그도 함께 왔을까. 질 좋은 나무를 찾으러 온 쇼토쿠의 옆자리에서 그도 오래된 재목들을 두드려 보고 새로운 수도가 될 것임을 예견하는 태자의 안목에 감탄했을까. 때때로 농담도 하고 노래도 해가며 아스카에서 교토, 먼 여행길 좋은 길동무가 되어 주었을까. 존재했으나 이름 없는, 그의 이름을 불러 주고 싶다.

술 고픈 이야기 : 마쯔오 신사에서

해가 뉘엿뉘엿 질 때쯤 한적한 신사에 앉아 있으면 마음이 차분해지고 어깨도 여유로워진다. 뒷마당의 거북이도 보고, 약수도 마시고, 곡수정원도 구경하고, 헤이안 시대 초기에 제작된 신상도 보고, 봉래정원도 걸어 보고, 여행자로서 할 거 다 했으니 이제 느긋하게 앉아 바람을 맞으면 될 일이다.

단정한 옷차림을 한 중년의 여자가 자갈 깔린 마당을 걸어와 조용히 기도를 드리고 간다. 연신 손수건으로 땀을 닦으며 온 배 나온 초로의 남자도 기도를 하고 간다. 친구처럼 보이는 젊은 여자 둘도 나즉나즉 오더니 참배를 하고 간다. 자박자박 걸어온 길을 다시 돌아가는 그들의 등 뒤로 하루 중 가장 다사로운 빛이 내려앉는다.

신사참배. 야스쿠니 신사와 함께 떠오르는, 한국 사람들에게 혹은 아시아의 사람들에게 몹시 불편한 말.

원래 신도神道는 일본의 전통종교다. 태평양의 왼쪽 끝자락에 위치한 데다 계절풍인 몬순 지대에 자리하고 있어 온갖 바람이 건드리고 지나가는 나라가 일본이다. 그러다 보니 비바람과 태풍, 홍수와 해일이 끊일 새가 없고 산사태도 자주 났다. 뜨거운 용암이 산허리를 타고 흐르고 겨울이면 엄청난 폭설로 고립되는 지역이 태반이었다.

무엇보다 무서운 건 지진이었다. 발을 딛고 서 있는 땅이 흔들리는 건 존재의 기반 자체를 흔드는 공포였다. 자연은 외경의 대상이었다. 경이로우면서도 두려웠다. 바람에 이는 나뭇잎 앞에서도 고개를 숙이고, 물결치는 보리 이삭에게도 마음을 전했다. 숲과 호수를 지날 때도 몸을 낮췄다. 땅과 물과 불과 바람과 생명 있는 모든 것들을 공경하면서도 어려워하는 것만이 요동치는 자연 속에서 살아남을 수 있는 길이었다. 초기 인류들이 보편적으로 가졌던 토템과 애니미즘을 바탕으로 일본 고유의 신도가 형성되는 과정이라면 과정이고, 8백만 명에 가까운 신들이 사는 만신의 나라가 된 이유라면 이유다.

8만여 개나 된다는 신사가 처음부터 현재의 모습은 아니었다. 오히려 불교의 유입 이후 사찰을 본떠 신사도 새롭게 생겨나기 시작했다 한다. 불교는 한반도를 통해 들어온 외래종교였지만 유입되는 과정에서 신도와는 큰 마찰을 일으키지 않는다. 일본의 8백만 신들은 여러 부처가 변신해서 일본 땅에 나타난 것으로 여겨졌고, 석가모니는 신도에서 모시는 또 하나의 신으로 자리 잡았다. 그러므로 신사에 참배를 하든 절에 참배를 하든 본래의 의도는 달라질 것이 없었다. 신불습합神佛習合. 8만여 개의 신사와 7만 5천여 개의 절이 마찰 없이 공존할 수 있었던 비결이다.

그러나 국가신도의 태동과 함께 자연스런 종교로서의 신도는 그

명을 다한다. 1868년 메이지유신을 감행한 세력은 각 분야에서 국민들을 통치하기 위한 근대적 시스템을 만들기 시작했다. 막부 시대를 넘어 '국가'라는 거대한 기구를 기획해 낸 이들은 정치적 영향력 제로 상태인 덴노를 다시 전면으로 불러내고 학교를 세우고 군대를 정비한다. 그리고 국가신도 제도를 고안한다. 국가신도를 조직하기 위해 가장 먼저 한 일은 덴노를 숭배하는 체계를 만든 것이었다.

메이지유신 이전까지 덴노는 허울뿐인 통치자였다. 그러나 메이지 정부는 덴노의 가계가 하늘에서 기원했으며 신화시대 이래 만세일계의 정통성을 지닌 통치자라는 틀을 만들어 내며 신격화한다. 이렇게 되면 천황제에 반대하는 건 곧 자신들의 신을 부정하는 행위가 된다.

메이지 정부는 또한 신도는 종교가 아닌 국가의 제사임을 강조했다. 일본인이라면 이유를 불문하고 신도의 신자가 되어야 하며 모든 종교는 국가신도 아래에 있어야 한다는 것. 이는 국가신도를 종교의 윗자리에 배치해 국가에 충성을 맹세하는 의례로 만들려는 의도였다. 국민을 하나의 체계 아래 일사불란하게 통치하기 위해 만들어진 기묘한 시스템이었다.

또한 국가신도는 종교가 아니기 때문에 학교에서 가르칠 수 있었다. 신도적 수양을 가르치는 수신修身 과목은 모든 학교의 필수과목이 되었다. 관리하는 정부기관도 달랐다. 국가신도는 내무성 소관이었고 신사는 국비로 유지했다. 다른 종교, 즉 불교와 기독교 등은 문부성 소관 아래 두고 재정은 각 교파에 속하는 신자들의 자발적 헌금에 의지했다.

국가신도는 메이지유신 때부터 제2차 세계대전이 끝날 때까지 일본의 정식 국교였다. 1945년 일본은 전쟁에 패하고 연합군은 국가신도제를 폐지한다. 신사에 대한 정부보조금과 지원이 금지되고 천황의 신성을 부정하는 포고령이 발표된다. 이런 금지사항들은 전후헌법에도 명시되어 있다. 그러나 일본 정부는 여전히 전쟁 범죄를 일으킨 군국주의자들을 야스쿠니 신사에 두고 주요 의례가 있을 때면 참배를 하고 제사를 지낸다.

기원으로 보자면 신도는 인류의 보편적 초기종교라 할 수 있고 덴노제는 각 나라마다 있었던 봉건왕국의 한 형태였다. 사람들을 효율적으로 통치하려 했던 어떤 세력에 의해 이 둘이 결합했을 때 군국주의적 제정일치 시스템이 만들어졌던 것이다.

일본의 역사를 보면 내부 갈등이나 변화의 주요한 지점에서 국가주의적 목표를 세우고 공격의 방향을 밖으로 돌린 경우가 종종 있었다. 임진왜란은 도요토미 히데요시가 전국을 통일하고 피 냄새를 지우기 위해 혹은 통곡과 응어리진 분노를 밖으로 돌리기 위해 기획한 전쟁이었고, 19세기 후반 급격히 근대화되는 과정에서 파생되는 온갖 내부모순 또한 청일전쟁이나 조선 침략으로 덮으려 했다. 물론 그것이 전쟁의 모든 이유는 아니겠지만, 스스로의 문제를 밖에서 해결하려는 의도는 분명히 존재했다.

그 결과는 일본에게 좋지 않았을 뿐만 아니라 전 아시아를 불행하게 했다. 자국의 역사에 대한 일본의 성찰은 아시아의 평화를 위해서도 반드시 해야 하는 일이다.

　신성한 경내인데 마쯔오 신사의 마당에는 술독이 잔뜩 쌓여 있다. 입구에는 술 자료관까지 있다. 재미나게도 이 신사는 신의 신탁을 받아 하타 씨 가문이 세운 술의 신사다. 그들은 이곳에 도래해서 가쓰라 강 근처를 개발하여 제방을 쌓고 황야를 농경지로 바꾸었다. 개간한 농토에서 수확이 났을 것이고, 추수감사제를 준비하며 아마도 그들은 술을 빚었을 것이다.

　그들의 주조 기술이 한반도와는 다른 물맛을 만나 빚어낸 술은 꽤 괜찮았나 보다. 일본 제일의 술 신사로 자리매김하고 지금도 술과 관련한 일을 하는 개인과 회사들의 기부가 그치지 않는다니 말이다. 예나 지금이나 역시 한반도 주당들의 술 사랑은 변함없다.

도게쓰교에서 쓴 편지

그리운 선생님.

잘 지내시는지요.

저는 지금 아라시야마에 있습니다. 교토 여행의 마지막에 늘 들르는 곳이지요. 강이 흐르고 바람이 불고, 석양이 지는 하늘 위로는 하현달 희미하게 떠오르고. 낮은 가 버렸지만 밤은 아직 오지 않은, 우묵한 시간의 웅덩이에 든 듯한 이 틈이 교토와 왠지 어울리는 느낌입니다.

여행 중에 누군가가 생각나는 적이 거의 없는데 교토에서는 종종 선생님이 보고 싶습니다. 고즈넉한 철학자의 길도 함께 걸어 보고 싶고, 비가 오는 날인데도 바삭하게 튀겨진 맛있는 돈가스도 함께 먹고 싶고, 기온의 밤거리도 함께 서성거려 보고 싶습니다.

달이 하늘 가운데로 가고 있네요. 여행 중에 보았던 풍경, 들었던 이야기, 만났던 사람들이 생각날 거 같은데 이상하죠, 아주 오래전 엄마가 끓여 준 감귤차, 내 뺨을 때렸던 선생님의 손, 열네 살까지 살았던 골목길의 사노등 같은 것들이 생각나니. 교토는 아무래도 그런 곳인가 봅니다. 아프거나 애틋하거나 스산한, 물에 비치는 달처럼 조금은 흔들리고 이지러진 기억들, 문득 만나게 됩니다.

경주랑 비슷하겠구나, 라고 언젠가 말씀하셨지요. 글쎄요, 경주가 오래된 박물관의 느낌이라면 교토는 조금 더 생동감이 있다고 할까요. 교토역을 중심으로 백화점과 쇼핑가는 활기가 넘치고, 대학이 많아 젊은이들도 많이 보이지요. 오래된 것을 소중히 여기지만 사실 교토는 새로운 문물에 대한 호기심도 왕성한 도시였던가 봐요. 일본에서 전차가 가장 먼저 다닌 곳도 교토고 영화가 처음 상영된 곳도 교토라네요. 수력발전소도 가장 먼저 세워졌다죠. 3백 년 된 과자점만 있는 게 아니라 닌텐도나 와코루의 본사가 있는 도시이기도 하구요. 산쥬산겐도의 부처님 얼굴이 게임에 등장한다니 흥미로운 일입니다.

하나둘 거리등이 켜지기 시작하네요. 도게쓰교渡月橋의 중간 즈음에 서서 강을 바라보기 좋은 시간입니다. 오케스트라의 연주 같은 물소리는 아침에 듣는 것과 밤에 듣는 것이 다르네요. 이 강의 주변에도 옛날 도래인 하타 씨 일족이 쌓은 제방이 있었다고 합니다. 돌아보면 도래인의 이주는 분명 일본에 많은 자극이 되고 문화적 도약의 계기가 되었던 것 같습니다. 경계와 경계에 꽃을 피운 사람들, 이었겠지요.

국경을 넘나들던 사람들. 저도 그런 사람이 되어야 할 텐데요. 여행 중에 만난 따스한 미소, 번지는 눈물, 속으로 삼켜지는 이야기, 그런 것들, 고난의 시간을 산 이들, 마음의 풍파를 겪는 이들, 저 강물의 수달, 저 상공의 까마귀, 흔들리는 나뭇잎들의 이야기, 그런 것들,

이곳이 아닌 저곳에 전하는 그런 사람이 되어야 할 텐데요.

가쓰라 강에 달이 떠오릅니다. 그리운 얼굴들, 거기에 있네요. 돌아
가야 할 시간이 다가온 것 같습니다. 조만간 뵙지요.
그럼 이만 총총.

7장

베트남 : 세 가지 이야기

|

너무 짙푸르러 마음이 베일 것 같은 산천,

저 수많은 오토바이와 시클로가 다 꿈이라 하더라도,

하얀 아오자이의 여인들마저 꿈이라 하더라도

아아, 어찌할 것인가, 저 짙푸른 녹음을.

짧은 엽서들

베트남 엽서 1

여자들의 몸은 얼마나 이쁜지, 인간의 몸피가 가장 아름다울 수 있는 크기와 균형이다 싶게 아담하고 정겨운 몸을 갖고 있지요. 날씬한 허리를 꼿꼿하게 펴고 오토바이를 타거나 자전거 위에서 균형을 잡고 앉아 있는 여자들을 볼 때면 눈을 뗄 수 없게 매력적입니다.

거기에 일조를 하는 것이 아오자이가 아닐까 싶습니다. 베트남 하

면 떠오르는 것 중의 하나가 아오자이지요. 『사이공의 흰옷』『붉은 아오자이』소설도 있고요. 저 역시 베트남에 가면 아오자이를 한번 사서 입어 볼까 했더랬습니다. 실제로 베트남 여자들은 아오자이를 많이 입습니다. 중고등학생들의 교복도 하얀 아오자이고, 관공서 여자들의 유니폼도 푸른색 분홍색 아오자이가 많습니다.

그러나 실제로 아오자이를 보면서 아이쿠, 포기했습니다. 아오자이를 맞출 때는 스물 몇 군데를 잰다는군요. 이 말인즉 허리와 가슴과 온몸의 라인을 그대로 드러나게 하는 옷이라는 거지요. 보기에는 좋습니다만 내가 입기에는 엄두가 안 나는 옷이네요. 그래도 아오자이 입은 여자들, 참 이쁩니다.

베트남 엽서 2

베트남 여행이 즐거운 또 하나의 이유는 들도 보도 못한 과일들이 지천으로 널려 있다는 것입니다. 보는 것만으로도 즐거운데 하나하나 새로운 맛을 탐험하는 기쁨이란.

오늘은 '밋'이라는 과일을 맛보았습니다. 아주 길쭉하고 큰 연두색의 과일로 보기엔 별로 먹음직스럽지 않지만 집집마다 이 과일나무가 있는 걸 보면 베트남 사람들이 좋아하는 과일인 듯합니다. 그런데 맛을 딱 보는 순간 희한하게도 내가 아는 한 사람의 얼굴이 딱 떠오르더군요. 착 휘감기기도 하면서 만만하지는 않은, 달콤하기는 한데 기분이 좋은 건 아닌. 독특한 경험이었지요. 그래서 나는 그때까지 먹은 과일과 내가 알고 있는 사람을 연결시켜 보았습니다.

먼저 코코넛, 야자열매입니다. 목마를 때 먹으면 딱이지요. 갈증을 해소시켜 주고 달지도 않고. 딱딱한 껍질 안에 어쩌면 이토록 시원한 물이 찰랑거리는지. 마음속에 차고 깊은 우물 하나 가진 사람, J가 떠오릅니다.

망, 얼핏 피망과 비슷하고 빨간색과 연두색 두 종류가 있습니다. 특별한 맛 없이 약간 밍밍한데 아침에 하나 먹으면 기분이 좋아집니다. 달콤하지도 새콤하지도 않은, 한입 베면 입속 가득 상쾌함이 번지는. 애교라곤 없지만 알고 보면 속 깊은 C가 생각납니다. 속을 열면 하얀 바탕에 까만 점이 다다닥 찍힌 드래곤아이는 H를 연상시킵니다. 겉보기엔 약간 특이하다 싶지만 알고 보면 몹시 심플한. 우주의 질서처럼.

그러다 문득 나는 어떤 과일의 맛일까 생각해 봤습니다. 갑자기 한 선배의 말이 떠오르더군요.

시거든 떫지나 말아야지.

베트남 엽서 3

어느 곳에 카메라를 대도 그대로 한 장의 그림엽서가 될 것 같은 나라입니다. 사이공에서 하노이까지 오는 동안 눈길 닿는 곳마다 감탄사가 나왔지요. 강과 염전, 수로, 오리, 벼, 수박, 옥수수, 땅콩으로 가득한 들판, 한쪽에서 벼를 베면 그 옆에선 모를 심었지요. 삼모작을 할 수 있는 땅이니까요.

들판은 온통 성하의 녹색입니다. 그러나 초록이 지쳐 단풍이 드는 나라에서 온 나는 이제 조금 이 푸르름에 지쳐 갑니다. 너무 짙푸르러 마음이 베일 것 같은 산천, 저 수많은 오토바이와 시클로가 다 꿈이라 하더라도, 하얀 아오자이의 여인들마저 꿈이라 하더라도 아아, 어찌할 것인가, 저 짙푸른 녹음을.

그리운 선생님,

이 땅은 벼를 베고 난 후의 허허로움이 없는 나라입니다. 다산과

풍요로 윤택하지만, 여백이 없는.

　겨울 들판의 쓸쓸함이 보고 싶습니다.

베트남 엽서 4

　메콩 델타, 이곳에서 강은 바다가 됩니다. 자신을 벗어나 또 하나의 새로운 자신이 되려 하는, 메콩 델타는 크고 넓고 평화롭습니다. 그는 사이공에서 가장 가난한 이들에게 마음의 가장자리를 내어 줍니다. 이리 온, 등이 까만 가난한 아이들아. 내 등을 타고 놀고, 내 속에 있는 가장 맛있는 것들을 가져가렴.

　습습한 수상가옥 바깥으로 얼굴을 내밀어 손을 흔드는 아이를 보며 가슴이 아립니다. 고깃배를 타고 지나가다 씩 웃어 주는 녀석의 미소에도 가슴 밑바닥부터 더워집니다. 메콩 델타를 보며 보며 자라나는 저 아이는 스스로의 허물을 벗을 줄 아는 인간으로 자라겠지요.

응옥 이야기

1966년 11월 14일 오후 2시. 베트남의 중부지역인 꾸앙응아이성 선 띤현에서는 '용안작전'이 진행되고 있었다. 1966년 11월 9일부터 27일 까지 청룡여단 2, 3, 1대대가 번갈아 가며 선띤현에서 벌인 베트콩 소탕작전을 말한다. 19일 동안 벌어진 이 작전으로 남베트남민족해방전 선(베트콩)뿐만 아니라 수많은 베트남 민간인들이 참화를 당했다. 푹 빈 마을도 마찬가지였다.

초가집이 30~40채 있는 작은 마을이었다. 앞서 가는 2, 3소대의 뒤를 이어 중대본부도 마을에 들어섰다. 집은 불타고 있고 길바닥엔 아이들과 여자들, 노인들의 주검이 널브러져 있었다. 머리가 깨지고, 팔이 떨어져 나가고. 주검이 무더기로 있는 곳도 보였다.

그 참화의 와중에 레 티 응옥도 있었다. 당시 용안작전의 중대장이 었던 참전군인 김기태 씨는 응옥을 이렇게 기억한다.

"얼굴도 예쁘고, 새까만 옷을 입고 있었습니다. 20~25살쯤 돼 보이는 여자였죠. 우리 대위이 '남편 어디 갔냐'고 묻으ㅣ '모른다'고 했습니다. 그러자 하사관이 '쌍년'이라고 욕을 퍼붓고는 '베트콩 부인이다' 하면서 옷을 잡아 북 찢었습니다."

그 여인은 하얀 프랑스제 속옷을 입고 있었다. 좋은 옷을 입고 있는 것을 본 하사관이 "베트콩 간부의 아내가 틀림없다"며 총으로 머리를 내리찍었다.

"이마가 죽 찢어졌죠. 다가가 보니 피가 마구 흘러내렸습니다. 불쌍하다는 생각이 들어 위생병을 불러 치료해 주라고 했어요."

마취제 하나 갖고 있지 않았던 위생병은 옷 꿰매는 바늘과 실로 그냥 상처를 꿰매기 시작했다. 그러나 그 여인은 입을 앙다물고 아프다는 비명소리 하나 지르지 않았다.

"그걸 보면서 얼마나 독종이고 적개심이 강하면 저런 상황에서 아 소리 하나 안 지르나, 하고 느꼈어요. 그 광경이 너무 인상적이라 34년이 지난 지금도 잊히지 않아요."

이 이야기가 한국 참전군인이 기억하는 응옥이라면 베트남 사람들은 그녀를 어떻게 기억할까.

세 사람이 들려준 한 여자 이야기

응옥이 겪은 일은 세 사람에 의해 증언되었다.

응옥이 집에서 끌려 나가는 장면을 목격한 사람은 올해 일흔넷의 하 티 호이다. 그녀는 응옥의 동서다. 응옥 남편의 형의 부인이다. 농경이 삶의 주요형태였고 대가족제가 일반적인 가족의 모습이었던 1960년대 말의 베트남, 형과 아우가 한동네에 같이 사는 건 당연한 일이었다.

연분홍색 윗도리를 입고 초록빛 바지를 입은 하 티 호이는 고운 선이 그대로 남아 있는 할머니였다. 험한 세월을 살아 낸 사람답지 않게 해사한 하 티 호이였지만 응옥의 이야기를 시작하면서 표정이 변하기 시작했다. 잔잔한 미소가 어려 있던 입매가 균형을 잃고 미간이 떨리기도 했다.

"그날 아침 응옥은 까만 옷을 입고 있었어. 한국군이 집에 와서 응옥을 데리고 나갔지. 응옥은 놀라고 당황해서 내 아기를 와락 끌어안았어. 아기 엄마인 줄 알면 안 잡아갈까 하고 말이야. 그런데 아이가 자지러지게 우는 거야. 한국군은 응옥을 끌고 나갔어. 안 끌려 나가려고 문고리를 잡고 버둥댔지. 개머리판이 날아오고, 결국은 끌려 나갔어."

하 티 호이는 손을 저었다. 더 이상은 입을 열지 않았다. 보라색 머릿수건을 쓰고 하 티 호이 옆에 앉아 있던 응웬 티 마이 할머니가 거들었다.

"응옥은 이 마을에서 최고로 예뻤지. 피부도 하얗고 살결은 얼마나 부드러웠는지 몰라. 빌어먹을. 응옥은 한사코 고개를 숙였어. 그때 한 한국군 놈이 응옥의 머리채를 잡고 뒤로 확 젖히는 거야."

하 티 호이의 눈 밑이 경련을 일으켰다.

"한국군은 우리를 마을의 공터로 끌고 갔어. 그리고 한군데 모아 놓았지. 난 응옥이 강간당하는 걸 봤어. 굉장히 많은 한국 군인들이 저쪽에서 응옥을 강간했지. 아마 이때쯤이었을 거야."

응웬 티 마이는 눈을 들어 하늘을 쳐다봤다. 해가 하늘 한가운데 있다.

  윤간당하는 응옥을 아주 상세하게 묘사한 건 이 마을의 이장 응웬 떤 러다.

  "당시 나는 열네 살이었어요. 우리를 끌고 가면서 한국군들은 자기들끼리 뭐라고 뭐라고 중얼거렸습니다. 알아들을 수 없었죠. 그러나 브이씨(VC, 베트콩), 브이씨 하는 이야기는 알아들을 수가 있었어요. 우리가 끌려갔을 때는 이미 사람들이 많이 한자리에 모여 있었어요. 모두들 공포에 질려 떨고 있었죠. 군인들은 나와 응옥, 그리고 끌고 온 사람들을 이미 끌려온 사람들 곁에 모았어요. 모두 고개를 숙이라고 했어요. 그러던 중에 응옥이 걸렸어요. 한국군 중에 누군가가 응옥의 고개를 확 뒤로 젖혔어요. 그리고 응옥을 무리 밖으로 끌고 나갔어요. 응옥은 끌려가지 않으려고 발버둥을 쳤지만 어쩔 수 없었어요. 당시 이곳은 선인장으로 나무 울타리가 쳐져 있었죠."

  그들은 10미터 정도 떨어진 곳으로 응옥을 데려갔다. 그리고 그녀를 차례차례 강간했다. 강간은 생물학적인 욕구라기보다는 약자에 대한 공격을 통해 연대의식을 확립하기 위한 일종의 의식일 수 있다. 그렇기 때문에 전시 강간은 집단적으로, 많은 사람이 보는 곳에서 이루어진다.

  "우리는 모두 들었어요. 살려 주세요, 절 구해 주세요, 그 비명이 얼마나 처절했는지……. 응옥은 고함을 지르며 필사적으로 저항했어요."

하 티 호아의 미간이 사납게 모아졌다. 그녀는 가슴을 모아 쥐며 고개를 숙였다.

"그러나 우리는 어쩔 수가 없었어요. 고개를 들기만 해도 개머리판이 날아들었어요. 그때 응옥이 마구 뛰어왔어요. 헝클어지고 짓밟힌 응옥이 미친 듯이 고함을 지르며 우리 쪽으로 달려왔어요. 그러나 다시 잡혀갔어요. 한국 군인들은 응옥을 끌고 가며 브이씨, 브이씨 하고 소리쳤어요. 응옥이 소리를 지르며 저항하자 이마를 개머리판으로 내리쳤어요. 응옥의 이마에서 피가 마구 쏟아져 내렸어요. 그런 응옥을 데려다 한국군은 다시 강간을 했어요. 응옥의 비명으로 온 동네가 가득 찼어요. 그러다 어느 순간 비명이 잦아들기 시작했어요. 응옥은 기절했어요."

응옥이 누구인지에 대한 정의는 그들, 한국 군인들이 했다. '베트콩의 마누라'가 응옥이었다. 응옥이 누구인지는 그들에게 중요한 게 아니었다. 응옥과 함께 살았던 사람, 응옥과 결혼을 한 어떤 남자가 그들에게 의미 있었다. 그럴 때 여성에게는 어떠한 개인적 자아도 남겨지지 않는다. 여성들은 그 자신이 적이어서가 아니라 적의 아내이기 때문에, 적의 딸이기 때문에 강간당하거나 살해당한다. 여성의 정체성은 그 자신에 의해서가 아니라 그와 연관된 남자들에 의해 규정되는 것이다.

"강간은 끝이 났지요. 그리고 이제 우리 순서였습니다."

한국군들은 모아 놓은 사람들을 향해 총을 겨누었다. 그때 '그 사람'이 손사래를 치며 소리쳤다. 죽이지 말아요, 이 사람들은 브이씨가 아닙니다, 브이씨가 아니에요!

"그는 한국군은 아니었어요. 코가 길고 서양 사람처럼 생겼는데 그 사람이 누군지는 우리도 몰라요."

한국 군인들은 남자 두 명을 골라서 끌고 갔다. 한 남자는 50세 정도였고 한 남자는 16세 정도였다. 젊은 남자라곤 이미 마을에 없었다. 그리고 나중에 마을 사람들이 그들을 발견했을 때 그들은 귀가 잘린 채 죽어 있었다. 아마도 죽고 나서 귀가 잘렸을 것이다. 한국군은 베트콩의 코나 귀를 베어 전리품으로 가지고 다녔으므로.

"우리가 갔을 때 응옥은 혼절한 상태였어요. 옷은 다 찢겨져 있고, 이마는 꿰매져 있는 상태였어요."

응웬 띤 러의 이야기가 마무리되고 있었다.

"응옥이 돌아왔을 때 옷은 갈가리 찢겨 있었고, 이마는 바늘로 꿰매져 있었어. 얼마나 저항을 했는지 손도 피투성이에다 땅을 긁고 긁어서 손톱이 엉망이었지."

하 티 호이는 머리를 설레설레 저었다. 그날의 응옥의 모습이 고스란히 생각이 나는 모양인지 미간이 좁혀졌다. 마을 사람들이 말을 하는 동안 하 티 호이는 그냥 땅바닥만 내려다보았다.

살아난 응옥은 유격대에 자원했다.

"응옥을 보고 싶으면 남편한테로 가 보세요. 응옥의 남편 집에 가면 제단이 차려져 있어요."

우리는 푹빈 마을을 떠나 응옥의 남편이 살고 있는 꾸앙응아이시로 향했다. 차 안에서 뒤돌아보니 하 티 호이는 아직도 오도카니 그 자리에 앉아 있었다. 그녀는 오늘 밤 잠을 이루지 못할 것이다.

　남편 집으로 갔을 때 우리는 비로소 응옥을 만날 수 있었다. 거실에는 제단이 차려져 있었다. 향과 꽃이 바쳐져 있는 제단에 응옥의 사진이 있었다. 사진 속의 응옥은 지적이고, 고집이 약간 있어 보이고, 우아했다. 삶에 대한 오만도 살짝 엿보였다.

　아오자이를 이쁘게 입고 삼단 같은 머리를 빗고 사진관엘 간 모양이다. 이 사진이 생의 마지막 사진이 될 줄 그녀는 몰랐겠지. 양산을 받쳐 쓰고 돌아올 때 인생은 아름다웠나. 허리를 굽혀 들꽃을 꺾으며 삶이 이런 식으로 이어질지 예측도 못 했겠지. 콧노래를 부르며 양산을 빙글빙글 돌리며, 청춘의 그날, 응옥은 행복해 보인다.

　그때 응옥의 남편이 들어왔다. 작고 말이 없을 것 같아 보이는 그의 남편은 한동안 우리 얘기를 듣고만 있었다. 응옥에 대한 이야기를 하는 게 그에게 얼마나 힘든 일일지 예측하는 건 그리 어렵지 않았다. 응옥이 강간을 당할 무렵 그는 산에서 간호병으로 일하고 있었다. 그러니까 응옥이 베트콩, 남베트남민족해방전선 대원의 아내였던 것은 사실이다.

　"산에서 나는 우리 마을에서 학살이 일어났던 얘기를 들었다. 모두 죽었다고 했다. 나는 응옥도 죽었을 것이라 생각했다. 당시 나는 해방세력의 근거지였던 산의 병동 막사에 있었다."

　그런데 응옥이 찾아왔다. 죽은 줄 알았던 아내가 살아왔다.

　응옥이 죽은 줄 알았다는 이야기를 할 때도, 살아서 눈앞에 나타났다는 이야기를 할 때도 그는 표정 없이, 약간 어두운 얼굴로 이야기를 이어 갔다.

"강간당했다는 이야기를 전해 듣고 나는 응옥이 참혹하게 죽었을 거라 상상했었는데 눈앞에 나타났다. 응옥이 살아난 것만으로도 나는 너무 기뻤다."

응옥은 마을에서 일어났던 일에 대한 분노를 적에 대한 적개심으로 바꾸었다. 그녀는 용감한 전사였다.

1969년 10월 21일(음력), 그날 응옥에게 내려진 임무는 부상병들에게 먹일 야채를 구해 오는 일이었다. 응옥과 두 명의 동료는 야채를 구한 뒤에 빈 집에서 점심을 해 먹었다. 밥을 먹고 동료들이 잠깐 눈을 붙이는 사이 응옥이 집 밖으로 나왔을 때 저쪽 산등성이에서 미군들이 내려오고 있었다. 거리는 불과 10여 미터에 지나지 않았다. 응옥은 침착했다. 그리고 소리를 질렀다. "미군이 온다! 피해라. 미군이 온다!"

소리를 듣고 두 명의 동료는 재빨리 몸을 숨겼다.

총탄은 응옥의 이마를 관통했다.

응옥의 눈으로 베트남의 햇살이 쏟아졌다. 그녀가 지금껏 살아오며 보았던 햇살 중 가장 눈부신 햇살이 한꺼번에 눈 안으로 쏟아져 들어왔다. 그리고 하늘이 닫혔다.

1969년 10월 21일, 응옥의 나이 스물 일곱이었다.

"우리는 서로 다른 부대에 배치되어 있었기 때문에 응옥의 죽음을 바로 전해 듣지는 못했다. 나중에 살아남은 두 사람으로부터 응옥이 그들을 구하고 죽었다는 이야기를 들었다. 그 두 사람은 아직도 살아 있다."

응옥의 남편 뚜이는 군의관으로 복무하다 지금은 퇴역했다. 처음 응옥의 제단은 친정집에 있었다. 그러나 얼마 후 뚜이는 응옥의 제단을 자신의 집에 차렸다. 응옥의 제사는 자신이 지내 주고 싶어서. 제삿날이 되면 그는 가족과 함께 응옥의 친정 식구들을 불러 제사를 지낸다. 그리고 열사들에게 나오는 지원금은 응옥의 부모님에게 보낸다.

뚜이는 종전 후 재혼을 해서 자식들을 두고 있다. 뚜이의 부인은 응옥의 제단을 차리는 것에 반대하지 않았다. 그들에게 응옥은 강간당한 여자가 아니라 전사로 기억되고 있다.

베트남 남부 호아쑤언에서 만난 한 할머니는 한국군에게 강간당하고 남베트남 군인에게 강간당하고 미군에게 강간당한 경험을 갖고 있었다. 마을 사람들은 그녀를 '강간 박사'라고 불렀다. 그러나 그 말에는 어떠한 경멸이나 배척도 담겨 있지 않았다. 일본군 위안부가 강간당한 여자라는 인식을 넘어서 제국주의 군대에 의한 희생자임을 사회적 합의로 이끌어 냈을 때 위안부 할머니들이 비로소 '더러운 여자' 혹은 '강간당한 여자'라는 굴레에서 벗어났듯이, 베트남전쟁 중에 한국군이나 미군에 의해 강간당한 베트남 여자들에게 베트남 사회는 불결하다거나 더럽다는 기호나 상징을 부여하지 않았다. 사회적 인식과 합의는 여성의 몸에 대한 개념을 바꾸어 놓는다.

"당시의 한국군이 정말로 자신의 잘못을 알고 우리 가족을 찾아와서 만난다면 우리 가족에겐 복이다. 따뜻하게 맞을 것이다. 전쟁을 잊어버리고 한국과 베트남의 좋은 관계를 위해 노력하자."

뚜이는 퇴역 공무원답게 베트남 정부의 공식 입장으로 우리와 마지막 인사를 나누었다. 푹빈에서 나올 때 응옥의 동서였던 하 티 호이는 굳은 얼굴로 말했었다.

"나는 한국군을 만나면 너무 화가 날 거야."

그러다 옆에 있던 인민위원회 사람들을 힐끗 쳐다보더니 꼬리를 달았다. "정부가 용서하라니 하는 거지, 흥."

귀신 이야기

베트남전 당시 한국군에 의한 민간인 학살지역 답사를 하면서 나는 정말 많은 사람들을 만났다. 부드러운 살 속에 당시의 파편이 아직도 박혀 있는 런 아저씨, 시체 더미 사이에서 홀로 아이를 낳은 룽 티 퍼이, 생후 3개월 만에 빛을 잃었지만 3개월의 기억으로 환하게 웃을 줄 아는 도안 응히, 턱과 혀가 날아가 버린 응웬 티 니……

이들은 모두 학살의 현장에서 살아남은 사람들이었다. 비탄과 슬픔의 벼랑, 도망갈 수도 외면할 수도 없는 삶의 막다른 자리에서 가슴마다 봉분을 만들고, 해마다 돋아나는 무덤 위의 푸른 잔디를 보며 견뎌 온 세월의 이야기를 들을 때면, 소리 없이 한 점 꽃잎이 지고, 투두둑 때 없이 소나기가 내리기도 했다. 땅끝 만리까지 엎드려 울던 사무치는 밤들, 온몸의 피가 다 마르던 절통한 사연들을 그들은 30년 만에 처음 만나는 한국인인 우리에게 털어놓았다.

세월이 가면 잊히는 것은 따로 있었다. 별빛이 아름다울수록, 고구마가 달수록, 우물의 물이 맑고 찰수록 더욱 사무치는 기억이라는 것이 세상에는 있었다.

번지는 눈물 속에 상처의 기억과 기억의 상처들이 얽히는 자리에서, 어느 날 문득 나는 살아 있는 사람들 사이로 이미 죽은 사람들을 만났다. 그들은 살아남은 사람들이 자신을 호명하는 자리에, 자신의 죽음을 기억하는 자리에 오드마니 앉아 있었다. 상처 위로 새살이 돋고, 황폐했던 땅 위로 벼가 자라고, 망고나무가 다시 뿌리를 내리는 세월이 지났는데도 그들은 30년 전의 모습 그대로 떠돌고 있었다.

사탕수수밭에는 눈감지 못한 누군가가 파랗게 누워 있고, 차가운 우물의 바닥에는 시린 이를 부딪치며 누군가 떨고 있었다. 오리 떼가 떠다니는 강물의 밑바닥엔 발목을 잡힌 피 묻은 머리카락이 물풀처럼 흐늑이고 있었다. 쏟아지는 햇빛줄기 속에 앉아 있어도 태양은 그들의 그림자를 만들어 내지 못했다.

죽은 이들과의 만남은 나를 혼란에 빠뜨리기도 하고 공포에 사로잡히게도 했다. 그들은 날 빠안히 쳐다보다가, 흐늑이다가, 미친 듯이 사탕수수밭을 휩쓸다가, 다시 돌아와 사람들 사이에 앉아서 자신의 죽음에 대한 이야기를 듣기도 했다.

사탕수수밭에서, 강에서, 습곡에서, 우물에서 그들은 때로 살아 있는 사람의 입을 빌어, 때로는 에너지로, 때로는 아지랑이로 피어올라 말을 걸어왔다. 이승과 저승의 경계에서, 산 자와 죽은 자의 경계에서, 사람과 사람 아닌 것의 경계에서 떠돌며 흐르고 있었다.

당황스러웠다.

내 몸은 살아 있는 사람과 만나는 데만 익숙해 있었고, 육신이 없는 존재를 받아들이기에 내 영혼은 미숙했다. 혼돈과 거부의 과정을 거치는 동안 나는 차츰 이들이 하고 싶은 말이, 못다 한 이야기가 있다는 것을 느꼈다. 장화와 홍련처럼, 차가운 연못 속에서 잠들지 못하고 보내는 시린 밤들의 이야기를 하고 싶은 건지도 모른다고, 두려워하지 말고 몸으로 전해져 오는 이들의 '말'을 들어야 한다고 생각했다.

가만히 귀 기울여 들을 것. 두려움 없이, 휘익 불어오는 바람을 맞듯이.

듣기 위해 내가 할 일은 보이는 것만이 존재한다는 오만을 버리는 것이었다. 보이지 않으나 존재하는, 내가 알지 못하나 나를 아는 수많은 존재들과 감응하기 위해 나는 딱딱한 의식의 외벽을 허물어야 했다. 내 눈을 덮고 있는 비늘이 후드드 떨어지도록.

그리고 나는 알게 되었다. 이들이 자신들의 죽음을 해석하지 못하고 있다는 걸.

이들은 아직도 모르고 있었다. 자신들이 왜 죽어야 했는지. 아침밥을 짓다가, 아이에게 젖을 물리다가, 밭에 나갈 준비를 하다가 느닷없이 죽음을 당한 이들은 왜 자신들이 죽어야 했는지 이해하지 못하고 있었다. 자신들의 죽음을 받아들이지 못하고 있었다. 늙은 어머니가 피를 토하며 쓰러지고, 연하디 연한 아기의 살이 터져 산산이 흩어지고, 흑단 같던 누이의 머리카락이 한 움큼 빠져나간 그 아침, 다섯 살배기 조카의 목이 꺾이고, 복숭아빛 고운 아내의 뺨 위로 총탄이 쏟아진 그 아침 이후 이들은 계속 묻고 있었다. 왜 우리를 죽이느냐고, 우리의 죄가 뭐냐고.

그러나 '그들'은 한마디 말없이 돌아갔다. 이들에게 총을 겨누고, 수류탄을 던지고, 대검을 들이대던 그들은 어느 날 그들이 왔던 것처럼 그렇게 다시 자신들의 나라로 돌아갔다. 그리고 30년이 넘는 세월 동안 이들의 죽음에 대해 한마디 언급도 하지 않았다. 이 납득할 수 없는 죽음에 아무런 해석도 하지 않은 채 시간이 흐르는 동안, 이들은 죽었으나 죽지 못했다. 아무도 풀어 주지 않았기에 이들의 손은 아직도 결박되어 있고, 아무도 감겨 주지 않았기에 이들의 눈은 아직도 자신들을 겨눈 마지막 총구를 바라보고 있다. 비명, 아우성, 신음, 살 타는 냄새……. 이들은 불타는 집과 마을의 한가운데서 어디선가 놓쳐 버린 아기를 찾아 헤매고 있었다. 우리는 까맣게 잊어버린 비명 속에서.

초혼

호앙은 1년 사이 많이 늙어 있었다. 귀밑으로 흰머리도 늘어나고 햇빛과 바람에 바랜 검은 피부는 지난해보다 탄력을 잃은 듯했다.

시장 입구에 앉아 있던 호앙을 먼저 발견한 건 나였다. 킴산호텔에 호앙을 찾아 달라는 부탁을 남기고 시장 쪽으로 가는데 거기 호앙이 있었다. 예의 그 갈색 가죽모자를 쓰고, 푸른색 낡은 셔츠를 입고, 굳은살이 박힌 맨발에 슬리퍼를 신은 호앙이 뜨거운 햇볕 아래 나른하게 앉아 있었다. 물론 그의 쌔옹(베트남 사람들이 타는 작은 오토바이) 위에. 호앙은 쌔옹 운전사다.

나는 슬쩍 옆으로 가 "호앙" 하며 그의 어깨를 쳤다. 호앙은 갑자기 나타난 나를 보고 순간적으로 어리둥절했다. 그러나 그것도 잠깐, 호앙의 작은 눈이 반짝하더니 "킴" 하고 내 이름을 기억해 냈다. 1년 만에 나타난 나를 보는 순간 작년의 일이 주마등처럼 떠올랐을 것이었다.

호앙과 나는 좋은 파트너였다. 지도 한 장 없이 도착한 꾸앙응아이에서 만나 수많은 민간인 학살의 현장을 함께 다녔던. 영어를 못하는 호앙이 우리의 파트너가 된 건 영어를 할 줄 아는 사람들이 아무도 이 일을 하려 들지 않았기 때문이다. 그들은 우리가 하고자 하는 일의 성격을 알면 두려워하거나 꺼려했다. 그러나 호앙은 내가 갖고 있는 자료 속 마을들을 다 안다며 큰소리를 쳤고, 선택의 여지가 없었던 우리는 그와 함께 작업을 시작했다. 아마 호앙은 며칠 동안을 종일 일할 수 있는 좋은 돈벌이라고 생각했을 것이다.

예상을 뒤엎고 호앙은 아주 훌륭한 파트너였다. 노련한 운전사답게 마을을 잘 찾아냈으며, 쉰이 넘은 사람의 연륜으로 마을 사람들과 이야기를 잘 풀었고, 그들로부터 의심받지 않았다.

우리는 킴산호텔 매니저의 도움으로(그는 영어를 잘했다. 그리고 처음에는 우리에게 호의적이었으나 우리가 하려는 일의 성격을 파악하고는 자기는 그 일을 할 수 없다고 잘라 말했다. 그러나 호앙과 우리 사이에서 많은 일을 도와주었다) 여섯 개의 질문 문항을 만들었다. 호앙이 그것을 사람들에게 물어보고, 우리는 녹음을 하는 방식으로 일을 했다. 이 녹음은 나중에 모두 한국어로 번역되었고 소중한 자료가 되었다.

눈알마저 초록이 되어 버릴 듯한 꾸앙응아이의 푸른 들판을 나는 호앙이 모는 쌔옹의 뒷자리에 매달려 다녔다. 어떤 날은 아침 8시에 출발하여 밤 10시까지, 때로는 빗속을 뚫고.

일을 마치고 돌아올 즈음이면 사탕수수밭으론 어둠이 내리곤 했다. 바람이 몸을 일으켜 서걱대는 시간도 이 무렵이었다. 나는 바람이 내 온 마음과 몸을 관통하도록 두 팔을 벌리고 몸을 마음껏 뒤로 젖혔다. 호앙의 뒷자리가 어느새 편안해지고 있었다. 그리고 바라본 밤하늘엔 오렌지색 초승달이 떠 있었다. 우기의 전조였다.

몇 마디 영어 단어로 호앙은 자신의 의사표시를 잘했다. 하루는 그가 문득 "킴, 유 해브 넘버원 보이?" 하고 물었다.

"넘버원 보이?"

아하, 남자 친구가 있냐는 이야기인가 보다. 나는 웃으며 고개를 끄덕였다.

"예스, 아이 해브 넘버원 보이."

호앙과의 대화는 늘 이런 식이었다. 그럼에도 불구하고 꾸앙응아이의 지엔니엔 학교로 우리를 데려간 이도, 레 티 티엣 할머니가 사는 푹빈을 찾아낸 이도 호앙이었다. 늦게까지 일하는 것에 불만을 표시하지도 않았고, 우리가 원하는 곳이면 어렵고 힘든 길이라도 끝까지 갔다. 우리가 떠나는 날 아침, 호앙은 버스 타는 곳까지 우리를 데려다 주며 "이건 돈을 안 받겠다"고 했다. 우리는 친구이므로.

띤빈사 마을들은 온통 사탕수수밭이었다. 건기의 절정인지 햇빛은 창처럼 날카로웠고 흙먼지는 풀풀 날렸다. 빈남촌 어떤 집 앞에 호앙이 오토바이를 세웠다. 할머니 한 분이 마당에서 일을 하고 있다가 무슨 일인가 하며 다가왔다. 집 안에서 그의 아들인 듯한 이가 나왔다. 호앙이 이야기를 풀고 나는 다가가 인사를 했다. 이야기가 길게 이어지는 걸로 봐서 한국군에 의한 피해가 있는 집인 듯했다.

"호앙, 여기 적어 달라고 해요. 그날 있었던 일에 대해 자세하게 이야기를 적어 달라고 하세요."

나는 베트남 사람들이 직접 자신들의 이야기를 글로 써 주기를 원했다. 호앙은 잠시 기다리라는 표시를 했다. 보 호이 씨는 우리를 안으로 들어오라고 하더니 사탕수수밥을 한 그릇씩 주었다. 간식인지 아침인지 알 수 없었지만 일단 한 그릇을 다 먹었다. 밥을 먹는 동안 보 씨는 노트에 다음과 같은 이야기를 썼다.

> 나는 1944년에 태어난 보 호이다. 1966년 3월 16일, 남조선 군대는 띤빈사 빈남촌 호아쯩 마을에 사는 사람들을 죽였다. 모두 45명이었다. 그중에 아기가 3명, 노인이 2명 있었다. 그들은 집과 소를 다 태웠다.
> — 꾸앙응아이성, 선띤현, 띤빈사, 빈남촌 2번지

"호앙, 이렇게 말고 이 질문 6개에 대해 좀 자세하게 써 달라고 하세요."

그러나 호앙은 내 말을 알아들었는지 못 알아들었는지 그들과 이야기만 계속했다. 나는 녹음기를 가서왔어야 했나고 뒤늦은 후회를 했다.

두 번째 마을은 빈록촌이었다. 보 또아 씨 집 앞으로는 너른 사탕수수밭이 펼쳐져 있었다. 보 또아 씨는 한국 군인들이 사람들을 줄지어 데려가서 죽였다는 이야기를 했다. 이야기는 한참을 했지만 그가 적어 주는 내용은 빈약했다. 나는 그가 아주 자세히 그날의 일들을 적어 주었으면 하고 바랐지만 호앙은 내 말을 제대로 통역해 주지 못했다.

1966년 8월 20일, 나는 남조선군이 양민을 학살했다는 것을 증언한다. 남조선군이 죽인 사람은 하 언, 하 티 꼰, 응웬 퐁, 하 편, 부이 응옥, 하 딘, 하 니, 하 러, 응웬 리이다. 위의 내용은 틀림없는 사실이다. 2000년 3월 16일 보 또아.

"호앙, 자세히 적어 달라고 얘기를 해 주세요. 죽은 사람의 이름은 중요한 게 아니라니까요. 그날의 상황에 대해, 그리고 그들이 민간인이었는지 VC였는지, 죽은 사람이 여자인지, 남자인지, 아기인지, 노인인지. 그리고 한국군은 어떻게 들어왔는지, 한국 사람에 대해 어떻게 생각하는지."

알아들었는지 못 알아들었는지 호앙은 고개를 끄덕이며 다음 집으로 날 데려갔다. 마을들은 10분 거리마다 있었다. 어떤 아주머니 한 분이 마악 자전서를 타고 외출을 하려다 우릴 맞았다. 호앙과 한참 이야길 하더니 우릴 집 안으로 안내해 주고 다시 밖으로 나갔다. 호앙이 그녀의 남편과 이야기를 나누는 사이 그녀는 할머니 한 분을 모셔 왔다. 응웬 틴 러 할머니는 목격자이자 생존자였다.

나는 하 반 비입니다. 1948년 2월 3일에 태어났습니다. 지금 나이는 52
세입니다. 그날 우리 마을에서 죽은 사람은 까우 부부, 코에 부부, 까이
아줌마, 쎈 아줌마, 잇 아줌마와 사촌, 짜 아줌마의 애기 3명, 쩌 아줌마,
짜우 아줌마, 드엉 아줌마입니다. 그리고 여기 응웬 티 러 할머니(73세)
는 그날 도망을 갔기 때문에 살았습니다. 그래서 그날의 양민 학살을
증언할 수 있습니다
— 떤빈사, 빈록촌, 호아따이 마을

세 사람은 서로 이야기들을 나누며 노트에 죽은 사람들의 이름을
적어 나갔다. 나는 짜증이 나기 시작했다.
"호앙, 죽은 사람들의 이름을 이렇게 다 적을 필요는 없다니까. 몇
명이 죽었는지, 그날의 상황은 어땠는지를 좀 더 자세하게 적어 달라
고 하라니까요. 그리고 그들이 민간인이었는지 아닌지도 확인을 해
야 돼요. 민간인인지 아닌지가 중요하단 말이에요."
나는 호앙에게 화를 냈지만 그가 내 말을 알아듣는지 어쩌는지 알
수 없었다. 녹음기를 안 가져온 게 갈수록 후회막급이었지만 어쩔
수 없었다. 답답한 지경이었다. 호앙도 답답한 모양이었다. 그의 영어
가 점점 알아들을 수 없어졌다.
햇빛이 내리쬐는 좁은 황톳길에서 호앙과 나는 실랑이를 했다. 할
수 없었다. 주소와 이름이 다 있으니까 보충 취재를 오는 수밖에 없

다고 생각하며 다음 마을로 갔다. 이 집은 공사를 하는 중이었다. 일을 하던 네 남자가 모여 이야기를 나누며 죽은 사람들을 기억해 내는 모양이었다. 모두 심각하게 의논을 하며 한 사람, 한 사람을 기억해서 적어 나갔다.

내 이름은 보 반 캄입니다. 1966년 음력 9월에서 10월 사이 남조선 군인들은 빈록촌 칸 트엉 마을에 있는 양민들을 학살했습니다. 죽은 사람은 다음과 같습니다. 당 티 까이, 응웬 반 박, 당 티 민, 민 할머니의 조카, 응웬 티 단, 보 한, 응웬 쯩, 응웬 따이, 당 루, 응와, 다 호이, 당 니엔, 응엔 민. 남조선 군인들은 이 사람들을 모아 줄을 세워 총을 쏘았습니다. 매년 음력 10월 5일에 우리는 죽은 사람들을 기억하기 위해 제사를 지냅니다. 우리는 이것을 '따이한 제사'라고 부릅니다.

호아쭝 마을에서도 사람들은 죽은 사람들의 이름을 적어 주었다.

띤빈사, 빈남촌, 호아쭝 마을. 한국 군인이 죽인 사람. 당 티 리, 응웬 반 딧, 응웬 반 만, 훈 티 응으우. 위에 있는 내용은 사실임에 틀림없습니다. 응웬 반 찌.

그들은 어쩌면 태어나서 처음 해 보는 것인지도 모르는 시인을 너무나 진지하게 했다.

호앙은 마을에 도착하면 생존자의 집을 찾거나 그 마을에서 이 사건에 대해 가장 잘 아는 사람의 집을 찾아갔다. 호아쭝 마을에서는 이장님의 집을 찾아갔다. 이장님은 안 계시고 할머니만 계셨다. 할머니는 우리에게 잠깐 기다리라고 하더니 할아버지를 찾아 왔다. 논에서 일을 하던 중이었는지 할아버지는 다리에 흙을 잔뜩 묻힌 채로 달려오셨다. 그리고 단정하게 옷을 갈아입고 나오셨다. 베트남 사람들은 우리와 이야기하기 전에 늘 단정하게 옷을 갈아입었다. 사실 조사기간 내내 몸 둘 바를 모르는 일들이 벌어졌다. 베트남 사람들은 우리에게 친절하고 공손했다. 그들은 아무리 바빠도 우리가 하는 일에 성의를 가지고 임해 주었다. 이장님이 하던 일을 내팽개치고 온 데는 할머니의 전언이 큰 역할을 했으리라. 할머니는 논으로 달려가 손사래를 치며 할아버지에게 말했을 것이다.

"영감, 웬 남주띤(남조선) 처녀가 왔어요. 그날 그 죽은 사람들 이야길 해 달라네요. 뭔 일이 났는지. 어서 와요. 그 처녀가 기다린다니까요."

할아버지는 무슨 일이 났나 하고 헐레벌떡 달려오셨을 것이고, 기다리고 있는 나를 보며 정말 남주띤 처자기 왔구나, 이게 무슨 일일까 하며 긴장하셨을 것이다.

35년 전 한국 군인들이 이 마을에 왔을 때나, 오늘 내가 이 마을에 왔을 때나 그들은 그저 순박한 농부들이었다. 흙을 다독여 모를 심고, 벼를 베고, 사탕수수를 가꾸고, 오리와 닭과 돼지를 기르는.

그런 그들을 죽였던 건 한국의 군대였고, 그것을 조사하겠다고 찾아간 나 역시 한국인이었다. 그들의 땅에, 그들의 마을에, 그들의 집에 예고 없이 나타나기는 나나 한국군이나 마찬가지였다. 그리고 이제는 잊혀 가는 그날을 기억해 달라고 불쑥 찾아간 나는 전쟁이 끝나고 35년 만에 처음 나타난 한국 사람이었다. 할아버지는 볼펜을 잡고 가물가물 기억을 되짚어 한 사람 한 사람의 이름을 적어 나갔다.

나는 빈남촌 호아쭝 마을 4번지에 삽니다. 1966년 9월 29일 남조선군이 여기 왔고 양민을 학살했습니다. 팜 티 쑤언, 부이 반 쭉, 부이 티 마이, 부이 반 푸, 부이 티 베, 팍티 다우, 응웬 쭝, 응웬 쪽, 응웬 티 다우, 응웬 남, 레 꾹, 응웬 티 시, 팜 티 오이, 부이 던, 마이 티 한. 위의 내용은 틀림이 없습니다. 증언한 사람. 이장 부이 께.

할아버지는 정성을 다해 사인을 했다.

우리는 호아쭝 마을 6번지, 레 바이 씨가 살고 있는 마을에서도 '부이 퐁, 부이 땀, 응웬 티 허이, 응웬 티 쩐, 응웬 티 낀'이 남조선군에 의해 죽었다는 노트를 받은 다음에 칸하 마을 7번지로 갔다. 쩐 두이 년 씨의 집이었는데, 집에서 놀고 있던 아들이 아버지를 부르러 들판으로 뛰어나갔다. 해가 설핏 기우는 모양이었다.

아이가 아버지를 부르러 뛰어나간 사이 마을 사람들이 하나둘 우리 주위로 모여들기 시작했다. 들에 일하러 나갔던 사람들도 집으로 돌아가다 무슨 일인가 하고 들어왔다. 집주인이 돌아올 무렵에는 온 동네 사람들이 다 모여 있을 지경이었다. 늘 같은 일상이 되풀이되는 작은 시골 마을에 외국인 여자가 나타난 건 하나의 '사건'이기도 해서 모두들 구경 온 참이었다.

쩐 두이 년 씨가 도착하고 나와 호앙은 거실로 안내되었다. 쩐 씨가 호앙으로부터 설명을 듣고 펜을 들었다. 거실에는 쩐 씨 말고도 서너 명의 나이 든 남자들이 둘러앉았다. 여자들과 아이들은 바깥에서 우리를 들여다보고, 호기심 많은 할머니들은 문가에 앉아 서로 소곤소곤 이야기를 나누다 나와 눈이 마주치면 입을 가리며 웃곤 했다. 사람들은 의논을 해 가며 노트를 채워 나갔다.

돈 티 엠, 쩐 티 베, 뜨 티 두, 레 티 후이, 홍 티 미······.

그날 죽었던 사람들의 이름이 하나하나 불리기 시작했다.

그리고,

그. 들. 이. 왔. 다.

쩐 티 응엣, 쩐 칸, 훈 꽁, 레 파, 레 응옥, 쩐 티 홍······.

그날 죽었던 사람들이 하나둘 모여들기 시작했다. 그들은 산 사람들 사이에 앉거나 서서 날 쳐다보았다. 참으로 오랜만에 보는 한국 사람이로구나.

바보같이 이제야 나는 내가 오늘 무슨 일을 했는지 짐작할 수 있었다. 초혼이었다. 나는 오늘 띤빈사의 마을을 돌며 그들의 넋을 불러냈던 것이다.

쩐 씨와 동네 사람들은 한 사람 한 사람을 기억해 내며 그들에 대한 추억도 불러냈다.

"그래, 그 옆집 레 씨의 딸 말이야, 참 예뻤는데"

"훈 할아버지는 법 없이도 사실 분이었는데, 쯧쯧."

"그 집은 온 가족이 다 죽었잖아."

아직 먼 모양이었다.

훈 떤 빈, 응웬 덕, 훈 르언, 응웬 티 리엣, 훈 티 쭉, 하 티 델, 뜨 앰……

산산이 부서진 이름이여, 허공중에 헤어진 이름이여.

나는 동네 사람들과 함께, 한 사람 한 사람의 영혼을 불러내고 있었다.

그들의 발목엔 아직도 피가 홍건하고 그들의 손톱엔 마지막으로 움켜쥐었던 이승의 흙이 묻어 있었다.

아아, 넋이야 넋이로다. 황토 붉은 길목마다 고즈넉한 고샅마다, 손 끝 발끝이 파란 영혼들이 서성이고 있었다.

눈물이 흘렀다.

민간인 학살, 내가 뒤지고 다니는 민간인 학살이란 무엇인가.

죽은 사람의 이름이 중요한 게 아니라고?

중요한 건 그 한 사람 한 사람이었다. 도대체 한 사람 말고 무엇이 중요하단 말인가.

사람 하나, 억만겁의 인연을 거쳐 이승에 왔던 한 사람이 원통하고 절통하게 비명에 간 것, 민간인 학살이란 그런 것이었다.

'많은 사람을 모아 한꺼번에 죽이는 것'이 아니라 내게 너무 예쁘고 소중한 당신이, 검은 머리 복숭아빛 뺨의 당신이 내 눈앞에서 살이 터지고 피를 쏟으며 싸늘한 시신이 되는 것, 석 달 열흘 다시 석 달 열흘, 곡을 하고 곡을 해 그 눈물이 핏물이 되어 강으로 흘러도 돌아오지 못하는 원혼이 되는 것, 그것이 민간인 학살이었다. 한 사람은 하나의 우주. 그가 쓰러졌을 때 한 우주가 쓰러지고 그가 피 흘렸을 때 한 우주가 피 흘리며 그 빛을 잃었다.

그들의 죽음을 기억하는 일, 억울하고 절통하여 구천을 헤매일, 이승과 저승 사이 검은 바람만 흉흉한 그곳에서 오도 가도 못하고 흐느끼는 하나하나의 넋을 위해 내 마음에 조등을 달고 머리 풀어 만장을 만드는 일이 내가 할 일이었다. 창자가 끊어지는 통곡으로 그들의 이름을 부르고, 쏟아지는 눈물로 그들의 발에 묻어 있는 핏자국을 씻는 일.

응웬 보, 응웬 탐, 뜨 위, 쩐 티 송, 훈 티 응온, 뜨 히우, 뜨 틱, 응웬 봉……

그대 오는가, 서산마루 노을을 딛고, 그대 오는가. 살아생전 다정했던 사람들 사이로, 이 익숙한 논두렁 밭두렁 부드러운 흙을 밟으며 그대 오는가.

응웬 티 싸이, 레 티 쩌, 응웬 티쓴, 돈 티 저이……

쩐 씨는 기어이 다 부를 모양이었다. 나는 더 이상 앉아 있을 수가 없었다. 카메라를 들고 밖으로 나오자 마을 사람들이 내 앞에 섰다. 그들은 모두 흉터를 가지고 있었다. 한 사람을 찍고 나면 또 한 사람이 렌즈 앞에 섰다. 목과 팔과 다리와 이마에 총탄의 흔적이 고스란히 남아 있는 사람들을 찍는 동안, 붉은 피가 선연히 흐르는 그들이 렌즈 앞에 서기도 했다. 나는 더 이상 사진을 찍을 수가 없었다. 더 이상 그들의 흉터를 바라볼 수도 없었다. 눈물이 흘렀다. 마을 사람들이 날 가리키며 끼득끼득 웃었다.

응웬 티 리, 보 티 리엥, 쩐 여이, 훈 티 연, 레 응아, 훈 풍, 하 티 다우, 부이 티 휘……

노트에는 서른여덟 번째 이름이 적혀 있었다. 인사를 하고 나는 쫓기듯 쩐 씨의 집을 빠져나왔다.

노을이 타고 있었다. 사탕수수 들판 너머로, 황토 붉은 길이 끝나는 곳에서 붉게 노을이 타고 있었다. 논두렁 사이에 앉아 나는 통곡을 했다. 베트남 답사를 시작한 이후 처음으로 목을 놓아 울었다. 호앙은 한마디도 하지 않았다. 어둠이 천천히 내려앉기 시작했다.

만장을 들어라 사람아
핏물이 지는 황톳길 십 리 밖까지
이승과 저승 사이 수만 리
산산이 흩어진 이름들을 위하여
마음마다 조등을 켜고
사람아,
만장을 들어라

곡하라

머리 풀어 곡하라

넋이야 넋이로다

산발한 넋

젖가슴 도려진 넋

옷고름 뜯겨진 넋

눈물핏물 뒤집어쓴 넋

하늘과 땅 사이

구천과 황천 사이

내 눈물을 딛고

내 통곡을 딛고

넋이야 넋이로다

막힌 산을 넘어서고

막힌 강을 건너

넋이야 넋이로다

꿈도 정도 풀어 놓고

눈뭄핏물 씻어 내고

하늘길로 떠나도록

곡하고

곡하고

곡하라

석 달 열흘 다시 석 달 열흘
까마귀 우는 하늘 아래
삼백예순 날
스러진 혼넋의 이름 불러라

한참 나중에서야 나는 그것이 초혼과 씻김의 과정을 거쳐 진혼의 의식을 나 나름대로 한 것이라는 걸 알았다.

코끼리바위

그날은 아침부터 하늘이 흐렸다. 3월과 4월은 베트남의 건기에 해당했고, 조사기간 내내 구름 한 점 없는 쨍쨍한 날씨는 우리를 지치게 했다. 그런데 그날은 웬일인지 하늘이 흐렸고 차를 타고 가는 중에 빗방울이 떨어졌다. 그러나 날씨를 제외하고 나는 아무런 전조도 느끼지 못했다. 수로를 헤엄쳐 다니는 오리들은 여전히 귀여웠고, 흐린 하늘 아래서 초록의 들판은 몽환적이었다.

푸옌성의 성도 뚜이호아. 어제는 룽 티 퍼이 할머니를 만나 시체 더미 사이에서 아이를 낳은 이야기를 들었다. 오늘도 상상을 초월하는 끔찍한 이야기들이 나올지 모르지만, 풍요의 기운이 넘실대는 푸르른 들판 어느 곳에도 전쟁의 흔적은 남아 있지 않았다. 넌라를 쓰고 우비를 입은 농부와 그의 아낙은 한 폭의 아름다운 그림이었고, 평화가 있다면 바로 이런 게 아닐까 하는 생각이 들 지경이었다.

우리는 목적지인 호아쑤언으로 향하는 중이었다. 이른 아침을 먹고 나선 길이라 9시가 조금 넘어 마을에 도착했다. 차에서 내려 앞서 가던 동료 수정*이 뒤돌아보며 "이 마을 좋지?" 했다.

나는 뭐가 좋다는 거지, 하고 생각했다. 마을은 형편없이 초라했고 한눈에도 옹색함이 드러났다. 어제 방문했던 마을과는 확연히 달랐다. 어제 그 마을은, 비록 마을 앞에 회색의 위령비가 하늘을 가리며 서 있긴 했지만, 인정이 넘쳐나는 동네였다. 고불고불 돌아가는 고샅길, 어깨 높이의 나무 울타리, 집집마다 심어 놓은 예쁜 꽃들, 그 사이로 우릴 내다보던 호기심 어린 얼굴들.

그러나 이 마을은 전형적인 베트남의 시골 마을들이 보여 주던 정겨움이 어디에도 없었다. 도시의 뒷골목 빈민촌 같다는 느낌이 먼저 들었다. 조금 걸어가니 코끼리 형상을 한 거대한 바위(라고 하기에는 엄청나게 큰, 아주 작은 동산만 한)가 있었다. 그리고 그 주위로는 아기 무덤처럼 작은 무덤들이 50~60개 널려 있었다. 모두 떼가 자라지 않은 황토 흙무덤들이었다. 이 작은 무덤의 주인공들은 도대체 누구란 말인가.

촬영이 시작되었고(당시 수정은 영화에 출연 중이었다. 베트남의 유명한 영화감독 반 레는 수정을 주인공으로 다큐멘터리를 찍고 있었다. 주제가 한국군에 의한 민간인 학살이었으므로 우리와 수정은 늘 하던 대로 오늘도 민간인 학살 현장을 찾았고, 반 레는 그곳에 그냥 카메라를 갖다 대는 식이었다. 우리가 2차 민간인 학살 답사를 마쳐 갈 즈음 이 영화도 마무리가 되었

*1990년대 말에 한국군에 의한 베드님 빈산닌 학살 실태를 세상에 알려 한국사회에 큰 반향을 불러일으켰던 평화운동가 구수정 박사. (편집자 주)

고, 나중에 베트남에서 상영되었다.) 수정이 코끼리바위에 올라갔다. 그 위에 올라가면 일대의 무덤들이 다 보인다고 했다.

우리도 '나와 우리'(내가 대표를 맡고 있던 시민단체)의 촬영을 시작했다. 바위와 바위는 ㅅ자 형식으로 붙어 있었고 그 사이로 사람 두 명 정도가 지나다닐 공간이 있었다. 그 공간에는 물이 고여 있었다. 수정의 설명에 의하면 이 코끼리바위는 집단학살 현장은 아니고, 약 3년 동안 지속적으로 사람을 죽인 장소라고 했다. 베트콩, 베트콩으로 짐작되는 이, 부역자, 그 가족들이 계속 이 바위에서 죽음을 당했다고 한다. 작년에 수정이 이곳을 방문했을 때 한 할아버지가 들려준 이야기란다. 그런데 올해는 그 할아버지가 안 계시다는 것이다.

사람을 죽이기에는 적당한 장소라는 생각이 들었다. 고여 있는 물을 바라보자 괜히 속이 역겨워졌다. 반대편으로 가서 이쪽을 바라보는 것도 괜찮을 듯싶어 은희와 나는 반대편으로 돌아갔다. 늘 그렇듯 마을 아이들이 우리를 따라왔다. 자리를 잡고 나는 "이곳은 베트남전쟁 당시……" 하며 상황을 설명했고 은희는 그걸 비디오카메라로 담았다.

그 여자가 언제 나타났는지는 정확히 기억하지 못한다. 설명을 마친 내가 움직이려고 하자 카메라 기능으로 돌릴 테니 잠시만 더 서 있으라고 은희가 말했고, 그때 그 여자가 내 눈에 들어왔다. 대략 50미터 거리를 두고 나와 정면으로, 그러니까 은희의 등 뒤에 그 여자가 서 있었다. 처음에는 그냥 동네 여자러니 했다. 그런데 그 여자는 한 번도 내 눈에서 눈을 떼지 않았다. 나는 선글라스를 끼고 있는 상태였기 때문에 그 여자는 내가 자기를 쳐다보는지 안 쳐다보는지 모를 터였지만, 아무튼 한 번도 내 눈에서 눈을 떼지 않았다.

무심코 쳐다보다가 갑자기 등골이 오싹했다. 머리끝으로 전율이 흘렀다. 치렁치렁 길고 검은 머리카락을 대충 묶고 하얀 셔츠를 입은 그 여자는 손에 나뭇가지를 들고 하나씩 하나씩 이파리를 떼고 있었다. 어느 베트남 여자들보다 더 검은 눈을 가진 그 여자는 눈 밑도 검었다. 표정 없는 얼굴로 그렇게 나를 정면으로 쳐다보는 중이었다. 더 이상 여자를 마주 볼 수가 없었다.

"언니, 이제 그만 할……."

뭔가 얘기하려는 은희에게 허둥지둥 다가가며 물었다.

"보여? 저 여자 보여?"

은희의 눈에 저 여자가 보여야 한다고 생각했다. 그래야만 했다.

"응? 누구?"

"저 여자 말이야. 저 나뭇가지 들고 서 있는."

보여야 했다. 은희의 눈에도 저 여자가 보여야만 했다. 은희가 휘익 뒤를 놀아보았다.

"으응, 저 여자. 근데 왜?"

아아아, 다행이다.

얼른 여기를 떠나고 싶었다. 허둥지둥 그녀를 등지고 사람들이 있는 곳으로 가는데 숨을 쉴 수가 없었다. 미릿속이 분일을 하는 것 같았다. 난 길바닥에 주저앉고 말았다. 토할 것 같았다. 가슴을 두드려도 숨이 쉬어지지 않았다. 속이 답답하고 정신은 하나도 없고 토악질이 났다. 우리를 따라다니던 마을 아이들이 나를 빙 둘러싸고 키득키득 웃기 시작했다. 웃음소리가 귓속을 파고들었다.

"아아, 그만해. 그만하라구."

눕고 싶었다. 길바닥이어도 좋고 더러워도 좋으니 눕고 싶었다. 그러나 그럴 수는 없었다. 다시 일어나 걷는데 다리가 휘청거렸다. 이쪽을 지켜보던 영화스태프 중 한 명이 무슨 일인가 하고 다가왔다. 오직 눕고 싶다는 생각밖에 안 들었다. 그래, 마을에 있는 아무 집에나 들어가서 눕게 해 달라고 부탁해 보자. 그러나 집들을 향해 가다 말고, 난 갑자기 그 어떤 집에도 들어가고 싶지 않았다. 집들이 마치 무덤 속처럼 서늘했다.

"미치겠어. 이게 무슨 짓이야."

무슨 말인지도 모를 소리를 중얼거리며 나는 우리가 타고 왔던 봉고차를 향해 갔다. 정신을 좀 차리자고 스스로에게 이야기했지만 속이 갑갑해서 죽을 지경이었다. 차 문을 열고 들어가자마자 통곡이 쏟아져 나왔다. 미친 듯이 눈물이 났다. 걸치고 있던 가방이며 웃옷을 벗었다. 신발도 양말도 벗었다. 그래도 갑갑했다. 온몸에서 쥐가 났다. 숨이 쉬어지지 않았다. 눈물은 주체할 수 없을 지경으로 쏟아졌다. 통곡을 하며 나는 말했다.

"내가 그러시 않았잖아. 왜 이래. 내가 죽이지 않았잖아."

은희가 눈앞에서 흔들리고 있었다.

"아아, 내가 그러지 않았잖아. 내가 죽이지 않았다구."

눈물이, 폭포수처럼 눈물이 쏟아졌다. 가슴 밑바닥을 쥐어짜는 신음과 통곡이 뒤섞였다.

"미안해, 미안해. 우리가 잘못했어. 우리가 정말 잘못했어. 우리가 나빠."

병원을 가야겠다고 은희가 말하는 것 같았다.

"난 안 가. 여기서 도대체 무슨 일이 있었는지 알고 가야 해. 다시 마을로 들어가."

내리겠다는 건 단지 의지였을 뿐 몸은 마음대로 되지 않았다. 처음에 간 곳은 작은 보건소 같은 곳이었다. 등을 펼 수도 없어 엉거주춤 서 있던 나는 다시 하얗게 질려 버렸다.

"저 거적때기! 아아 무서워."

병원 간이침대 위에 깔아 놓은 돗자리가 내 눈에는 시체를 덮어 놓는 거적으로 보였다. 눈물, 콧물 범벅에다 신발도 신지 않고 헛소리를 하는 나를 본 의사는 고개를 흔들었다. 다시 차를 타고 간 곳은 큰 병원이었다. 다행히 그 병원엔 시트만 깔아 놓은 침대가 있었다. 의사가 뭔지 모를 주사를 놓고 약을 가져왔다.

"비룝이야. 이길 먹으면 신성이 될 거야."

다행히 진정제가 있다고, 이제 금방 좋아질 거라고 은희가 나를 안심시켰다.

"봤지? 분명히 봤지? 그 여자, 거기 있었지?"

"그래, 나도 봤어."

그럼 귀신은 아닐 것이다. 내 눈에만 보인 게 아니니까 귀신은 아닐 것이다. 한참을 누워 있자 약간 진정이 되었다. 촬영을 마친 수정과 반 레 감독, 그리고 스태프들이 도착했다.

"괜찮아, 나는 작년에 아주 기절했었어."

담배를 빼물며 수정이 말했다.

작년, 수정이 이 마을에 도착해서 할아버지로부터 증언을 듣고 코끼리바위 위에 올라갔을 때는 해 질 녘이었다고 한다. 바위에 올라가니 사방으로 무덤이 50~60개쯤 보였고, 할아버지는 하나의 무덤에 6~8구의 시체가 묻혀 있다고 했다.

바위에 올라갔다 내려와서 수정은 머리가 아프고 어지러웠던 것까지만 기억하고 그다음은 깜깜하다고 했다. 수정이 깨어났을 때는 마을 사람들이 자기의 팔다리를 동전으로 긁고 있었다고 한다.(베트남 민간요법 중 하나로, 숟가락 같은 것으로 사람의 피부를 긁는 응급처치법)

그때 수정의 눈에 들어온 것은 아지랑이. 무덤들 위로 피어오르는 하얀 아지랑이였다고 한다. 이미 해 질 녘이 지나 아지랑이가 피어오를 시간은 아니었음에도 그녀는 하얀 아지랑이가 무덤 위로 피어오르는 걸 본 것이다. 헛것이든 어쨌든, 그러고 나서 사이공으로 돌아온 수정은 꼬박 한 달을 아팠다고 한다.

수정은 오늘 그 마을로 들어가면서 향을 피워 들고 들어갔다고 말했다. 이야기를 다 들은 반 레 감독은 내가 본 건 사람이니까 괜찮고 수정이 본 게 사실은 더 무서운 것이라고 했다. 촬영감독은 은희에게 정말 당신도 그 사람을 보았냐고 몇 번이나 물어보았다. 은희는 애매하게 고개를 끄덕였다.

돌아보면 호아쑤언에서 내가 느낀 건 공포였다. 코끼리바위에서 죽어 간 사람들이 마지막으로 느꼈던 감정도 그것이었으리라. 자신에게 겨누어진 총구를 바라보며 느꼈을 최악의 공포, 가 나에게 전이된 것일 수 있다고 후에 나는 생각했다. 나는 이 공포의 표정을 밀라이* 전쟁범죄전시관에서 본 적이 있다. 여자들을 한곳에 모아 놓고 집단 학살하기 직전에 찍은 사진에는 공포가 하얗게 밀랍되어 있었다. 우리는 까맣게 잊어버린 전장, 살 타는 냄새가 진동하는 전장의 한가운데서 그들은 묻고 있었다.

누가 나를 죽였는가.

왜 우리를 죽였는가.

육탈도 안 되고 씻김도 안 된 채, 허정허정, 이승도 아닌 곳서 저승도 아닌 곳서 떠돌며 흐르며 30년이 넘는 세월 동안 그들은 끊임없이 묻고 있었다. 누가 어떤 이유로 이 비무장 민간인들을 향해 총을 쏘았는지 말하는 것은 이들을 휘감고 있는 공포를 걷어 내는 일이 될 것이다. 이들을 죽음에 이르게 했던 학살의 음모와 배후를 밝히는 것은 한 땀 한 땀 눈물로 수의를 짓는 일이요, 이들의 죽음을 해서하고 그 책임을 묻고 역사적 단죄를 하는 것은 다시 오지 못하는 먼 길을 가야 할 이들의 습신을 짓는 일일 터이다. 하늘에도 땅에도 깃들 곳 없어 구천을 떠도는 이들에 대한 진혼의 노래는 나에 대한 질문으로부터 시작되어야 한다.

---

* 1968년 3월 미군에 의해 수백 명의 베트남 민간인이 학살당한 곳. (편집자 주)

듣기, 또는 손 내밀기. ⓒ김호석

　나는 들으려 하는가.

　지배적인 기억의 권력들과 죽어서도 싸우는 해방공간과 4.3 제주, 한국전쟁과 광주에서 억울하게 죽어 간 수많은 사람들의 이야기, 아직도 붉은 사탕수수밭을 헤매고 다니는 베트남 사람들의 이야기. 죽음을 넘어서까지 이들이 하고 싶어 하는 말에 나는 귀 기울이는가. 산 것과 죽은 것의 경계, 물질과 물질 아닌 것의 경계, 영과 육의 경계를 휘청이며.

지미 문 이야기

우리 가족은 진정 인터내셔널한 가족이지요, 라고 말할 때의 그가 생각난다. 자조도 연민도 없는 담담한 표정에 입꼬리가 부드럽게 귀 쪽으로 다가가던.

그에게는 두 명의 형과 세 명의 누나가 있다. 그를 포함한 여섯 남 매는 모두 베트남 여자 팜의 자식들이다. 조금 특별한 점이 있다면 큰형의 아버지는 베트남 사람이고 큰누나의 아버지는 중국 사람이라 는 것. 둘째 형의 아버지는 미국 사람, 둘째 누나의 아버지는 독일 사 람, 그리고 그가 가장 좋아하는 셋째 누나의 아버지는 한국 사람이 다. 그 사람은 지미의 아버지이기도 하다. 그가 지미 문인 이유는 아 버지의 한국 성이 '문'이기 때문이다. 그리고 그에게는 '문'이라는 성을 함께 쓰는 한국인 형이 있다. 어머니가 한국 사람인.

"성격도 외모도 다르지만 우린 잘 지내고 있지요."

슬쩍 눈웃음을 지으며 그가 말했을 때 나, 따라 웃었던가, 어색한 폼새로 머리를 긁적였던가.

무엇이든 사랑이 아니었으리

　1938년 지미의 어머니 팜이 하노이로부터 50~60킬로미터 떨어진 곳에서 태어났을 때 베트남은 프랑스의 식민지였다. 삼모작을 하는 비옥한 논에서 쌀은 일 년에 세 번씩 수확을 했지만 늘 배가 고픈 것이 식민지 백성의 삶이었다. 부드럽고 기름진 땅과 풍요로운 바다, 나무의 정령들이 눈을 빛내는 초록의 숲, 강이 바다와 만나는 메콩의 델타는 프랑스 사람들의 우아한 삶을 위해 송두리째 헌납되었다. 애써 살수록 가난해지는 기구한 식민지 백성의 삶을 마악 시작하려 했을 때 어머니, 그러니까 지미의 외할머니가 돌아가셨다.

　어미 없는 것들은 일찍 철든다. 누가 시키지 않아도 고사리손으로 밥을 짓고, 걸레를 빨아 집 안을 훔치고, 사람이 많은 곳에서도 그림자처럼 앉아 있을 줄 안다. 학교를 다닐 엄두도 내지 못하고 궁핍한 살림을 챙기며 살아가던 중에 아버지가 돌아가신다. 열세 살이었다.

　눈칫밥과 가시방석 사이로 사이공에 대한 소문이 들린다. 돈도 벌 수 있고 잘만 하면 학교도 다닐 수 있다는 곳, 아랫배가 꿈틀한다. 부모 없는 고아, 천덕꾸러기, 구차하고 비굴한 미소, 옴짝달싹 못하도록 자신을 묶어 놓는 거미줄에서 벗어날 수 있을 것 같다. 사이공, 발음하는 것만으로 가슴을 두근거리게 하는 말이었다. 1954년, 팜은 옷가지가 든 가방 하나 들고 사이공으로 온다. 열여섯이었다.

　그해는 디엔비엔푸 전투에서 호치민과 보 응웬 지압 장군이 프랑스를 굴복시키고 큰 승리를 거둔 해였다. 디엔비엔푸 전투로 프랑스는 물러났지만 베트남의 운명을 두고 벌어진 제네바 회담의 결과 베트남은 북위 17도선을 기준으로 남과 북으로 나뉜다. 그리고 이 분단은 미국과의 10년 전쟁으로 이어진다.

청춘의 팜도 그 전쟁의 한가운데 있었다. 사랑을 하고 아이를 낳고 또 사랑을 하고 아이를 낳고 또 사랑을 하고 아이를 낳으며, 팜은 살아남았다.

여자가, 혼자, 전쟁 중에, 살아남기.

무엇이든 사랑이 아니었으리.

어쨌든 그는 엄마의 마지막 남자였지요

지미는 1972년에 태어났다. 두 해 먼저 태어난 누나와 지미의 아버지는 한국 사람이다. 베트남에서 벌어진 미국과의 전쟁에 한국은 32만 명의 군인을 파병했다. 군인들 외에도 전쟁판에서 벌어지는 갖가지 이권을 좇아 수많은 한국인들이 베트남으로 갔다. 전쟁은 누군가에게는 목숨을 건 전쟁터였지만 누군가에게는 대박을 치며 돈을 벌 절호의 기회이기도 했다. 어느 전쟁인들 그렇지 않았을까.

지미 문의 아버지 역시 사업을 하기 위해 베트남에 간 사람이다. 매일 폭탄이 터지고 은밀하게 누군가가 실해되고 체포와 고문과 저격이 이어졌지만 그래도 사이공은 후방이었다. 렉스호텔 주변으론 휴가를 나온 미군들이 흥청거렸고, 암시장엔 밀거래가 넘쳐나고, 술집은 거드럭거렸다. 그곳에서 베트남 여자 팜과 한국인 남자 문이 만났다.

팜에게는 이미 네 명의 아이가 있었다. '더러운 전쟁'이라 부르며진 세계가 미국의 베트남 침공을 비판하고 미군들의 탈영이 이어지고 미국 내에서조차 반전운동이 일어나는 동안, 그녀는 여섯을 낳아 둘을 잃고 넷을 기르는 중이었다. 세상에 의지할 남자가 없다는 것쯤은 이미 알고 있었다. 뜨겁고 달콤한 시간에 꿈꾸던 든든한 울타리에 대한 갈망은 부서져 산산조각이 난 지 오래였다. 명치끝에서 자라 목구멍을 타고 올라오는 절망과 함께 아이들은 태어났고, 신기하게도 아이들의 눈동자는 두려움을 잊게 했다. 살아남아야 했다. 제비처럼 입을 벌리는 아이들에게 밥을 넣어 줄 사람은 오직 자신밖에 없었다.

한국인 남자 문이 쫓아다닐 때는 전쟁이 최고조에 달하던 때였다. 2차대전에 쏟아 부었던 폭탄의 두 배가 베트남 땅에 떨어져 숲이 불타고 대지가 화염에 휩싸이는 그 시각, 문은 절박하게 팜의 손을 잡는다. 아이가 많다고, 몸도 마음도 만신창이라고 말을 하면서도 팜 역시 그를 받아들인다. 미래를 알 수 없는 찰나의 사랑은 때로 그래서 사랑, 그 자체다.

지미의 누나가 태어나고 지미가 태어나는 동안 전쟁은 막바지로 치달았다. 한국군은 철수했고 미국도 끝을 알 수 없는 수렁 같은 베트남을 빠져나갈 채비를 서둘렀다. 한국 군인과 군속, 장사치들이 현지에 아내와 아이를 남겨 두고 고국으로 돌아갔다. 기약도 약속도 없이 돌아가는 그들을 베트남에 남겨진 사람들은 속수무책 바라볼 뿐이었다.

문 역시 베트남을 떠나야 했다. 미군의 용병이란 불명예스런 타이틀을 짊어지고 남의 나라 전쟁에 참여해 사람을 죽이고 이권을 챙긴 한국이었기에, 한국 사람은 더 이상 베트남에 남아 있을 수 없었다.

문은 그러나 한국으로 돌아가지 않았다. 이미 한국에서 결혼한 여자가 자신의 아이를 낳아 기르고 있다는 걸 알면서도. 문이 선택한 여정은 싱가포르를 거쳐 사우디아라비아로 가는 것이었다. 팜과 그녀의 아이들을 데리고. 여덟 명의 아주 특별한 가족은 배로 비행기로 함께, 따로 또 같이 통일 직전의 어수선하고 혼란스러운 베트남을 떠난다.

두 살이던 지미는 사우디아라비아에서 여덟 살까지 살았다. 중동 건설 붐을 타고 건설업을 하던 문의 사업이 기울면서 더 이상 가족을 부양할 수 없게 되자 팜은 올망졸망한 여섯 명의 자식들을 데리고 호주행 비행기에 오른다. 다시 혼자, 낯선 곳으로 떠나는 팜의 옆에서 지미는 조금은 불안하고 조금은 설렜을까.

사우디아라비아에서 아버지의 선택으로 한국인 학교에 다닐 때 아이들은 그를 놀렸다. 튀기 또는 짬뽕, 무슨 뜻인지도 모를 말로 부르며 손가락질하거나 따돌렸다. 그런 학교는 더 다니고 싶지 않았다. 아버지는 그다지 좋은 기억으로 남아 있지 않다고 말하면서 지미가 덧붙인다.

"어쨌든 그는 엄마의 마지막 남자였지요."

지미 문 ⓒ김호석

그는 나보다 좋은 사람이다

지미 문을 알게 된 건 그의 형 때문이다. 1999년 '나와 우리'라는 시민단체 일을 하고 있던 나는 '시민과 함께 가는 베트남 평화답사'를 준비 중이었고, 참가자 중 한 사람이 그의 형이었다.

여행을 가기 전 사전 모임에서 그는 하노이에서 동생의 가게를 방문하자는 말을 꺼냈다. 한국인 아버지와 베트남인 어머니라는 말에 후, 속으로 한숨이 나왔다. 또 하나의 신파를 만나야 하는가, 슬몃 짜증이 났지만 하노이 일정 중에 문묘*가 잡혀 있었고 마침 그 앞에 지미가 운영하는 식당 '코토 하노이'가 있다니 점심 식사를 거기서 하기로 했다.

코토 하노이에서 형제를 함께 봤을 때 슬쩍 웃음이 났다. 마피아 영화 〈대부〉에 나올 법한 포스나 언뜻언뜻 묻어나는 수줍음, 마음이 놓이면 툭툭 던지는 농담, 그리고 덩치에 비해 작고 통통한 손가락. 그게 그들의, 피할 수 없는 운명 같은, DNA였다.

형제가 처음으로 만난 건 아버지의 장례 때였다. 여덟 살 때 아버지와 헤어진 이후 지미는 아버지를 찾지 않았다. 어머니는 가끔 연락을 하는 것 같았지만 자기는 알고 싶지 않았단다. 호주는 나름 좋은 곳이었다. 다민족을 배려하는 사회복지 시스템 덕분에 차별도 심하지 않았고 학교도 무료로 다닐 수 있었다. 그럼에도 불구하고 여섯 식구가 먹고 살려면 전 구성원이 고군분투해야 했다. 낯선 곳에서 등

---

*공자孔子를 모시기 위해 11세기에 하노이에 세워진 건축물. 베트남 최초의 국립대학이다. (편집자 주)

지를 만들려 노력하는 중년의 어미새를 볼 때마다 어떤 지원도 하지 않는 아버지에게 화가 났다.

질풍노도의 사춘기를 지나는 동안 성인이 된 형과 누나들은 호주의 시민으로 자리를 잡아 갔다. 누구는 변호사가 되고 누구는 회계사가 되었다. 스무 살이 된 지미는 대학의 관광학과에 지원했다. 방학 중 이곳저곳 여행을 하던 지미에게 어느 날 낯선 전화가 걸려 온다. 아버지였다. 수신이 안 되는 지역을 지나던 중이라 여러 차례 끊어졌는데도 그는 계속 전화를 걸어왔다. 밤늦게 호텔에 도착해 전화를 받을 수 있게 되었을 때 아버지의 첫마디는 비밀을 하나 알려 주겠다는 것이었다. 한국에 형이 있으니 기회가 있다면 연락을 하라고, 좋은 형이 되어 줄 거라고.

당황스러웠다. 어머니만 같고 아버지는 제각각인 형들만으로도 충분한데 이번엔 거꾸로 아버지만 같은 형이라니. 대답할 말이 없었다. 십여 년 만에 처음으로 한 부자의 대화치고는 막장이었다. 그 이후로 아버지와는 다시 통화할 기회가 없었다.

형이라는 사람한테서 전화가 온 날을 지미는 생생히 기억한다. 새벽 3시였고 국제전화였고 익숙지 않은 영이 발음으로 천천히 네가 지미냐고 물어왔을 때, 그는 직감했다. 한국에 있다는 형이라는 사람임을.

"용철이구나. 나 용진이다. 아버지가 돌아가셨다."

거의 불리지 않았지만 '용철'은 지미의 한국 이름이었다.

장례는 한국에서 진행되었다. 복잡하고도 지루한 절차들을 거쳐

한 달 만에 문의 시신이 한국으로 가는 동안, 한국의 형이라는 이는 몇 번이나 전화를 걸어와 진행 과정을 전해 주고 장례 절차를 의논했다. 아득히 멀리서 날아오는 목소리는 진중하고도 진솔했다. 형제는 서로의 어머니들에 대한 이야기를 나눴고, 지미의 누나이자 용진의 여동생인 누이를 걱정하기도 했다. 기이한 통화였다. 때로는 통역을 사이에 두고 때로는 어눌한 영어로, 한국인 형은 마치 친동생을 대하듯 지미에게 다가왔다.

돌이켜 보면 아버지에 관한 한 지미보다 더 불행한 사람이었다. 1967년 용진이 태어났을 때 그의 아버지는 베트남에 있었다. 공식적인 결혼이었지만 그의 아버지는 결혼생활을 이어 갈 마음이 없었고, 남편으로서의 의무도 아버지로서의 역할도 하지 않았다. 전쟁이 끝난 후에도 한국으로 돌아오지 않음으로써 용진과 그의 어머니를 버린 셈이다.

그럼에도 불구하고 용진은 아버지에 대한 애정을 갖고 있었다. 글자를 배우면서 편지를 쓸 수 있게 되었을 때부터 용진은 아버지에게 편지를 보내기 시작했다. 처음엔 어머니가 불러 주는 대로 썼지만 시간이 지나면서 아버지에 대한 그리움과 애정을 담아 편지를 보내게 되었다. 문은 이국적인 풍경의 엽서를, 한국에는 없는 멋진 카세트를, 유명 메이커의 신발을 꼭 학교로 보내 주었다. 외국에서 일하는 근사한 사업가 아버지를 아이들은 부러워했다. 매정하고 가혹한 남편이었지만 달콤하고 멋진 아버지였다. 용진은 두 번 아버지를 보았다고 했다.

거기까지 이야기를 들었을 때 문의 시신은 한국으로 돌아와 있었다. 장례식에 맞춰 어머니, 누나와 함께 지미는 한국에 왔다. 공항에 용진이 나와 있었다. 지미는 한눈에 용진을 알아보았고 용진도 한눈에 지미를 알아보았다.

장례는 한국식으로 진행되었다. 두 여자가 지켜보는 가운데 문은 대지에 몸을 뉘었다. 장례가 진행되는 내내 용진이 보인 모습은 지미에게 깊은 인상을 남겼다. 그는 팜을 '베트남 어머니'라 불렀고 사람들에게 지미와 누나를 자신의 동생이라고 소개했다. 막내 동생을 보호하는 형처럼, 아주 어렸을 때부터 같이 살았던 것처럼 자연스럽게 그를 보살폈다.

처음으로, 문득, 지미는 자신이 한국 사람이구나, 라는 생각을 했다. 누군가 뒤통수를 내리갈기는 느낌이었다. 두 살까지 산 베트남에 대한 기억은 거의 없다. 여덟 살까지 산 사우디아라비아에서의 기억은 차별이다. 잠깐 다닌 한국인 학교에서 아이들은 지미를 손가락질했다. 호주에서 지미는 자신이 어느 나라 사람인지 생각하지 않았다. 그런데 한국의 형을 만나면서 지미는 서양식 사고방식을 가진 동양인, 인 자신이 보였다. 한국말을 한마디도 못하는 것이 불현듯 낯설었다. 생소하기만 한 한국의 문화들에 묘한 호기심이 생겨났다. 모든 장례 절차가 끝나고 손님들이 돌아가자 용진은 지미를 목욕탕에 데리고 갔다. 대중사우나는 기묘했고 용진이 정성스레 등을 밀어 주는 것도 우스웠지만, 그렇지만 시큰했다.

마음을 불편하게 하는 일도 있었다. 묘비에 팜의 이름은 새겨지지 않았다. 문의 이름과 문의 한국인 부인, 용진과 용진의 아들들, 그리고 지미와 누나의 이름까지 있었지만 팜의 이름은 없었다. 한국의 풍습이라는 가묘도 불편했다. 미리 만들어 놓은 영혼의 집이라는 가묘는 용진의 어머니, 한국인 부인의 자리라 했다. 아버지는 죽어서 결국 그의 공식적인 부인에게로 돌아간 것이다.

"살아서도 내게 남자는 없었는데 죽어서도 마찬가지겠구나."

아무도 알아듣지 못하는 베트남어로 혼자 중얼거리는 팜의 이야기를 지미는 들었다.

"베트남도 한국도 아닌 호주에 묻어 다오."

죽은 아버지가 남긴 건 반지 하나와 시계 하나였다. 시계는 용진에게, 반지는 지미에게 주어졌다. 돌아보면 그도 가엾은 사람이다. 돈을 많이 벌어 가족에게 보상하겠다고 생각했다는 아버지. 단지 돈을 벌어 오는 사람이 아버지가 아니라는 걸 그는 잘 알지 못했던 것 같다.

장례를 마치고 호주로 돌아온 팜과 지미는 용진을 초대했다. "그는 나보다 좋은 사람이다." 언젠가 지미가 얼핏 내비쳤던 말이다.

Know One, Teach One! 코토 하노이

1996년 지미 문은 처음으로 베트남에 온다. 관광학과를 졸업하고 취지한 여행사에서 업무차 가게 된 출장지가 호치민 시티, 옛 사이공이었다.

도이모이(doimoi. 개혁·개방정책)를 시작한 지 10년이 지났지만 베트남은 빈곤 상태를 벗어나지 못하고 있었다. 미국과의 전쟁에서 승리하기는 했지만 상처뿐인 영광이었다. 고엽제와 화학무기들이 베트남의 전 국토를 황폐화시켜 그야말로 석기시대로 만들어 놓은 상태였다. 10년 동안의 전쟁은 온전한 건물 하나 남겨 놓지 않았고 제대로 된 도로 한 뼘 남겨 두지 않았다. 들판엔 벼가 자라지 않았고 강엔 물고기가 사라졌으며 바다는 오염되었다. 생명이 자랄 수 없는 피폐한 땅에, 부모 잃고 자식 잃은 사람들이 속울음을 삼키며 씨앗을 심었다. 쌀과 바나나, 땅콩, 사탕수수가 열리기를 소망하며 대지를 돌보는 동안 영양상태가 좋지 못한 아이들이 하나둘 죽어 가고, 제대로 치료받지 못한 사람들 역시 죽어 갔다.

온전한 것이라곤 하나도 없는 베트남을 상대로 미국은 금수조치를 내린다. 베트남과 무역하는 나라와는 무역을 하지 않겠다는 엄포는 아시아의 작은 나라에게 큰코다친 미국이 취한 치사한 외교전략이었다. 엎친 데 덮친 격으로 같은 사회주의권인 중국과도 사이가 나빠졌다. 전쟁 후 10년은 전쟁 때만큼이나 힘든 시간이었다. 1986년 개혁과 개방을 표방하며 적극적인 외교와 무역을 시작하지만, 지미가 처음 방문했던 그 당시까지 베트남엔 절대빈곤에 시달리는 사람들이 많았다.

"곤니찌와."

렉스호텔 주변을 서성이면서 코코넛이며 담배를 팔던 네 명의 아이들이 비굴한 것 같기도 하고 비웃는 것 같기도 한 웃음을 흘리며 일본어로 말을 걸어왔다. 미세한 통증이 왼쪽 옆구리쯤에 느껴졌다. 두 살 때 떠난 베트남, 아무런 기억도 남아 있지 않다고 생각했는데, 밥과 소금과 물이 놓인 밥상, 투정하는 아기, 눈물을 흘리던 어머니, 환인지 실제인지 모를 장면이 떠올랐다. 가족이 베트남을 떠나지 않았더라면 어쩌면 자신도 저들처럼 거리의 아이가 되었을지 모른다.

"나는 베트남 사람이란다."

지미 문이 할 수 있는 몇 안 되는 베트남말이었다. 왜 학교를 가지 않느냐고 물어보자 아이들은 우물쭈물하더니 복권을 살 거냐고 엉뚱한 대답을 해 왔다. 목욕을 시키고 싶었다. 자신의 방으로 데려가려 하자 프런트에서 직원이 막았다. 거지들은 데리고 들어갈 수 없다는 것이었다. 일단 다음 날 만나기로 하고 벤탄 시장에 가 치약과 수건 따위 생필품들을 샀다.

다음 날 만나기로 한 시간에 나가 보니 아이들은 친구들까지 데리고 모여 있었다. 배낭여행자들이 모이는 팜 응 라오 거리의 작은 호텔 직원에게 부탁해 1시간 동안 방을 빌렸다. 직원은 50불을 달라고 했다. 당시 베트남 물가에 비하면 턱없이 비싼 가격이었지만 돈을 내고 아이들을 씻겼다. 나중에 알고 보니 아이들과 호텔 직원이 짜고 지미를 속인 것이었다. 목욕을 하고 난 다음 지미는 아이들에게 국수를 사 주었다.

다음 날, 스무 명의 아이들이 찾아왔다. 지미는 똑같이 목욕을 시키고 국수를 먹였다. 그다음 날엔 서른 명이 찾아왔다. 똑같이 했다. 그다음 날 육십여 명이 찾아왔다. 국수집 주인은 내내 싱글벙글이었다.

어느 날 목욕시킨 아이들 중 한 명을 길거리에서 만났다. 반가웠던지 아이가 엄마에게 지미를 소개했다.

"엄마, 이분이 지미 아저씨야."

갓난쟁이를 업고 양옆으로 서너 살짜리 아이들을 데리고 있던 아이의 엄마가 지미를 훑어보더니 말했다.

"저 아저씨한테 가서 돈 달라고 해."

아이가 말했다.

"안 돼."

여자는 아이를 벽에 밀고 머리를 찧고 때렸다. 지미가 깜짝 놀라 말렸지만 젊은 엄마는 막무가내였다. 그래도 아이는 끝내 지미에게 돈을 달라고 말하지 않았다. 가슴이, 먹먹했다. 호텔로 돌아와 멍하니 천장을 바라보았다.

두 가지 생각이 들었다. 눈을 딱 감고 다 잊어버린다, 아니면 무언가 해야 한다. 심장이 두근거렸다. 무언가 해야 했다, 아니 하고 싶다! 그러기 위해선 베트남에서 살아야 했다. 출장을 마치고 돌아와 베트남 파견을 신청했으나 받아들여지지 않았다. 베트남으로 갈 수 있는 회사를 찾았다. 마침내 다른 회사의 베트남 상주 직원이 되어 4개월 후 다시 베트남으로 돌아왔다.

3년 반 동안 지미는 자신이 여행사에서 받는 월급으로 아이들을 도왔다. 중부 지역, 북부의 사파 지역, 캄보디아, 타일랜드 국경 지역을 돌아다니면서 아이들에게 필요한 것들을 사 주거나 돈을 주었다.

부이도이(bui doi), 먼지 속 인생, 베트남에서는 거리의 아이들을 그렇게 불렀다. 먼지 속 아이들은 자신뿐만 아니라 가족을 부양해야 하는 처지였다. 아버지는 병들고 어린 동생들은 줄줄이고 어머니는 넋이 나갈 듯 일을 해도 한 끼나마 겨우 벌고……. 철이 들기도 전에 아이들은 거리로 내몰려 싸구려 물건을 팔거나, 때로 마약 밀매조직에 연루되거나, 더 가혹하게는 성매매에 이용당하기도 했다. 내일에 대한 생각 같은 건 할 수조차 없었다.

지미는 회사 일뿐만 아니라 아르바이트까지 해 가며 아이들을 도왔다. 그러던 어느 날 머물고 있던 하노이의 호텔로 지미에게 도움을 받았던 아홉 명의 아이들이 찾아왔다. 그들의 말은 의외였다.

"우리가 필요한 건 돈을 받는 게 아니에요. 스스로 자립할 수 있도록 기술 같은 걸 가르쳐 주세요."

번뜩, 지미의 머릿속에 불꽃이 일었다. 물고기가 아니라 물고기를 잡는 방법! 식당을 차리기로 결정하기까지는 오랜 시간이 걸리지 않았다. 식당을 열어 요리를 가르치고 경영하는 법을 교육하면 스스로 일어설 수 있으리라.

돈이 필요했다. 월급은 몽땅 아이들을 위해 썼기 때문에 모아 놓은 돈은 한 푼도 없었다. 가족들에게 도움을 요청하기로 했다. 어머니도 돈을 내고 한국의 형도 선뜻 돈을 보내 주었다. 애정의 무게를 측정해 볼 수 있는 기회였다며 지미는 웃었다.

종잣돈을 모으는 것도 문제였지만 행정수속도 복잡하기 그지없었다. 외국인이 식당 하나를 차리는 데 아흔아홉 가지 서류를 요구하는 것이 관료주의 정부가 하는 일이었다. 준비해 오라는 서류를 만들어 가면 또 다른 서류를, 그리고 다음번엔 또 다른 서류를 지치지도 않고 요구했다.

틈틈이 아이들을 가르칠 교재도 만들었다. 실용적이고 구체적이며 체계적인 직업훈련 도서를 당시 베트남에선 찾아볼 수 없었다. 사회주의 시스템에서 취업이란 '배치'를 의미하는 것이었기 때문에 굳이 애써서 노력하지 않아도 되는 일이었다.

그 일들을 하면서 지미가 무엇보다 놓치지 않으려 한 것은 아홉 명의 아이와 함께 '가족'을 만들려는 노력이었다. 지미에게 가족은 비빌 언덕, 이었다. 상처를 내며 싸우기도 하지만 품속 깊이 안아 새로운 에너지를 만들어 주는. 아프면 돌보고 잘못하면 혼내고 여행을 함께 다니며 공동의 추억을 발바닥에서 목구멍까지 차곡차곡 쌓아 가는 진짜 가족을 이 아이들과 이루고 싶었다. 욕하고 싸우고 기본적인 예의조차 갖추지 못한 건 아이들의 잘못이 아니라고, 생의 먼지를 걸어 내 주기만 한다면 뚜벅뚜벅 자신의 길을 가리라고 지미는 믿었다. 지기 또한 그러했으니.

머릿속으로 생각하면 금방금방 될 것 같은 일들도 막상 현실에서는 제대로 되지 않았다. 서툰 베트남어로 동분서주 뛰어다니는 지미를 주변에서는 의심의 눈초리로 바라보았다. 베트남 사람도 서양 사람도 아닌 인간이 불쌍한 아이들을 이용해 돈을 벌려고 하는 건 아닌지 매서운 눈으로 지켜보았다. 이 모든 난관을 극복하고 어찌어찌 여차저차 1999년, 마침내 아홉 명의 아이들과 지미는 샌드위치 가게를 오픈한다.

이 가게는 그러나 1년 만에 홀랑 망하고 만다. 회사를 다니며 아이들을 가르치고 식당을 경영하는 일은 효율적이지 못했다. 좌절하지 않고 아이템을 바꿔 다시 국수집을 열었다. 직업교육원을 같이 열려고 했지만 베트남 정부의 허가가 나지 않았다. 지미가 베트남 국적이 아니었기 때문이다.

이때까지도 지미는 가게 운영자금을 자신의 월급에서 충당하고 있었다. 돈이 모자라면 시간 단위로 여기저기 일을 하러 뛰어다녔다. 지미는 지미대로 바쁘고 아이들도 애를 썼지만 결국 또 문을 닫고 말았다. 아홉 명의 아이들은 다시 지미를 바라보았다. 마지막 기회라고 생각하고 문묘 근처에 또 문을 열었다. 이번엔 외국인 대상 음식점으로 콘셉트를 잡았다. 직장을 그만두고 지미는 본격적으로 식당 운영에 나섰다.

아이들에게 영어를 가르치고 메뉴를 개발하며 동분서주하던 중 트레이시 리스터라는 호주 여성이 식당을 방문한다. 밥을 먹다 우연히 지미와 얘기를 나누던 트레이시는 자원활동을 하겠다는 제안을 한다. 트레이시는 호주에서 유명한 레스토랑의 프랜차이즈 사업을 성공적으로 이루어 낸 매니저였고, 그녀의 남편은 강의를 기획하고 추진하는 프로젝트를 하는 사람이었다.

지미와 트레이시는 먼저 아이들을 교육시킬 프로그램을 만들고, 배우면서 일하는 시스템을 갖추는 작업을 시작한다. 외국인 손님과의 소통을 위한 영어 교육, 외국인의 입맛을 배려하는 베트남 요리 개발, 체계적인 운영을 위한 컴퓨터 관리시스템, 회계, 성교육, 고객 응대 서비스, 주방 운영과 바에서의 역할분담……. 비로소 레스토랑은 체계를 갖추기 시작한다. 지미도 아이들도 최선을 다해 공부하고 현장에 적용했다. 자신감 없고 쭈뼛쭈뼛하던 아이들이 환한 미소로 외국인 손님들과 이야기하기까지는 물론 시간이 필요했다. 주눅병에 열등감 덩어리였던 아이들은 그러나 자신감이 생기기 시작한 어느 시기부터는 놀랍도록 달라졌다.

레스토랑이 아이들의 명랑한 열정으로 채워지면서 손님들은 더 늘어났다. 문묘는 하노이의 대표적인 관광지라 늘 외국인들로 넘쳐났고, 그들은 이젠 가이드북에도 소개되는 '코토 하노이'를 방문하여 체계적인 서비스를 받으며 아이들의 스토리를 들었다. 조금씩 소문이 나기 시작할 무렵 고급 승용차 한 대가 식당 앞에 멈추더니 한 무리의 미국인들이 내렸다. 몇 가지 질문을 하고 식당을 둘러보고 돌아간 후 연락이 왔다. 빌 클린턴 미국 대통령이 여기서 밥을 먹고자 하니 준비를 해 달라고. 전화통에 대고 지미가 말했다.

"오 마이 갓!"

전쟁 이후 처음으로 미국의 대통령이 방문하고 다시 외교관계가 정상화되는 등 온 베트남이 떠들썩했지만, 그것이 코토 하노이에 영향을 미치리라곤 상상도 못 했던 일이었다.

클린턴이 방문하는 날엔 한 시간 전부터 온 동네가 난리였다. 베트남 경찰이 요소요소에 배치되고 CIA 요원들도 매의 눈으로 구석구석에 포진했다. 어쨌든 클린턴 일행은 유쾌하게 점심을 먹고 갔고, 지미는 그 후 1년 동안 베트남 공안의 조사를 받았다. 대체 미국 정부와 어떤 관계가 있느냐는 것이었다. 지미도 답답한 노릇이었다. 그도 왜 클린턴이 자신들의 레스토랑에 왔는지 알고 싶었다. 문묘를 방문하는 시간이 점심시간 즈음이었고 근처의 평범한 식당에서 밥을 먹자는 의도가 아니었겠냐고, 같은 말을 반복하는 수밖에 없었다.

조사를 받는 과정은 한편으로는 힘들었지만 한편으로는 기쁘기도 했다. 덕분에 베트남 정부가 지미와 코토 하노이를 이해하게 되었으니까. 이후 코토 하노이엔 유명인사들의 방문이 줄줄이 이어졌다. 클린턴에 이어 부시가 베트남에 왔을 때도 이곳을 방문했다. 그때는 오히려 베트남 정부가 추천을 하고 영접했다.

코토가 유명해지면서 세계 각지에서 자원활동가들이 몰려왔다. 영국의 유명한 요리사는 안식년 기간 동안 코토에 와 아이들을 가르쳤고 스웨덴, 핀란드, 호주 등지에서 다양한 직업을 가진 사람들이 찾아와 머물며 아이들을 가르쳤다. 가장 열악한 환경에 처한 아이들이었지만 어떠한 경우에도 중도에 포기하지 않았다.

규모가 조금씩 커지면서 지미는 원칙을 다시 한 번 점검했다. 아홉 명의 아이들과 만들려고 했던 건 단순한 직업훈련원이 아니었다. 집처럼 안온하고 가족이 된 듯한 느낌을 가질 수 있는 공간, 사랑받고 보호받으며 함께한다는 일체감을 느낄 수 있는 작은 세계라는 걸 양치질을 하며, 커피를 마시며, 또는 집으로 돌아가는 차 안에서 불현듯 떠올리곤 했다.

2002년, 처음으로 아홉 명의 학생들이 졸업했다. 소피텔호텔에서

코토 하노이 아이들 ⓒ김호석

성대한 졸업식을 열었다. 유명한 가수가 초대되었고 베트남의 저명인
사들, 호주 대사를 비롯한 외국인들도 참여해 아이들의 졸업을 축하
했다. 지미가 졸업생들에게 주고 싶은 것은 국제적인 인증서 같은 거
였다. 아이들의 인생이 지금까지와는 다를 것이라는 비전과 전망, 그
리고 축복.

　이후 열 번의 졸업식이 있었고 4백 명 이상이 코토를 졸업했다. 졸
업들은 힐튼, 메트로폴리탄, 소피텔 같은 특급호텔의 주방으로 진
출하기도 하고 리조트나 고급 레스토랑에 취업하기도 했다. 무엇보
다 아이들은 코토 하노이를 운영하는 주체가 되었다. 지미가 그랬듯
그들 역시 또 다른 먼지 속 인생들의 손을 잡아 이끄는 역할을 하고
있다. 10년, 지미의 푸르고 시린 청춘의 시간들은 아이들의 손비닥으
로, 가슴으로, 복숭아뼈로 흘러 생의 꽃으로 피어나고 있는 중이다.

면역이 될 만도 하건만 여전히 지미는 졸업식에서는 눈물을 보인다고 조금은 수줍게 말했다. 언젠가 아이 중 한 명이 물었다. 왜 이 일을 하냐고, 왜 우리한테 아무런 대가를 바라지 않느냐고. 그러고 보니 그 질문을 해 본 적이 없다. 질문 없이 그냥, 하는 일. 생을 살다 보면 누구에게나 그런 일이 있다.

아이의 질문은 꽤 오래 따라다녔다. 나는 왜 이 일을 하고 있는가. Know One, Teach One, 한 사람을 만나면 한 사람을 가르쳐라! 어느 날 문득 입 밖으로 나온 말. 레스토랑과 직업학교의 이름이 '코토 KOTO 하노이'가 된 건 그러니까 그 아이의 질문 덕택이다.

학비가 면제되고 장학금을 받고 기숙사에 살면서 생활비도 제공받으며 공부하는 곳. 소문을 듣고 소수민족들이 사는 사파 지역에서 중국과의 국경 지역에서 아흐레 밤낮을 걸어온 아이들은 지미의 일을 확장하고 꿈을 원대하게 만들고 워커홀릭에 빠지게 만든다. 코토 하노이의 재정은 70퍼센트는 레스토랑에서, 30퍼센트는 여러 곳으로부터의 지원과 지미의 강연, 저술 등으로 충당되고 있다. 코토가 지속가능했던 것은 그러나 무엇보다 세계 각국에서 오는 자원활동가들 덕분이다.

2011년, 그들과 함께 지미는 호치민 시티에 두 번째 코토를 열었다. 베트남이 끝나면 아시아와 남미의 다른 지역에도 코토를 열 계획이다. 한반도가 동일되면 북한에 가서 코토를 여는 것이 지미의 꿈이다.

"아이들은 나를 믿습니다. 나도 아이들을 믿지요."

소년의 꿈

"내 이름은 풍입니다.

학교를 그만두고 하노이에 있는 작은 고향집으로 돌아온 것은 제 나이 16살 때였습니다. 아버지는 병이 들어 더 이상 일을 할 수 없는 상태였고, 장남으로서 저는 가족의 생계를 책임져야 했지요. 구두닦이를 했는데 아주 치열한 경쟁을 해야 하는 일이었습니다. 아이들은 구역을 뺏기지 않기 위해 악전고투하는데 때로 목숨을 걸고 싸우기도 하지요.

하지만 더 무서운 건 경찰이었어요. 잡히면 그날로 소년원에 가야 하는데, 일을 할 수 없게 되면 집안에 치명적인 문제가 생기죠. 잠은 밖에서 자기도 하고 싸구려 숙소에서 여러 명이 함께 자기도 했어요.

코토를 만난 건 내 생의 가장 큰 행운이었습니다. 간단한 건강검진을 받고 새 유니폼과 신발을 받았을 땐 꿈인가도 싶었습니다. 공부를 하는 동안은 적으나마 월급도 받았죠. 이 돈으로 가족을 부양할 수 있었고 덕분에 무사히 졸업할 수 있었습니다. 수석으로 졸업한 건 아마도 고마움 때문인 거예요. 지독한 바닥에서 날 구원해 준 고마움.

이 일을 앞으로도 계속 잘하고 싶습니다."

그는 현재 코토 하노이의 스태프로 일하고 있다.

에필로그

라오스

지긋지긋했다, 라고 말할 수는 없지만, 힘들었다. 학살당한 사람들의 이야기, 살아남은 자들의 슬픔, 복구될 수 없는 상처, 그 무게로부터 조금쯤 달아나고 싶었다. 국경을 넘었다. 라오스였다.

드디어, 특별한 목적도 없이 우리는 자전거를 타고 쏘다녔다. 사지도 않을 기념품을 흥정하고, 사원의 승려들한테 농을 걸고, 이름도 다양한 부처님들 사이에서 야시시한 포즈로 사진을 찍었다. 푸슬푸슬한 안남미 대신 쫀쫀한 찰밥을 먹고 시누크 커피를 마시고 파파야 샐러드와 함께 라오비어를 마시며, 우리는 하나도 중요하지 않은 이야기만 골라서 하고 큰 소리로 웃었다. 푸른 대지를 휘감으며 바람이 불어와 목덜미를 간질였다. 시나브로 몸과 마음이 헐렁해졌다.

가난한 대지, 남루한 집들, 발 벗은 아이들, 그 사이로 한 방울 라오스의 눈물, 보았던가.

앙코르와트

밥 말리를 들었다. '원 달러'만 달라고 수줍게 손을 내미는 작고 마른 아이를 보면서도, 조악한 수공예품을 사 달라고 쫓아오는 맨발의 소녀를 보면서도 No Women No Cry, No Women No Cry.

부처의 눈을 뚫고 나오는 나뭇가지, 사원을 온통 뒤덮은 초록의 덩굴들, 식물의 욕망이 이토록 무시무시한 것이었구나, 구토가 치밀어오를 때도 No Women No Cry, No Women No Cry.

궁궐 벽 부조에서 금방 튀어나온 듯한 하늘하늘한 무용수들이 섬세하고 진지하게 손가락을 움직이며 천천히 압사라 춤을 출 때도 No Women No Cry, No Women No Cry!

푸켓

그의 초대로 푸켓에 갔다. 공항에 도착하니 조그만 오토바이를 타고 그가 마중 나와 있었다. 탈탈탈탈 언덕을 넘어 숙소로 가는 동안 여우비가 흩뿌렸다. 모락모락 비안개가 산허리마다 피어올랐다.

현지인들은 다정하고 우아했다. 마사지를 받으면서도, 조금 사치스런 와인을 곁들인 저녁을 먹으면서도 마음이 불편하지 않았다. 여행자와 적절한 거리를 현명하게 유지할 줄 아는 현지인들이 고마웠다.

1800년대에 지어진 중국-포르투갈 풍의 아름다운 건물들이 있는 올드 타운은 영화 〈아비정전〉의 세트장 같았고 똠얌꿍, 팟타이, 뿌팟퐁까리, 낡고 오래된 밥집에서 먹는 요리는 입에 감겼다. 실크 란제리를 공들여 고르고 기하학적인 타투를 복숭아뼈 위에 꼼꼼히 수놓는 동안, 태평양의 푸른 바다 위로 석양이 물들었다.

티베트

세상에서 가장 죄가 없을 것 같은 사람들이 오체투지를 하며 라싸를 향한 순례길에 오르고, 은밀하게 독립을 도모하는 사람들이 삼삼오오 어두운 골목길에서 눈빛을 교환하고, 이가 빠진 노인들이 버터차를 마시며 한담을 즐기고, 뜨개질을 하면서도 돈 계산을 하면서도 마니차를 돌리고, 오렌지색 승려복을 입은 동자승이 축구를 하고, 야크 떼를 몰던 목동이 지나가던 여자들에게 음탕한 웃음을 날리고, 볼이 빨간 아이들이 밑 터진 바지를 입고 기어 다니고, 전생의 악업을 끊고 내세를 꿈꾸는 구도자들이 히말라야의 그늘 아래로 모여들고, 고개마다 언덕마다 타루쵸는 펄럭이고, 펄럭이고 오오 신의 뱃속에서 피어나다 삼라만상.

실크로드

페샤와르 — 치트랄 — 스와트 — 칠라스 — 길기트 — 훈자 — 쿤
자랍패스 — 타슈쿠르칸 — 카슈카르 — 우루무치. 듣기만 해도 가
슴이 설레는 여정이었다. 아시아와 유럽, 아프리카를 잇던 무역 라인
이며 우호적인 교류를 촉진했던 문화의 길, 그 이름도 어여쁜 비단길.
페샤와르에서는 동서문화의 교류에 의해 생겨난 간다라 미술을 만나
고 훈자왕국에선 느긋하게 산책을 하고 카슈카르에선 청포도를 먹으
리라. 우루무치에서는 그 옛날 흥성했던 시장을 추억하며 캐시미어
스카프를 사야지.

여행자의 로망은 그러나 현실에선 무색하기 그지없었다. 페샤와르
는 더없이 복잡했고 4천760미터 쿤자랍패스에서는 머리가 지끈지끈
했다. 파키스탄과 중국을 잇는 국경버스는 열악하기 이를 데 없어 몸
을 반 접은 상태로 꼬불꼬불 산길을 10시간 넘게 견뎌야 했다. 변방
의 도시는 황량했고 양고기 요리에서는 때로 누린내가 났다.

실크로드, 낭만적인 이름이지만 사실은 목숨을 걸고 오갔던 길, 저
큰 고개 너머에는 무엇이 살고 있을까 인류의 호기심과 꿈과 욕망이
만들어 낸 탐험의 길, 두렵지만 설레었던, 설레었지만 두려웠던.

발리

엄마가 돌아가신 해에 E는 나를 데리고 발리에 갔다. 바다는 따스하고 파도는 부드러웠다. 촉촉한 대지를 밟으며 맨발로 산책을 하고 오롯한 해안가에서 웅얼웅얼 시를 읽었다. 목각을 깎는 원주민의 집에 놀러 가거나 꽃향기가 나는 신전에 오래 머무르기도 했다. 밤이 되어도 따뜻한 수영장에 둥둥 떠 있으면 금실로 짠 듯 풍요로운 달빛이 몸을 감쌌다.

아침이면 단풍나무 시럽을 넣은 홍차를 마시고 저녁이면 신선한 바닷게와 새우를 손으로 발라 먹었다. 모래알을 씹는 것처럼 까끌까끌했던 혀가 순해지고 뻑뻑하던 눈알이 풀어졌다. 긴장으로 빳빳했던 어깨가 후우, 녹녹해지고 꼬챙이처럼 날카롭던 몸이 부근부근해졌다.

열대의 꽃내음이 은은히 풍기는 긴 회랑을 걷는데 투둑 눈물이, 발등 위로 떨어졌다.

어쩌면 다시 프롤로그

경주 하나, 기억

천마총이라고 했다. 부신 초여름 햇살 아래 거대한 구릉들이 춤을 추듯 물결치고 있었다. 무덤이라니, 저토록 아름다운 것이. 소녀, 어질머리가 인다. 배꼽이 간질간질한 것도 같다. 저토록 거대한 것이 저토록 부드럽다니. 탑돌이를 하듯 몇 바퀴째 무덤을 도는 소녀에게 아버지가 티켓을 건넨다.

무덤 안에, 들어간다구?

소녀, 경악한다.

— 시체가 있나요?

아버지, 소녀를 돌아보며 황망하게 말한다.

— 그런 건 없단다.

— 그럼 뭐가 있나요?

— 들어가 보려므나.

망설이던 소녀, 무덤 속으로 걸어 들어간다.

선듯하다. 무덤 속처럼 서늘하다고 소녀, 생각한다.

미등이 켜진 무덤 속, 천 년 전의 사람이 누워 있던 빈자리에 색이 바랜 옷과 녹슨 듯한 장신구들이 있다. 가까이 가려던 소녀 문득 소스라친다. 접근금지 라인을 둘러싼 비로드 천이 손에 닿는 순간, 생의 바깥을 만진 듯한 이물감에 소녀 뒤돌아 뛰어나온다. 눈부신 빛의 난장에서 문득 춥다. 처음 간 경주 여행, 사진 속에는 불국사도 석굴암도 있는데 소녀의 혀에는 천마총이라는 발음이 남아 있다.

경주 둘, 천년고도에 눈 내리고

사진작가 강운구는 『삼국유사』 책 작업을 하면서 몇 년에 걸쳐 경주 사진을 찍었다. 그럼에도 불구하고 그는 눈 내리는 경주는 찍지 못했다고 한다. 워낙에 눈 구경하기가 힘든데다 어쩌다 눈이 온다는 연락을 받고 쏜살같이 달려가도 길바닥만 질벅질벅할 뿐 어느 곳에도 눈은 쌓여 있지 않았다고 한다.

그런 경주에 눈이 내렸다. 온통 회색의 기운으로 휘감긴 황룡사지는 과거와 현재의 경계를 혼몽하게 하더니, 자전거를 타고 계림 숲으로 이동하는 동안 눈이 내렸다. 펄펄. 시간 저 너머에서부터 날려 오는 것 같은 눈발이 천지사방에 흩날렸다. 눈보라 몰아치는 계림 숲, 쏴아쏴아 천 년 묵은 나무들이 소리를 내고 허공중에 흩어지는 시간의 기억들. 뜨거운 입김을 내뿜으며 눈 내리는 계림 숲을 달리고 달렸다. 그의 자전거가 따라왔다.

가질 수 없는 것이 사랑임을 알고 경주에 왔을 때, 천년고도 경주는 처음인 듯 새로웠다. 수양버들 푸르지는 않지만 겨울 안압지는 아름다웠고 토함산에서 내려다보는 경주는 가슴 저리게 정겨웠다. 시퍼런 감포 앞바다, 에서 우리는 격렬하게 키스했다. 전생의 기억은 지워버리고 후생은 기약하지 않으리. 이 뜨거운 입술도 내일이면 싸늘해지겠지만 생生, 이별조차도 눈부신 신의 깃발이여.

경주 셋, 그녀들의 이야기

천년왕국의 수도였던 도시답게 볼거리도 풍성해 몇 번을 가도 늘 새로운 곳을 한 군데씩 가게 되는 것이 경주 여행의 묘미이기도 하다. 감은사와 선덕여왕릉은 세 번째 여행에서야 비로소 갈 수 있었고, 망덕사터나 진덕여왕릉은 네 번째 여행에서야 둘러볼 수 있었다.

천 년의 세월은 남자에게도 여자에게도 공평하게 흐르는 법이라 경주 곳곳에는 신라 여자들의 여흔餘痕이 유적으로, 유물로, 혹은 전설로 이야기로 흩어져 있었다. 알영과 박혁거세를 낳았다는 서술성모가 사는 선도산, 박제상 부인의 몸이 망부석이 되어 남아 있다는 치술령, 선덕여왕과 진덕여왕의 능, 여자의 성기 모양을 닮아 여근곡이라 불리는 계곡. 어디 그뿐이랴. 한 시절 그녀들의 목에서 귀에서 찰랑거렸을 목걸이와 귀걸이, 그녀들의 손때가 묻었을 토기와 물병들, 삼단 같은 긴 머리를 빗어 내렸을 빗이며 낭창한 허리에 둘렀을 허리띠까지 경주는 풍성하고 다양한 신라 여자들의 궤적을 품고 있었다. 그녀들의 이야기가 남아 있는 곳들은 호젓하고 신령스러웠으며 무엇보다, 아름다웠다. 특히 치술령엔 다양한 층위의 이야기들이 쌓여 있었고, 망부석은 신라 여자들을 만나는 데 하나의 힌트를 주었다.

치술령 정상에 제상 부인이 망부석이 되어 서 있다는 자료를 읽고 허위허위 산꼭대기까지 갔을 때 우리는 그녀의 모습을 볼 수 없었다. 그녀를 제대로 보기 위해선 치술령의 반대 능선으로 가야 했다. 그래야 그녀의 모습, 그 거대한, 을 온전히 볼 수 있었다. 그렇지만 치술령에 오른다면 그녀의 어깨에 앉아 저 멀리 경주를 감싸고 물결치듯 펼쳐지는 연봉을 바라볼 수 있고 동해, 푸른 바다를 볼 수 있다. 눈이 맑아지도록.

경주 넷, 신라여행스쿨

생의 어느 지점에서 운명처럼 받아들여야 하는 일들이 있다는 걸 인정하게 되었다. 예를 들면 '나와 우리'라는 단체에서 했던 베트남 민간인 학살에 관한 일, 여행학교를 만들고 운영하게 되는 일, 그리고, 고글리와의 작업 같은, 그런. 돌아보면 막다른 지점에서 날 기다리던 운명의 품을 향해 뚜벅뚜벅 걸어가고 있었다는 느낌도 든다.

낯선 풍경, 매혹직인 사람들, 혀에 감기는 이국의 향기, 찰나의 사랑을 경험하게 해 준 여행은 세상의 모든 불행, 이를테면 불평등과 차별, 빈곤도 함께 보여 주었다. 그 길의 끝에 '나와 우리'가 기다리고 있었다. 몸과 마음은 이미 충분히 준비되어 있었다.

고근리와의 만남도 그랬다. 이 일을 위해 어쩌면 20대 중반부터 '쓰리잡 인생'을 살았는지도 모른다. 대학을 졸업한 후, 늘 세 가지 일을 동시에 했다. 글쓰기와 단체 일과 돈을 버는 일. 글 쓰는 일이야 업이라 그렇다 치고, 단체 일, 이를테면 청계피복노동조합의 문화학교 일이라든지 '나와 우리' 일이라든지 하는 건 80년대가 마음의 고향인 자가 취한 엉거주춤한 포즈이기도 했다. 아주 멀리 날아가고 싶지만 구심력에 의해 결국 돌아오고 마는 지구인의 숙명 같은.

두 가지 다 돈이 되는 일은 아니었으므로 논술이나 글쓰기를 가르치는 일을 했다. 학원을 나가기도 하고 과외를 하기도 했다. 그러다 보니 20대 중반 이후 생의 삼 분의 일은 늘 청소년기에 있는 친구들과 시간을 보내게 되었다.

처음 한동안 세 가지 일은 따로 놀았다. 글을 쓸 때는 아이들을 까맣게 잊었고, 단체 일에 아이들을 초대하지도 않았다. 경계가 분명했던 일들은 그러나 시간이 지나면서 슬금슬금 벽을 허물었다. 쓰리 three 잡job이 서로서로 만나 함께 일을 도모하는 상황이 저절로 벌어지게 된 것이다. 청소년 문화작업자들의 모임인 고글리는 그 과정에서 만나 출렁이게 된 인연의 물결, 그 한 자락이다.

'고정희 청소년문학상'에서 만난 이들과 고글리라는 모임을 함께하면서 시를 읽고 글을 쓰고 파티를 열고 종종 여행을 떠났다. 그러던 어느 해 여름, 경주에서 신라여행스쿨을 열었다. 향가 자전거여행 맵을 만들기도 하고 선덕, 진덕, 진성여왕들의 이야기를 좇기도 하고, 화랑의 길을 따라가기도 하고, 고혹적인 신라의 성城 유적지를 탐방하기도 했다. 소녀들은 섬세하고 진지하게 경주를 누비고 다녔다.

학교를 다니거나, 다니지 않거나, 로드스쿨러가 되어 길에서 배움을 찾거나, 학과 수업을 열심히 들으며 공부를 하거나 모두 생의 한 과정일 뿐, 저마다 자신의 길이 있고 그 길을 통해 생을 완성해 나가고 있다. 나는 그 누구의 길도 아닌 나만의 길을 통해 목적지에 도달해 보려고 한다. 이것이 지난여름 내내 '원왕생가'와 씨름하다가 내린 결론이다. 물론 '원왕생가'에는 내가 찾지 못한 아흔아홉 가지 이야기가 더 남아 있는지도 모른다.

— 여담

빗속을 달리는 소녀들의 뒷모습, 은 가슴이 먹먹해질 만큼 매혹적이었다. 세상에 꽃이 핀다면 그녀들의 웃음소리 때문이고, 비가 내린다면 그녀들의 슬픔 때문일 것이라 생각이 들 정도로.

신라여행스쿨은 여행이 공부가 될 수 있다는 가능성을 충분히 보여 주었다. 그해 겨울 본격적으로 여행학교를 열 준비를 했다. 로드스꼴라, 여행이 공부를 만나고 공부가 여행을 만나는 이야기가 시작되었다.

다음번엔 그 이야기를 해 보려 하다.

이 책에 실린 인용문들의 출처

29~30쪽 진림의 시 : 『절창 : 목숨을 건 노래』(박정주·장수철, 서해문집, 2007)

82쪽 인용문 : 『릴케의 로댕』(라이너 마리아 릴케, 안상원 옮김, 미술문화, 1998)

84쪽, 88~90쪽 로댕과 카미유의 편지 : 『카미유 클로델』(김이선 옮김, 마음산책, 2010)

107쪽 쉼보르스카의 시 : 『모래 알갱이가 있는 풍경』(비스와바 쉼보르스카, 문학동네, 1997)

117~118쪽 인용문 : 『제6의 멸종』(리차드 리키, 세종서적, 1996)

125쪽 인용문 : 『에덴의 벌거숭이들』(비루테 갈디카스, 디자인하우스, 1996)

126~127쪽 이진명의 시 : 『밤에 용서라는 말을 들었다』(이진명, 민음사, 2007)

139~140쪽 인용문 : 『인도에는 카레가 없다』(이옥순, 책세상, 2007)

161쪽 인용문 : 『문명의 미래와 생태학적 세계관』(박이문, 당대, 1997)